Jean-Claude Izzo

Les marins perdus

J'AI LU

Pour Laurence

L'éternel errant n'a pas droit au retour.

Michel SAUNIER

1

Un matin gris, en sifflotant *Besame mucho*

Marseille, ce matin-là, avait des couleurs de mer du Nord. Diamantis avala, vite fait, un Nescafé dans la salle commune déserte, puis il descendit sur le pont, en sifflotant *Besame mucho,* l'air qui lui venait le plus souvent à l'esprit. Le seul qu'il sût siffler aussi. Il sortit une Camel d'un paquet froissé, l'alluma et s'appuya au bastingage. Diamantis, ça ne le gênait pas, ce temps. Pas ce jour-là, en tout cas. Depuis le réveil, il avait le moral poissé dans la grisaille.

Il laissa son regard errer sur la mer, vers le large, pour tenter de repousser ce moment où, comme chacun des marins de l'*Aldébaran*, il lui faudrait prendre une décision. Décider, ce n'était pas son fort. Depuis vingt-cinq ans, il se laissait porter par la vie. D'un cargo à un autre. D'un port à un autre.

Le ciel virait à l'orage, et, au loin, les îles du Frioul n'étaient plus qu'une tache sombre. C'est à peine si l'on distinguait l'horizon. Une vraie journée sans avenir, pensa Diamantis. Sans oser se dire que cette journée ressemblait aux précédentes. Cinq mois qu'ils étaient là, les marins de l'*Aldébaran*. A quai, relégués au bout des six kilomètres de la digue du Large. Loin de tout. Sans rien à faire. Et sans fric. A attendre un hypothétique repreneur de ce foutu cargo.

L'*Aldébaran* était arrivé à Marseille le 22 janvier. De La Spezia, en Italie. Pour charger deux mille tonnes de farine à destination de la Mauritanie. Tout allait bien. Trois heures après, le tribunal de commerce avait bloqué le navire, en garantie des dettes contractées par leur armateur. Constantin Takis, un Chypriote. Depuis, plus personne n'avait eu de nouvelles de lui. « Un sacré fils de pute », avait simplement dit Abdul Aziz, le capitaine de l'*Aldébaran*. Puis, d'un geste dégoûté, il avait tendu la décision de justice à Diamantis, son second.

Les premières semaines, ils avaient cru que l'affaire se dénouerait rapidement. L'espoir, ce n'est pas ce qui manque aux marins. C'est même ce qui les fait vivre. Tous ceux qui ont pris la mer, au moins une fois dans leur vie, le savent bien. Pour tromper les évidences, Abdul Aziz, Diamantis et les sept hommes d'équipage firent chaque jour comme s'ils devaient partir le lendemain. Entretien des machines, nettoyage du pont, vérification des installations électriques, inspection du poste de pilotage.

La vie à bord devait continuer. C'était essentiel.

Et Abdul Aziz prouva à ses hommes qu'il était aussi bon capitaine en haute mer que dans les galères de la vie à terre. Autour de l'*Aldébaran*, et sans nul doute grâce à ses qualités, la solidarité s'organisa vite. Les Restaurants du cœur fournirent nourriture et boissons. Les marins-pompiers les ravitaillèrent en eau douce. L'administration du port assura le nettoyage du linge et l'enlèvement des ordures. Et, soulagement, dès le troisième mois, la Mission des gens de mer envoya de l'argent aux familles en difficulté.

– On a eu de la chance d'être coincés ici, avait dit Abdul. Ailleurs, on aurait pu crever sur place. Tu vois, Diamantis, je l'aime bien, cette ville.

Diamantis aussi, il aimait Marseille. Il l'aimait depuis la première fois où il y avait débarqué. Il avait à peine vingt ans. Mousse à bord du tramp steamer *Ecuador*, un vieux cargo rouillé qui ne s'aventurait jamais au large de Gibraltar. Diamantis se souvenait bien de ce jour-là. L'*Ecuador* avait doublé l'archipel de Riou, puis, passé les îles du Frioul, la rade s'était offerte à ses yeux. Comme un trait de lumière blanc-rose, partageant le bleu du ciel du bleu de la mer. Un éblouissement. Marseille, avait-il alors pensé, est une femme qui s'offre à ceux qui arrivent par la mer. Il l'avait même noté dans son journal de bord. Sans savoir qu'il énonçait là le mythe fondateur de la ville. L'histoire de Gyptis, cette princesse ligure qui se donna à Protis, le marin phocéen, la nuit de son entrée dans le port. Depuis, Diamantis n'avait plus compté le nombre de ses escales.

Mais aujourd'hui tout était différent. Ils étaient à Marseille comme des marins perdus. Diamantis l'avait compris à la fin du premier mois. Quand on leur avait demandé de quitter le môle D pour aller s'arrimer au poste 111, au bout du quai Wilson, sur la digue du Large. La vie des ports fourmillait d'histoires semblables à la leur. Le *Partner*, à Rouen, attendait depuis trois ans. Personne ne savait plus à qui appartenait ce navire, vendu, revendu, recédé sans jamais quitter sa place. Plus près d'eux, à Port-de-Bouc, l'*Africa*, un vraquier, était à quai depuis dix-huit mois. L'*Alcyon* et le *Fort-Desaix*, un ro-ro et un tramp, à Sète. On lui avait raconté ça, à Diamantis. Comme on l'avait raconté à Abdul Aziz.

Tout cela, les deux hommes ne l'ignoraient pas au moment d'embarquer sur l'*Aldébaran*. De plus en plus de cargos connaissaient de telles mésaventures dans les ports. A l'exception des porte-conteneurs et des pétroliers qui appartenaient à des flottes internationales, et non pas à des armateurs qui jouaient avec le fret comme on joue à la roulette. Mais, de cela, Abdul Aziz et Diamantis n'en parlaient jamais. Par superstition. L'*Aldébaran* reprendrait la mer. Avec Aziz aux commandes. Voilà ce qui était vrai. A cinquante-cinq ans, celui-ci ne pouvait envisager de quitter son navire. Il en avait pris le commandement à La Spezia et il le ramènerait à son propriétaire. Quel qu'il soit. Où que ce soit. Il l'avait redit, avant-hier soir, devant l'équipage réuni.

Dans la salle commune, d'une voix où il avait su chasser toute émotion, il avait lu le communiqué de justice qui lui avait été remis dans l'après-midi.

– L'*Aldébaran* fait l'objet de saisies conservatoires pour des dettes d'une société dont les créanciers prétendent qu'elle serait liée à l'armateur. Alors que la société dont dépend l'*Aldébaran* est totalement séparée en droit de la société débitrice...

L'équipage l'écouta en silence. Sans comprendre

un traître mot de ce charabia juridique. L'avocat, qui avait été commis d'office, leur en fit un commentaire mot à mot. C'était bien inutile. Chacun avait perçu l'essentiel. Même les deux Birmans de l'équipage. Ce n'était pas demain la veille que le navire reprendrait la mer.

– Seule la vente du cargo, et encore, dans les meilleures conditions, pourra permettre de vous payer, avait repris Abdul, coupant l'avocat dans une belle envolée juridique. Voilà ce que ça veut dire. Cela peut se faire demain ou dans six mois. Ou dans un an, pourquoi pas. Je ne veux pas que vous entreteniez des illusions. A Sète, précisa-t-il, un cargo comme le nôtre, le *Fort-Desaix*, a été mis aux enchères la semaine dernière. Aucun repreneur ne s'est présenté... Voilà ce que vous devez savoir. Je connais vos problèmes familiaux. J'ai les mêmes. Alors, je ne retiens personne. Je me suis renseigné, des indemnités, faibles il faut le dire, sont envisageables, pour ceux qui souhaiteraient partir. Réfléchissez-y et faites-moi connaître votre décision demain matin. Moi, je reste. Ma place est ici. Mais ça, vous le savez tous.

Il les regarda les uns après les autres, à l'exception de l'avocat qu'il avait, d'entrée, mis en situation de hors-jeu. Un moment, Diamantis crut qu'Abdul allait demander si quelqu'un souhaitait poser une question. Mais non, il n'en fit rien. Il ajouta simplement :

– Je suis désolé... pour tout ça. Je n'aurais pas dû vous laisser espérer. J'y ai cru, qu'on reprendrait la mer. J'y crois encore, mais...

Il se leva. Il semblait épuisé.

– Bonsoir, mes amis.

Il quitta la salle, le regard perdu au loin, les lèvres

serrées. Raide. Fier comme le sont, parfois, les êtres désespérés.

Diamantis le suivit des yeux. Il devina qu'Abdul Aziz allait se réfugier dans sa cabine. Les yeux fermés, allongé sur sa couchette, il se consolerait avec la musique de Duke Ellington. Il avait l'intégrale en cassettes, qu'il écoutait sur un baladeur. Un cadeau de Céphée, sa femme, pour son anniversaire. Il n'était pas ressorti, même pas pour manger. Cette histoire le rongeait. Abdul Aziz n'aimait pas les échecs.

Diamantis jeta son mégot dans l'eau. La mer lui manquait. Il n'avait jamais pu se convaincre du bonheur de vivre à terre, fût-ce dans un port. Presque trente ans de navigation, et sa vie restait sur la mer. Là, et seulement là, il se sentait libre. Il ne s'y sentait ni vivant ni mort. Mais ailleurs. Un ailleurs où il trouvait quelques raisons d'être lui-même. C'était pour lui suffisant.

Il n'avait rien bâti. Il n'avait plus de famille, pas de femme qui l'attendait. Il n'y avait que Mikis, son fils. Dix-huit ans cette année. La moitié de ce qu'il gagnait était pour lui. Pour payer ses études, à Athènes. Mikis aimait la littérature, et Diamantis, parfois, imaginait que son fils rapporterait dans des romans populaires le récit de ses voyages. Mais, en vérité, Diamantis n'avait qu'une seule peur, c'était que Mikis ne prît lui aussi la mer. Dans sa famille, on était marin de père en fils.

– J'ai couru toute ma vie après mon père, raconta-t-il un soir à Abdul. Jusqu'à sa mort. Après, je savais plus rien faire d'autre que ça, être en mer. Je savais plus comment vivre sans elle. Ma seule tentative de jeter les amarres, de me fixer à terre, ça a été d'épouser Melina. Et de nous installer à Agios Nikólaos, sur l'île de Psará, où mon père avait acheté une maison. Mais que veux-tu faire sur une île qui appartient aux chèvres ? On a fait un enfant !

« Le soir, pour le bercer, je lui lisais Homère. Quatre ans après, je reprenais la mer. Melina est rentrée à Athènes. Dans sa famille. Avec Mikis sous le bras. Quand je suis revenu, deux ans après, elle m'attendait pour le divorce. Je suis resté une semaine, puis je suis reparti et je ne me suis plus jamais arrêté. C'est la première fois depuis la naissance de Mikis que je reste aussi longtemps à terre.

– Et ça te fait quoi ?

– Je suis comme si je ne savais plus qui je suis. Et toi ? avait demandé Diamantis.

– Aujourd'hui, je me sens comme toi. Je sais plus trop bien. Ma vie. Céphée, les enfants. Tout ça. Je ne sais plus trop bien si ma vie a un sens.

Diamantis avait été surpris par cette réponse, si franche et directe, si intime aussi de la part de cet homme. En fait, il avait seulement souhaité savoir comment Abdul était devenu marin. La première fois pour un marin est aussi importante, sinon plus, que la première fille qu'on a eu dans son lit. La même peur. Le même vertige. Sauf que cet amour-là, on sait, dès le port quitté, qu'on ne s'en déprendra jamais. Enfin, c'est ce que pensait Diamantis.

Les deux hommes avaient navigué plusieurs fois ensemble. Sur d'autres cargos. Pour d'autres armateurs. Toujours dans ce même rapport. Aziz, capitaine. Diamantis, son second. Ils s'en étaient toujours tenus à ça, à cette fonction qu'ils occupaient. Avec confiance. Avec respect. Jamais ils ne s'étaient parlé de leur vie. De cette vie à terre où, sans nul doute, s'ils s'étaient rencontrés, ils n'auraient eu que peu de choses à se raconter. Pas même lors de cette longue traversée, il y a six ans, jusqu'à Saigon. « On se déglingue », avait alors pensé Diamantis.

Abdul avait souri devant l'étonnement de Diamantis.

– J'ai pas répondu à ta question, c'est ça ?

– Ouais. Mais... t'imagines, Abdul... depuis le temps. Qu'est-ce qui nous prend ? On a un sacré coup de blues, ou quoi ?

– C'est d'être à terre... Si longtemps. Ça nous change. Il n'y a pas la mer entre nous. Et l'on découvre le vide. Et la peur de plonger.

– T'as peur ?

– Peur de finir ici, ouais. De plus reprendre la mer, je veux dire. De plus avoir de navire.

Abdul s'était perdu dans le silence. Ils avaient marché, entre treuil et chaîne d'ancre, dépassant les manchons des écubiers, jusqu'à l'extrême pointe de la proue. Abdul s'appuya au bastingage et regarda les étoiles. Puis il désigna le ciel à Diamantis.

– Tu vois, celle-là, c'est Céphée. Ma femme. Ma bonne étoile. T'as une étoile, toi ?

– Je les ai toutes suivies, plaisanta Diamantis. Aucune ne m'a vraiment souri.

– Moi, je suis devenu marin par hasard. Dans ma famille, la tradition, c'est plutôt le commerce. Un jour, Walid, mon frère aîné – on est deux garçons et trois filles – a quitté Beyrouth pour ouvrir un comptoir à Dakar. Ça marchait bien. Mon père m'a envoyé l'aider. Je venais d'avoir vingt-trois ans et je prenais la mer pour la première fois. Sur l'*Espérance*, c'était. Un paquebot qui, jusqu'à la guerre, avait fait la Nouvelle-Calédonie. L'*Espérance*, tu vois un peu !

« J'ai fait le voyage sur le pont, ou presque. Tant c'était dingue, ce que je ressentais. Le coup de foudre, quoi ! Arrivé à Dakar, t'imagines, je me suis emmerdé comme un rat mort. Dès que je pouvais, je filais au port, pour regarder les navires. J'en ai vu passer ! A force, je me suis fait pote avec un type de mon âge, Mamoudi. Son père travaillait pour une compagnie américaine, l'European Pacific and Co. Il me l'a présenté. Dix jours après, j'embarquais pour Botany Bay, le port de Sidney. Sur le *Columbia Star*.

Ils avaient continué leur discussion, tard dans la nuit, à la terrasse de Chez Roger et Nénette, un minuscule restaurant près du Vieux-Port. On y servait de délicieuses pizzas, mais surtout des lasagnettes avec une sauce tomate à la brousse, accompagnées d'alouettes cuites dans cette sauce. Un délice. Ils étaient partis à vélo jusqu'au bassin de radoub. Là, ils avaient pris le bus pour le centre. Les vélos, c'était un don du syndicat des dockers. Cinq vélos. Aujourd'hui, il n'en restait qu'un. Les autres, on les leur avait fauchés à l'arrêt de bus !

– Mamoudi, continua Abdul, quand je l'ai connu, sa femme venait d'accoucher. D'une fille. On a fait la fête ensemble. C'était son premier enfant. Ben, tu vas pas me croire, Diamantis, cette gamine, c'est Céphée !

Diamantis ne disait rien. Il écoutait. Le vin aidant,

un rosé de Bandol – « Domaine de Cagueloup », avait précisé le patron en montrant la bouteille –, il avait surmonté ce malaise de pénétrer dans l'intimité d'Abdul. Il le devinait, leurs rapports ne seraient plus jamais les mêmes. Se confier – et Diamantis était aussi prêt à le faire –, c'était s'avouer qu'ils étaient bel et bien des marins perdus.

– Un matin, dix-huit ans après, je fais escale à Dakar. Je naviguais sur l'*Eridan*, le premier bateau qu'on me confiait. Je débarque chez Mamoudi. On avait gardé contact. Régulièrement, je lui donnais de mes nouvelles. Une petite carte, quoi. D'ici, de là... C'est le moins que je lui devais. Et qui c'est qui m'ouvre la porte ?

– La gamine.

– Putain, Diamantis, cloué sur place, j'étais ! Cette gosse, que j'avais tenue dans mes bras, une déesse elle était devenue. D'une beauté. Des femmes, j'en ai vu, j'en ai connu... Comme toi sans doute. Mais elle...

Diamantis se surprit à penser, pour une fois, à Melina. Il l'avait aimée, bien sûr. Mais par raison. Ou par dépit. Ce qui revient au même. Son père venait de mourir, et il s'était dit, ou avait tenté de se convaincre, que sa quête du monde était finie. Qu'il pouvait s'arrêter. Celui qui lui avait tant manqué dans son enfance, après qui il n'eut de cesse de courir de port en port, avec l'espoir d'être avec lui une nuit, une journée, une semaine, cet homme-là était revenu mourir dans ses bras. A Psará. Melina était venue à l'enterrement avec ses parents. De vieux amis des siens. Melina, il la connaissait depuis l'enfance. Ils avaient fait l'amour ce soir-là. Le soir de l'enterrement. « Non, Diamantis, il se dit dans sa tête, tu déconnes. Melina, elle était belle. Elle était pour toi. Tu l'as vraiment aimée. »

– A quoi tu penses, Diamantis ? demanda Abdul.

– A Melina. Elle était belle, elle aussi.

Abdul éclata de rire.

– Sûr. Les femmes qu'on aime, elles sont forcément belles. Sinon, on coucherait pas avec, hé ! Céphée, je vais te dire, il y en a des milliers de plus belles, je le sais. J'en ai croisé dans tous les ports du monde... Mais elle... Ce qu'il y avait dans ses yeux, c'était rien que pour moi. C'est ça l'amour. Et ça, je l'ai compris quand elle a ouvert la porte, ce jour-là. Peut-être qu'elle se souvenait de comment je la tenais dans mes bras quand elle est née. De mes mains sur son petit cul...

Abdul était un peu ivre. Diamantis perdu dans ses pensées. Les souvenirs affleuraient sa mémoire, comme à la surface d'une eau qui aurait trop longtemps croupi. Cela ne sentait pas forcément bon. Il aurait voulu chasser tout ça de sa tête. Il savait que derrière Melina se profilait le visage d'une autre femme. D'une gamine de dix-huit ans qu'il avait follement aimée et qu'il avait quittée, sans un adieu. Il l'avait abandonnée.

C'était il y a vingt ans. A Marseille. Jamais il n'avait essayé de la revoir lors de ses escales, ou essayé de savoir ce qu'elle était devenue. Pas même depuis qu'il était coincé là. Elle lui manqua cruellement à cet instant. Amina. Son visage s'imposa. Il était trop tard, maintenant, pour en repousser l'idée. Il sut alors à quoi il allait consacrer son temps. A la retrouver. Comme pour mettre enfin sa vie à l'heure.

– On s'en reprend une ? demanda Abdul en désignant la bouteille vide.

Diamantis ne se fit pas prier. Le vin, c'est fait pour se souvenir, pas pour oublier.

2

La nuit, le monde nous abandonne

Abdul suivait des yeux Diamantis, du sabord de sa cabine. « Où peut-il aller si tôt ? » se demanda-t-il. Il n'avait pas emprunté le dernier vélo qui restait à l'équipage, et cela l'intriguait.

C'était la première fois, depuis qu'ils étaient coincés à Marseille, qu'Abdul se posait des questions à propos de la vie à terre de Diamantis. Souvent, il partait le matin, mais avec le vélo. Et il revenait deux ou trois heures après. Il lui arrivait aussi de s'absenter une journée. Dans ce cas-là, il s'en allait à pied. Comme aujourd'hui. Mais il le faisait toujours avec son accord. Et sans jamais se dérober aux tâches que chacun avait à accomplir sur le navire. Diamantis, il devait le reconnaître, ne rechignait jamais devant le boulot. Au contraire. Un après-midi, il s'était même joint à l'équipage pour s'attaquer à la rouille qui gagnait le navire. A la fin de la journée, Abdul lui avait fait remarquer, un peu sèchement, que ce n'était pas là la place d'un second. Diamantis lui avait répondu que la rouille non plus, ce n'était pas sa place, sur le cargo. Abdul avait souri.

– Je sais. La rouille, c'était juste pour que les hommes s'occupent. Que personne se prenne la tête à glander à bord. Ça commence à tirer entre eux. Surtout entre les deux Birmans et le reste de l'équipage. L'*Aldébaran*, je sais pas si tu sais, quand je l'ai pris, il sortait de vingt-quatre mois de rancart. Alors, la rouille, on aura beau la racler, ça n'y changera plus rien.

– Ben, je suis comme eux, Abdul. J'ai envie de cogner aussi. Autant que ce soit contre de la ferraille. Et je vais te dire, je me sens mieux. Les hommes aussi. On s'en est pris plein la tête et plein les bras, mais, au moins, ça ressemble à une vie de marin.

C'est ce soir-là qu'ils s'étaient mis à parler.

Depuis, rien n'était plus pareil. Il sentait que ce type, peu bavard, avait *du fond*. D'une certaine manière, il l'avait toujours su. Mais il le découvrait aujourd'hui. Diamantis aurait pu être son ami depuis longtemps. Il aurait pu se confier à lui, lui demander conseil. Et, peut-être, bien des choses seraient différentes. Peut-être serait-il toujours le fier capitaine Abdul Aziz, et non le piteux commandant de ce rafiot de merde. « Les vraies questions, se dit-il, on se les pose toujours trop tard. Quand on a raté sa vie. Quand on ne peut plus revenir en arrière. »

Il tira sa chaise devant le sabord pour continuer de suivre Diamantis. Celui-ci marchait nonchalamment sur la digue du Large. Du pas de celui qui ne va nulle part. Il semblait boiter, comme s'il lui manquait quelques centimètres à la jambe gauche. Ce n'était qu'une impression. Une manière de marcher. Presque l'affirmation qu'il n'appartenait pas à la terre ferme. Lui, il avait toujours surveillé sa démarche, son allure. Il en faisait grand cas. Il tenait ça de son père, ce goût pour la prestance. « Tiens-toi droit, ne cessait-il de lui répéter. Un homme voûté est prêt à tout accepter. » Et il ajoutait : « Regarde-moi dans les yeux. Si tu as fait une connerie, ce n'est pas une raison pour baisser la tête ! » Quand il était rentré de Sidney, c'est ainsi qu'il avait affronté son père. Bien droit, et son regard dans le sien. Les deux hommes s'étaient évalués. Puis son père avait simplement dit : « Bienvenue à la maison, fils. » Une semaine après, il l'avait inscrit comme élève officier dans la marine marchande.

Abdul avait été heureux de voir Diamantis monter l'échelle de coupée, à Gênes. On lui avait simplement dit : « On vous a trouvé un second. » Il ne s'était pas attendu à le voir arriver, lui. Ni n'importe qui, d'ailleurs. L'*Aldébaran* avait fait plus que son temps. Il le savait, Abdul. Ce n'était qu'un vieux vraquier. Juste bon à embarquer des pauvres types qui, un jour, avaient pris la mer comme on s'embauche à l'usine. Aussi tristement. Il fallait bien gagner quatre sous pour vivre, et pour nourrir la famille. Et, aujourd'hui, il était plus simple de trouver un rafiot en partance qu'un bon boulot. C'était vrai en Europe. C'était vrai partout.

Abdul suivit quelques instants encore Diamantis. Il le vit s'arrêter, allumer une clope puis faire une boule de son paquet de cigarettes, le lancer en l'air et shooter dedans avant qu'il ne retombe à terre. Un beau shoot qui propulsa la boule de papier loin dans la mer. Cela fit sourire Abdul. « Drôle de bonhomme ! » pensa-t-il. Pourquoi était-il venu se « perdre » sur l'*Aldébaran* ? Ça, il ne le comprenait toujours pas.

« Chacun ses histoires », se dit-il. Il avait les siennes, et cela lui bouffait suffisamment la tête comme ça. Il se leva et alla s'asseoir à sa table de travail. Sur la paroi, il avait accroché une photo de Céphée et des enfants, et une autre où il donnait la main à son père. Au-dessus était scotchée une carte postale de Deir el-Qamar, sa ville natale, à l'est de Beyrouth, que Walid lui avait adressée avant son départ, à La Spezia. « Nous avons été indemnisés pour la maison de grand-père, lui écrivait-il. Tu vois, le Liban moderne se reconstruit. Dans la paix, enfin, entre nos communautés. Ta place est toujours parmi nous. Il y a, comme je te l'ai déjà dit, du travail pour nos deux familles. »

Les yeux d'Abdul allèrent rapidement d'une image à l'autre, puis se posèrent sur les formulaires qu'il devait remettre à l'équipage. Avec cet imprimé, contresigné par lui, chaque homme obtiendrait mille cinq cents francs. Une indemnité forfaitaire. Les marins s'engageaient à renoncer à tout autre droit, même si le navire était vendu. C'était une escroquerie, bien sûr. En cas de revente, cela allégeait le coût de la reprise pour le nouvel armateur. Mais au moins chaque homme n'aurait pas tout perdu. Abdul ne croyait plus au rachat de l'*Aldébaran*. Il ne croyait plus grand-chose, d'ailleurs. Si, quand même. Il était convaincu que sa vie était finie. C'est ce qu'il venait d'écrire à Céphée. « Je crois que la nuit le monde nous abandonne... » La première phrase de sa lettre.

Avant de sortir de sa cabine, Abdul nota sur le journal de bord : « R.A.S. ». Comme tous les jours. Sauf qu'aujourd'hui ce n'était pas vrai. Aujourd'hui, chaque marin allait signer l'arrêt de mort de l'*Aldébaran*. Et sa mort à lui.

Diamantis avait pris quelques habitudes. Dans un bistrot de la place de Lenche, en bas du Panier, le vieux quartier de Marseille. A deux pas du Vieux-Port. Toinou Bertani, un ancien docker, l'avait racheté cela faisait presque trois ans. Le midi, il servait une vingtaine de repas à quelques habitués. Une cuisine provençale, simple mais excellente. Diamantis aimait y venir le matin. Il s'asseyait en terrasse, sous les platanes, et buvait deux ou trois cafés en lisant le journal.

Un jour, Toinou s'était assis à sa table et avait dit :

– Je t'offre le pastis ?

Jusqu'à présent, ils n'avaient échangé que des banalités. « Bonjour, ça va ? – Oui, et toi ? – Quoi de neuf ? » Juste ce qu'il fallait pour ne pas être un client anonyme. La veille, il y avait eu un reportage sur l'*Aldébaran* dans le journal. Avec une photo de l'équipage. Et Toinou avait dit à Rossana, sa femme :

– Putain, mais c'est le type qui vient me boire le café tous les matins.

– Le pauvre ! avait conclu Rossana, après avoir lu l'article. D'après ce qu'y dit, le journaliste, ça doit pas être rose tous les jours, pour eux. Y doivent manger que des cochonneries en plus.

Diamantis n'avait pas refusé l'apéro, ni l'invitation de Toinou, au troisième pastis, de partager le plat du jour avec eux. « Quand y en a pour vingt... » Ce midi-là, pâtes fraîches au ragoût de légumes à l'huile d'olive étaient au menu. Un régal. Tous deux n'avaient qu'un rêve, ouvrir un « vrai » restaurant.

– Mais populaire, avait précisé Rossana. Pas cher, quoi. Pas comme y en a sur le port. Vous voyez, un ouvrier, quand y regarde les tables, par la terrasse, si y voit qu'on a mis les petits plats dans les grands, eh bé, y se dit que c'est pas pour lui, ces choses.

Diamantis avait vite compris que ce n'était pas encore demain qu'ils l'ouvriraient, leur restaurant. Ici, on faisait facilement crédit. Par principe.

– Quand on a été, comme moi, ouvrier toute sa vie, y a une chose qu'on a appris. C'est à être solidaires. Alors, tu vois, Diamantis, tu viens, t'es dans la merde... Eh quoi ! je vais te faire payer ?

– Tu vas te retrouver sur la paille, à ce train-là.

– J'ai presque soixante ans. Alors, quand je fais faillite, je prends ma retraite. Tu vois, c'est aussi simple. Et si j'ai pas assez, mon fils et ma fille y m'aideront !

Bruno et Mariette. Diamantis les avait rencontrés plusieurs fois déjà. Bruno, le portrait craché de son père, « s'était fait docker », comme on disait, et Toinou n'avait pu l'en dissuader. Mariette dirigeait un petit cabinet immobilier, rue Saint-Ferréol. Une vraie Marseillaise. Gaie, bien dans sa peau, et des yeux noisette qui ne s'en laissaient pas conter. Toinou et Rossana, Bruno et Mariette, Diamantis s'était trouvé une famille. Il était mieux avec eux qu'avec Venetsanou, un cousin éloigné qui vivait à Marseille.

Venetsanou, il lui avait rendu visite une fois.

Quand il avait appris que l'*Aldébaran* ne reprendrait pas la mer de sitôt. Il ne l'avait pas revu depuis dix ans. Il avait épousé une « Grecque de Marseille », lui avait fait trois mômes et, avec son beau-frère, avait développé la petite entreprise de bâtiment de son oncle. La réussite. Depuis, ils habitaient une petite villa, vallon Montebello, sur les hauteurs de la ville, derrière Notre-Dame-de-la-Garde.

– Vous êtes bien, là.

– Ouais, c'est un bon quartier. Et le lycée, à côté, c'est un des meilleurs pour les enfants. Parce que, je te dis pas, Marseille, ça a changé. Je sais pas si t'as eu le temps de t'en rendre compte, mais c'est plein d'étrangers.

Diamantis crut avoir mal entendu.

– Des étrangers ?

– Des gris. La vraie lèpre du centre-ville. Bon, à la mairie, y sont en train de faire le ménage, mais en attendant... Nous, c'est simple, on y va plus sur la Canebière. On dépasse pas la place Castellane. Y a tout, autour de nous. Le marché, les commerçants, les cinés...

– Des gris ? questionna Diamantis, sans bien comprendre.

Venetsanou eut un sourire complice.

– Les bougnoules, quoi !

Ils n'en étaient qu'à l'apéro. Le repas s'annonçait sinistre.

– Attends, Dimitri, t'es quoi, toi ? Nena, les enfants, je dis pas, ils sont nés ici. Mais toi, bordel !

– Moi, je suis français. Hé, j'ai fait mon service. Mais c'est pas que ça, c'est la culture. Leur mentalité de merde. Ils sont différents. Tu le sens, rien qu'à les voir. Ça restera toujours des bougnoules. Des étrangers.

Sur l'*Aldébaran*, il y avait deux Birmans, un Ivoirien, un Comorien, un Turc, un Marocain et un Hongrois. Abdul Aziz était libanais et lui grec. Qui était l'étranger de qui, une fois en mer ? Depuis presque trente ans, il avait navigué avec toutes les races du monde, sur toutes les mers du monde, la question de la race ne s'était jamais posée. C'est ce qu'il répondit à Dimitri.

– Des problèmes d'homme, ça, oui, j'en ai connu. Des problèmes de pouvoir, aussi. De compétence, ou d'incompétence, également. Mais j'ai jamais vu qu'il fallait deux Nègres pour faire un Blanc.

– Tu confonds tout, Diamantis. Ils viennent en France et ils veulent tout.

– Comme toi. A seize ans, t'as compris que tu voulais pas crever ta vie à pêcher des éponges. Alors t'as quitté Symi, et t'es venu à Marseille, chez ton oncle Caginolas. Il t'a fait travailler avec lui, et aujourd'hui t'es ton patron...

– Et j'ai fondé une famille, ouais, et j'ai un toit pour la faire vivre. Et mon argent, je le bouffe ici. En vrai Français !

Le ton était monté. Diamantis avait repoussé son plat. Des seiches aux tomates et au vin, comme on les faisait dans les îles. Nena avait fait un effort. Un vrai repas grec. Mais elle devait être plus experte en steak frites ou en purée mousseline saucisses. Ni la sauce ni les seiches n'avaient de goût.

La discussion vira au règlement de comptes anciens. Melina était aussi de Symi, et Dimitri avait toujours été amoureux d'elle. Il était revenu, un été, la demander en mariage. « J'aime Diamantis. C'est lui que j'attends », lui avait-elle répondu. Dimitri s'était moqué d'elle. Elle vieillirait comme Pénélope. A vivre dans l'espoir de son retour.

– Qu'est-ce qu'on peut attendre d'un marin ? lui avait-il demandé.

– Rien. Tu vois, Dimitri, j'ai eu pas mal d'aventures à l'université. J'en ai encore. Mais c'est lui que j'aime. Tu comprends ? Si je dois me marier, avoir un enfant, ce sera avec lui.

Le jour où elle lui annonça qu'elle voulait divorcer, Melina avoua à Diamantis : « Je ne regrette rien, tu sais. Mais c'est mieux comme ça. Mieux pour tout ce bonheur qu'on a eu ensemble. » Diamantis comprit tout ce qu'il perdait. Melina lui avait donné sa jeunesse, et lui, il l'avait bradée sur la mer. Ni elle ni lui ne trouvèrent cette nuit-là des mots à leur souffrance. Ils firent l'amour, lentement. Juste pour donner du sens à leurs larmes. Les nuits suivantes, Diamantis les avait passées dans les bars d'Athènes. A se bourrer la gueule dans l'attente d'un navire où embarquer.

– T'as des nouvelles de Melina ? demanda Dimitri avec une pointe de méchanceté.

– Elle va se remarier, mentit Diamantis. Tu vois, t'aurais dû attendre...

Nena quitta la table, les larmes aux yeux.

– T'es qu'un salaud ! cria Dimitri. T'avais pas le droit de dire ça. C'est un sujet qu'on en parle plus, avec Nena. De l'histoire ancienne.

Diamantis vida son verre en silence, puis il se leva. Il lui aurait volontiers tiré un coup de poing dans la gueule, à Dimitri. Mais cela n'aurait pas aboli le passé ni rien changé au présent.

– Oublie pas, Dimitri, la haine, le monde a déjà trop donné.

Et il était parti.

Dans le journal du jour, la haine, elle s'étalait sur toutes les pages. En Bosnie, au Rwanda, en Tchétchénie, en Irlande. Il y en avait toujours un qui se disait supérieur à l'autre. Diamantis avait envie de reprendre la mer. S'éloigner. S'oublier dans une nuit d'étoiles en plein océan. Se dissoudre entre ciel et mer. Il y avait peu de chances que cela se produise rapidement. Il s'était renseigné à la mission des gens de mer. A Marseille, rares étaient les navires où l'on pouvait embaucher. Il lui fallait revenir à son point de départ. A La Spezia. Ou partir ailleurs.

– Alors, demanda Toinou. Qu'est-ce t'as décidé ?

– Je vais rester. Attendre, avec Abdul. Je crois qu'on est des cons, tous les deux. Tu vois, lui il a pris le commandement du cargo et il en démordra pas. Il veut l'amener quelque part. Moi, j'ai embarqué avec lui, comme second. Et je vais où il va. De toute manière, je sais pas où j'irais.

– Chez toi. En attendant.

Toinou ne pouvait comprendre. Il lui était impossible de se dire « je vais rentrer et attendre ». C'était ça être navigateur. Attendre n'existait pas. Seul partir avait un sens. Partir, revenir. Même ceux qui avaient une famille raisonnaient ainsi. Ou presque. Parce qu'il savait bien, Diamantis, qu'aujourd'hui beaucoup s'embarquaient faute de trouver mieux à terre. Le radio de l'*Aldébaran*, Nedim, était de ceux-là. Il avait vu la mer pour la première fois à dix-huit ans. Quand il avait été appelé pour le service militaire. C'est à l'armée qu'il avait appris la radio. Comme il ne trouvait pas de boulot à terre, il avait regardé du côté de la mer.

– Ben, j'avais pas le mal de mer, il avait raconté un soir. Le cuistot, il arrêtait pas de râler parce que, même par mauvais temps, je mangeais comme quatre. Alors, un jour, y me dit : « Nedim, d'après toi, c'est la mer qui bouge ou les montagnes ? » M'a fallu cinq secondes pour comprendre et moins d'une minute pour aller dégobiller sur le pont ! Maintenant, au moindre grain je suis malade comme un chien.

– Ça marche à tous les coups avec les paysans ! avait rigolé Gregory, le machino.

– Qui n'a pas le mal de mer ? avait demandé Diamantis.

– Moi, avait fanfaronné Ousbène.

– Ah ouais. Et tu dors comment quand y a de la tempête ?

– Sur le dos, il avait rigolé.

– Moi aussi, répondit Diamantis. Ça veut dire que si tu dors sur le côté, t'es bon pour la bassine ! En trente ans, j'y suis jamais arrivé !

– Moi aussi, je me mets sur le dos, reprit Nedim. Ça change rien. Je sens que ça monte et ça descend.

– C'est à cause de cet enfoiré, qui t'a parlé des montagnes, dit Ousbène.

– C'était un Grec. Y a pas pire enfoiré.

Tous avaient éclaté de rire. Sauf Nedim, qui n'avait pas réalisé sa bourde.

– Oh ! putain ! S'cusez-moi. Y a rien pour vous. C'était juste qu'une généralité.

C'est comme ça qu'il était bien, Diamantis. Avec des hommes qui parlaient ainsi, sans arrière-pensée.

Toinou le regardait de ses gros yeux globuleux, légèrement injectés de sang, mais rayonnant de gentillesse. Il ne comprenait pas ce qui se passait dans la tête de Diamantis, mais, dans le fond, ce n'était pas ça le plus important.

– Alors, écoute, il dit très sérieusement. Tu peux venir quand tu veux. Tu es chez toi ici. Et tu peux amener ton ami, le capitaine. Hein, faut pas vous gêner. Parce que tu vois, Diamantis, je crois que si tu restes, c'est un peu à cause de lui. Du respect que t'as pour lui. De l'amitié...

« Non, Toinou, aurait pu répondre Diamantis. Je reste parce que je suis seul. » Mais il ne dit rien de tout cela. Il dit simplement :

– Merci, Toinou.

3

Ce n'est pas le Pérou, pas la misère non plus

Quand Abdul revint sur l'*Aldébaran*, en fin de soirée, Diamantis était installé dans la salle commune. Sur la table, il avait déplié une carte maritime. Une vieille carte romaine. A côté de lui, un bloc sur lequel il prenait des notes. Il était en short et torse nu. L'air, poisseux d'orage, entrait par la porte qu'il avait laissée ouverte. Il leva la tête à l'entrée d'Abdul.

– Alors ? On n'est plus que tous les deux ?

Abdul ne répondit pas. Il ôta sa chemise, tira une chaise et s'assit près de la table.

– Je savais pas que tu te passionnais pour la cartographie ?

– Tu sais rien de moi, Abdul. Et l'inverse est vrai aussi. Ça fait quoi ? dix ans qu'on se connaît ? J'en sais plus sur notre équipage.

– Toi non plus, t'es pas bavard.

– J'aime pas me raconter.

– Ça t'arrive jamais d'avoir envie de te confier ?

– Quand ça va mal, que j'ai des doutes, je plonge là-dedans.

Diamantis montra la carte étalée devant lui.

– J'apprends que ce qui était vérité est mensonge aujourd'hui. Que la vérité est toujours relative.

– Explique-moi ça.

Abdul tira de sa poche une boîte de meccarillos et s'en alluma un, sans en proposer à Diamantis.

– C'est simple, Abdul. Qu'est-ce qu'on fout là, tous les deux, sur ce putain de cargo ? Toi, moi, on aurait pu se casser d'ici. T'as certainement une explication à me donner. Moi aussi, j'en ai une. Une explication sincère. La vérité du moment. Mais, en fait, on sait bien, toi comme moi, qu'on se bourre le mou. C'est rien que des mensonges. Parce que, dans le fond, on déteste tout ce qui nous sépare de la mer. Etre sur ce bateau, c'est encore moins pire que de savoir qu'on va se trouver au chômage. La vérité, c'est qu'on ne veut pas rentrer.

– Ou qu'on peut pas, répliqua Abdul.

Diamantis leva la tête. Leurs yeux se rencontrèrent. Abdul se dit qu'il touchait juste, avec cette remarque. Quelque chose empêchait Diamantis de rentrer. C'est comme ça qu'il s'expliquait qu'il ne s'était pas barré avec les autres.

– Ça revient au même. Tu vois, je crois que ce qu'on appelle vérité, c'est simplement cette sincérité que l'on a, d'assumer sa condition. Et c'est toujours un mensonge dès qu'on met des majuscules à vie, amour, ou à histoire. Non ?

Abdul se pencha vers la carte sur laquelle travaillait Diamantis. Il n'avait pas envie de répondre. Pas aujourd'hui en tout cas. Il se débattait trop dans ses contradictions pour s'engager dans pareille discussion. Répondre, c'était obligatoirement parler de lui, de Céphée, de leur vie qui se séparait. Abdul avait voulu forcer Diamantis à se dévoiler et Diamantis lui avait renvoyé la balle.

Ils se regardèrent une nouvelle fois et décidèrent d'en rester là, pour le moment. De toute façon, là où ils étaient, ils y étaient pour longtemps.

– Cette carte, expliqua Diamantis, c'est la *Peutingeriana*, une carte-itinéraire romaine du IIIe siècle, avec Rome, là, en son centre.

– Elle est superbe.

– C'est mon père qui me l'a offerte, quelques mois avant sa mort. Il l'a achetée dans une fumerie d'opium de Shantou, à un marin italien à court d'argent. C'était en 54, je crois. J'en suis pas sûr. Mais je me souviens, quand il est rentré. Il a déployé la carte sur la table, comme un trésor, puis il m'a pris sur ses genoux et il m'a raconté une fabuleuse histoire. J'avais quatre ans, je comprenais rien à son histoire, mais le son en était merveilleux.

« Chaque fois qu'il revenait à la maison, il recommençait. Avec moi sur ses genoux. C'est comme ça qu'à douze ans j'avais compris que seule la cartographie pose toutes les questions sur la mer et la terre. C'est-à-dire sur le monde, et notre regard sur le monde. Tu me suis ?

– Ouais, ouais. Tout à fait.

– Je crois que j'aurais aimé ça, être cartographe. Ou géographe.

– Mais t'as pris la mer.

– Je me suis pas donné d'autres choix. Mais... Marin, dans le fond, c'est pareil. A chaque voyage, on redessine le monde. C'est comme ça que je vois les choses.

Diamantis se leva et Abdul l'imita. Il était émerveillé, et, écoutant Diamantis, il s'était senti, presque immédiatement, dans la situation de celui-ci avec son père. Comme un enfant.

– Ton père était en Chine en 54 ?

– Ouais, à bord d'un vieux cargo rouillé. Pire que le nôtre. Hors d'âge, déglingué, sans même de radar. J'ai jamais su son nom. Mon père l'appelait le *Cafard*. Un rafiot, parmi tant d'autres vendus à la ferraille et que les armateurs grecs achetaient à Rotterdam, pour rien. Ils les faisaient encore tourner pendant des années. Aux risques et périls des marins. Mais fallait bien gagner sa croûte. Le *Cafard* transportait du matériel de guerre. Quand ils sont arrivés à Shantou, les communistes achevaient de prendre le pouvoir. Du port, bombardé, il restait rien. Que quelques fumeries.

– Qu'est-ce qu'ils en ont fait, du matériel ? Ils l'ont livré aux communistes ?

– J'en sais rien. De toute façon, je pense que ça changeait plus rien au cours de l'histoire. Pourquoi ?

– Pour rien. Simple curiosité.

– Seulement ?

– Non. Mais... je me suis souvent demandé si, justement, c'était pas ces petits riens qui changeaient le cours de l'histoire.

– L'histoire, peut-être. Pas son cours.

La nuit était maintenant tombée et avait enveloppé le cargo. Les deux hommes s'étaient livrés à un inventaire de leurs provisions. Dix kilos de spaghettis, autant de riz. Huit kilos de haricots rouges. Six boîtes de pois chiches de cinq cents grammes. Huit boîtes de maquereaux, douze de sardines à l'huile. Trois pots de café soluble de cinq cents grammes, une boîte de thé noir, une boîte de biscuits bretons. Un vrac de biscottes dans un grand bac en alu. Un bidon d'huile aux trois quarts plein. Sel, poivre. Un cubi de vin. Quatre canettes de bière et un fond de whisky. Et la réserve d'eau potable affichait douze litres.

– C'est pas le Pérou, avait plaisanté Abdul, mais c'est pas la misère.

D'un commun accord, ils se firent des spaghettis et utilisèrent l'unique boîte de concentré de tomates qui restait. Ils mangèrent sans se parler. Comme ils le faisaient en mer. Ils avaient retrouvé les mêmes gestes, les mêmes attitudes. Ils s'étaient assis l'un et l'autre à la place qu'ils avaient occupée depuis leur départ de La Spezia. Leurs regards étaient perdus de la même manière. Dans ce lointain où il n'y a plus de pensées, seulement des images qui se succèdent, s'enchaînent, parfois sans sens évident.

Abdul rompit le silence. Parce qu'il n'arrivait pas à reconstituer le visage de Céphée dans sa tête. Il voyait son visage mais ne pouvait en dessiner les contours. La rondeur des joues, la finesse du menton, la douceur du front. Il aurait aimé la voir sourire, et caresser ce sourire du bout de ses doigts. Il aurait aimé embrasser ses paupières et voir ses yeux s'ouvrir, noirs et brillants...

– On va avoir de l'orage, tu crois ?

Diamantis releva la tête, puis haussa les épaules.

– Au fait, reprit Abdul, les types te saluent. Ils

pensaient te voir une dernière fois, mais... T'es parti tôt ce matin.

– Ça s'est bien passé ?

– Ouais. Y a juste avec Ousbène qu'y a eu un problème. Il avait pas ses papiers en règle, ce con. Il a fallu qu'il aille à la préfecture pour obtenir un permis de séjour.

– Ils font quoi, tous ?

– J'en sais rien. Sauf Ousbène, il voulait retourner à La Spezia. Il a un cousin là-bas. Ça lui permettra d'attendre un bateau, il a dit. Et Nedim aussi. Il s'est trouvé un routier qui le ramenait à Istanbul. Pour cinq cents balles, je crois.

– Tu croyais que j'allais foutre le camp ?

– Je croyais rien. C'était ton droit.

– Parce que c'est ton devoir de rester là ?

La question était si directe qu'Abdul ne sut quoi répondre.

– Non, bafouilla-t-il. Non.

– Ni droit ni devoir. Voilà. On est là. Et on verra bien, pas vrai ? Peut-être qu'on va se taper dessus dans deux ou trois jours.

– Pourquoi on se taperait dessus ?

– Parce qu'on meurt d'envie de savoir pourquoi on est là, toi et moi, assis face à face à bouffer des spaghettis avec une sauce de merde et à boire un pinard qui a le goût de piquette... Et que...

Il se leva, alluma une cigarette et tira fiévreusement dessus, en inhalant :

– Et que ni toi ni moi on a envie de parler de ça. Je crois que je vais me coucher. On lève l'échelle ?

– On l'a jamais levée. Pourquoi tu demandes ça ?

– Parce que c'est toi le capitaine, Abdul. Merde !

Ils éclatèrent de rire.

– Et si on se terminait plutôt le whisky ? proposa Abdul.

– Vu ce qui reste, t'as raison. Attrape la bouteille, tiens. Je vais t'expliquer la carte, si tu veux.

– Tu le sais peut-être pas, commença Diamantis, mais dans l'Antiquité on appelait les cartes les « périodes de la terre ».

– Putain, c'est beau.

– C'est absolument fabuleux, tu veux dire. Parce que, tu vois, entre cette carte et celles qui nous servent aujourd'hui pour la navigation, la terre a vraiment changé de visage. Des ports ont changé de nom, comme les mers qui les baignaient. Certains ont entièrement disparu. Leur histoire, si elle est pas écrite, elle le sera jamais plus.

Et Diamantis, pointant du doigt nombre de lieux, égrena des noms de ports à faire rêver. Salona, Aquileia et Adria sur l'Adriatique. Sybaris, Lilybaeum, Phôkaia. Les deux Césarée, sur les côtes africaines et d'Asie mineure. Les deux Ptolémaïs, l'une en Libye, l'autre en Phénicie. Les Bons Ports, près de Lasïa, au sud de la Crète, mentionnés par saint Luc dans les Actes des Apôtres. Tarsos en Cilicie, connue pour les portes de Cléopâtre. Et Tarsis, célèbre pour ses vaisseaux, dont on ignore l'exact emplacement. Dor, au pied du mont Carmel. Apollonie et Bérénice, de chaque côté de la péninsule Cyrénaïque. Hêrakleia et Théodosia, en Crimée, que l'on rejoint seulement par voie de terre. Gorgippia et Germanossa, près du goulet qui s'ouvre sur la mer d'Azov, la vieille Himera sur la côte sicilienne. Cythère, sur la plus méridionale des îles Ioniennes. Cythère...

Diamantis reprit son souffle. Il avala d'une traite le fond de whisky et claqua la langue.

– Un peu court, quand même !

– Je suis d'accord pour qu'on s'en paye une, demain. Les soirées vont être longues.

– Ouais. Mais on n'a pas fait vœu de fidélité, quand même !

– Continue, au lieu de dire des conneries.

– Mais je suis d'accord, pour le whisky. Je m'en occuperai. Je devrais l'avoir au prix de gros.

La mer, poursuivit Diamantis, on ne la découvre jamais seul, et on ne la voit pas qu'avec nos propres yeux. C'était l'enseignement de son père. On la regarde telle que d'autres l'ont vue, avec en tête les images et les récits qu'ils nous ont transmis.

– J'ai appris la mer comme ça. Sur ses genoux. C'est comme ça aussi que j'ai appris l'histoire, la géographie. Et que la littérature s'est mise à avoir un sens. Enfin, celle qui est capable de nous raconter qu'il y a des mers dans lesquelles on pourra jamais se baigner, des ports où l'on pourra pas baiser de filles. Et des pays qui survivront à la connerie humaine.

– T'es un vrai philosophe, Diamantis.

– J'aime la mer, c'est tout. On voit la terre différemment, et les hommes aussi.

– C'est bien ce que je dis. Je parie que t'es capable de citer des poèmes par cœur.

– Gagné, rigola Diamantis. C'est même comme ça que j'ai séduit ma femme.

Il réfléchit un instant, puis il se mit à réciter :

Salut à toi, capitaine !
Salut à vous, les vieilles – que faites-vous là ?
Comptez-vous les étoiles et les navires qui passent ?
Bavardez-vous avec la lune, visionnaires ?
Non, ni les étoiles ni les navires – ils ont sombré ;
ni la lune – elle s'est obscurcie ;
nous disons seulement adieu au monde, capitaine.

– Yannis Ritsos. Un poète de chez moi. Plus personne connaît son nom aujourd'hui. Ou presque. Les colonels l'avaient assigné à résidence sur l'île de Léros. Parce qu'il était communiste, je crois. Il était pas le seul, tu me diras. Ces pourritures avaient transformé la plupart des îles en camps. Réciter Ritsos, pour la jeunesse grecque, c'était résister à la dictature.

– T'as milité ?

– J'ai récité des poèmes à Melina !

Une manière de ne pas répondre, bien sûr. Cette époque était loin. Il avait décidé de l'oublier. Comme tous ceux que la dictature avait fait souffrir, et humiliés. Mais ces années-là restaient pour lui comme une cicatrice mal guérie. Elle saignait encore parfois.

Pourquoi lui avait-il fallu réciter Ritsos ? Qu'est-ce qui lui était passé par la tête, à cet instant ? Il l'ignorait. On ignore toujours pourquoi, et comment, un souvenir vous remonte à la gorge. Ils sont là, c'est tout. Prêts à sauter sur l'occasion. Pour vous tirer vers des mondes perdus. Les souvenirs, quels qu'ils soient, même les plus beaux ou les plus insignifiants, sont ces instants de la vie qu'on a gâchés. Les témoins de nos actes inaboutis. Ils ne resurgissent que pour tenter de trouver un accomplissement. Ou une explication. Diamantis devenait pour eux une proie facile.

Melina s'était mise à pleurer.

L'armée venait d'arrêter leur professeur de lettres, Costa Staïkos. Cet homme, l'été d'avant, leur avait fait découvrir Patmos. L'île qui abrite l'une des plus belles bibliothèques d'Orient. La bibliothèque Saint-Jean. On y avait conservé le plus vieux manuscrit des *Dialogues* de Platon, jusqu'à ce qu'un voyageur anglais, Daniel Clarke, le dérobe en 1801. C'est cette visite, sans doute, qui orienta Melina vers l'étude des manuscrits byzantins.

Staïkos était ami de Ritsos, il partageait ses idées, et il le citait souvent dans ses cours. Il fut dénoncé. Cinq hommes firent irruption pendant le cours et ils rouèrent de coups Staïkos. Devant les élèves. Puis ils le traînèrent hors de la classe. Comme le pire des criminels. Un militaire, un vieil officier, leur parla ensuite de l'ordre moral. De la mission qui était la leur en Grèce. Des élèves applaudirent. Melina éclata en sanglots à ce moment-là.

L'officier s'approcha d'elle. Et il la gifla. A la volée.

Diamantis raccompagna Melina chez elle. Ils ne parlèrent pas durant tout le trajet.

– Où il range ses munitions, ton père ?

Sa mère, puis Melina le regardèrent sans comprendre.

– En haut de l'armoire, répondit Melina. Pourquoi tu demandes ça ?

– Parce que je vais le tuer, ce type ! Je vais le tuer !

– Le malheur, ça suffit ! cria sa mère. Rentre chez toi.

Melina et lui adhérèrent le lendemain aux Jeunesses socialistes. Ils militèrent avec passion, avec violence même en ce qui concerne Diamantis. Mais il n'avait jamais pu effacer cette claque que Melina avait reçue. Il savait que ce qu'il aurait dû faire, c'était ça. Tuer ce type. Il le pensait aujourd'hui encore.

– Et toi, Abdul, t'es qui ? dit-il pour rompre le silence.

– Moi...

Abdul avait sursauté. Il s'était perdu dans ses pensées. Cela lui arrivait de plus en plus fréquemment. Il voulut répondre à Diamantis par une plaisanterie, mais il ne trouva pas les mots. Il était épuisé. Il voulait dormir. Ne plus penser à Céphée. « Les femmes, avait-il lu récemment dans un roman bon marché, les femmes quittent toujours leur mari. Le seul problème est qu'elles n'emportent pas leur corps avec elle. » Sa question, c'était ça : depuis quand Céphée l'avait-elle quitté ?

– T'es pas obligé de répondre.

Abdul se leva. Il semblait toujours plus grand, quand il se levait. Plus maigre aussi, constata Diamantis.

– Moi, tu sais...

Il chercha le regard de Diamantis.

– Moi, je suis un type qui sombre. Voilà. Rongé par la culpabilité.

Diamantis se mit à rire.

– J'ai jamais connu de marins qui se sentent pas coupables.

– C'est autre chose, Diamantis. C'est autre chose... Sûr que je finirai par t'en parler. Mais... Je vais aller me coucher, je crois. M'en veux pas pour toutes les questions que je te pose. Y a de la curiosité, chez moi, c'est sûr. Mais aussi... que tes réponses m'évitent de répondre à mes questions.

Diamantis siffla entre ses dents.

– Ben, putain ! Je suis pas le seul philosophe sur cette saloperie de rafiot.

4

Les filles du Perroquet Bleu

A l'exception des deux Birmans, qui se volatilisèrent dans Marseille dans l'heure qui suivit le paiement de leur prime, les autres membres de l'équipage décidèrent de s'offrir un bon gueuleton. Mille cinq cents francs en poche, ils n'avaient pas connu ça depuis longtemps. Un vrai repas non plus.

Ils mangèrent sur le port. Côté Rive-Neuve. Comme de vrais touristes. Soupe de poisson avec « sa rouille et ses croûtons », daurades avec pommes vapeur, fromage et dessert au choix, flan « maison » ou glace deux boules. Cela ne méritait pas une étoile du Gault et Millau, mais ils s'en tirèrent, heureux, pour soixante-quinze francs chacun. Sans le vin.

Ousbène et Nedim se retrouvèrent seuls après le café. Les trois autres étaient partis prendre le train de nuit pour Paris. Le Hongrois rentrait ensuite chez lui. Le Comorien filait vers Anvers, où il avait eu vent – par un oncle qui vivait là-bas – d'embauches pour le Chili. Le Marocain avait décidé de le suivre.

S'il y avait une chance pour un, il y en aurait peut-être une pour deux.

Le train d'Ousbène pour l'Italie ne partait que vers minuit. Quant à Nedim, il n'était pas pressé. Le routier lui avait filé rendez-vous à cinq heures du matin, sur le parking du J4. C'était derrière le fort Saint-Jean, sur le port. Un hangar désaffecté du bassin de la Grande Joliette. Le symbole du déclin du port de Marseille. En attendant d'être rasé, il tenait parfois lieu de salle de concerts.

Nedim connaissait bien l'endroit. Les premiers jours, quand il avait encore un peu d'argent, il était venu là, sur les conseils d'un docker, pour s'acheter un peu d'herbe. Des familles entières de Nord-Africains dormaient dans leur bagnole, en attendant de pouvoir embarquer sur un ferry. C'était le lieu de tous les petits trafics. On pouvait revendre et acheter n'importe quoi. Quelques filles tapinaient pour un prix dérisoire. Le plus souvent avec des routiers qui chargeaient sur le port. Les flics faisaient parfois une descente. Plus pour le principe, et pour faire chier, que pour tomber sur une grosse prise.

Pour tuer le temps, Ousbène proposa à Nedim d'aller boire un verre au Perroquet Bleu, rue des Dames. Une boîte africaine qu'il avait découverte un soir.

– Un bar à putes ? avait demandé Nedim.

– Nan, une vraie boîte. Avec d'la bonne musique. Salsa, biguine, meringué. Bien chaud, comme t'en as pas vu depuis longtemps, t'it'tête ! Et pis, c'est entre la gare et le port...

– Salsa ! Putain, j'adore ! Y a pas meilleur danseur que moi. A Panamá, j'ai appris. Dans les bras d'une

Cubaine. Elle avait un de ces culs ! Une nuit à bander contre elle, comme un malade. Je te dis pas ! Elle était folle de moi !

De toute façon, Nedim, il aurait quand même suivi Ousbène n'importe où. Il ne voyait pas ce qu'il pouvait glander, jusqu'à cinq heures. A part s'envoyer en l'air avec une pute. Mais il lui aurait fallu plus de mille cinq cents balles pour tenir jusque-là. Pour quelque chose de chouette, style yougo ou russe – bien blanche et blonde, comme il en avait maté place de l'Opéra –, il fallait aligner cinq Richelieu. Rien que pour une passe. Il le savait, il s'était déjà renseigné.

Le Perroquet Bleu était à craquer. Avec plein de jolis petits culs qui se trémoussaient sur *Para los rumberos*. De Tito Puente, le maître. « Ouahou ! » s'était écrié Nedim en trinquant avec Ousbène. La première tournée de gin tonic. Son regard ne quittait pas la piste de danse. Il cherchait la fille avec qui il pourrait se coller. Il rêvait de ça, se coller à une femme. Sentir ses nichons, son ventre, ses cuisses.

– La salsa, c'est le meilleur hors-d'œuvre à la baise, mon vieux ! Souviens-toi de ça. C'est Nedim qui te le dit !

– Ouais, ben fais quand même gaffe. On n'est pas à Panamá. Et les gonzesses, m'ont pas l'air d'êt' venues qu'pour t'attendre.

– T'inquiète, Ousbène ! J'suis pas con, j'vais pas chercher d'embrouilles. J'veux juste en tenir une contre moi.

Il n'en eut pas l'occasion dans les heures qui suivirent. La plupart des filles étaient accompagnées, et les rares à être seules – des habituées du lieu, cela se devinait – lui opposèrent un refus poli.

Ousbène se marrait chaque fois que Nedim revenait à la table.

– Putain, les salopes ! Qu'est-ce qu'elles ont peur ? Que je les viole sur place ?

– P't'être qu't'en es capable, t'it'tête.

Nedim commanda une autre tournée de gin tonic, la quatrième. Ousbène regarda l'heure.

– Après, j'm'cass', vieux.

– Moi, je vais attendre là. J'sais pas si j'vais arriver à quelque chose, mais pour la musique, t'avais raison, elle est vraiment bonne.

Il était à peine un peu plus de minuit. Nedim se retrouva en train de danser avec une fille sans savoir comment. Il ne l'avait pas invitée. Pas vraiment. Il s'était mis à danser tout seul. Porté par l'alcool. Et pour libérer cette énergie qui lui brûlait les veines.

Juan Luis Guerra chantait *Woman del Callao*.

Nedim dansait les yeux fermés. Sa main droite presque posée sur son ventre, son bras gauche levé à la hauteur de sa tête. Perdu dans cet ailleurs où l'avait conduit la musique. Il sentait la sueur qui lui collait les épaules, lui dégoulinait dans le dos. Le sourire qu'il avait aux lèvres pouvait laisser penser que, là où il était, il était bien. Heureux.

Il ouvrit les yeux, et elle était là. Comme s'il l'avait rêvée, cette fille.

– Vous dansez bien, elle dit.

Il ouvrit ses bras, sans répondre. Sans même vraiment la regarder. Elle se serra contre lui. Sans retenue. Il sentit le ventre brûlant de la fille contre le sien. Elle se mit à son rythme. Elle était légère. Une excellente danseuse. Nedim exerça une légère pression sur la taille de la fille. Il sentit qu'elle lui abandonnait tout son corps. Ils étaient vraiment collés l'un à l'autre. Son odeur était enivrante. Un mélange de transpiration et de vanille. Il ne s'empêcha pas de bander. Il aimait cette sensation. Son sexe se durcissant. Se dressant. Gonflant. Tendant son slip et la toile de son jean. Dur à en avoir presque mal.

La fille se cambra légèrement, sa cuisse tendue sur le sexe de Nedim. Il ouvrit les yeux. Elle souriait. Elle laissa aller sa joue contre celle de Nedim. La musique cessa. Ils se décollèrent lentement l'un de l'autre.

– On a bien mérité un verre, non ? il demanda.

Elle hocha la tête. Elle devait être arabe ou quelque chose comme ça. Il n'aurait pu dire, à cause de la lumière, faible, qui éclairait la piste. Mais son visage était parfait. Avec des yeux noirs immenses. Ses cheveux, frisés et brillants, retombaient en cascade sur ses épaules. Elle n'avait pas retiré sa main de celle de Nedim.

– T'es seule ?

– Non.

Elle désigna une femme, assise sur un tabouret, à l'autre extrémité du comptoir. Une Arabe comme elle, mais plus âgée lui sembla-t-il. La fille pressa la main de Nedim et l'entraîna.

– Viens.

Sa voix était rauque. Sensuelle.

– Tu t'appelles comment ?

– Lalla.

– Moi, c'est Nedim.

L'autre femme s'appelait Gaby.

– Gaby ? répéta Nedim, surpris.

– C'est comme ça qu'on l'appelle. Son vrai nom, c'est Amina. Mais elle, elle l'aime pas.

Il s'en foutait, Nedim, de son prénom. Il n'était intéressé que par Lalla.

– T'es d'où ?

– D'ici, rigola Lalla.

– De quelle origine, je veux dire ?

– Marocaine. Je boirais bien un coup.

– Moi aussi, dit Gaby sans même les regarder.

Lalla et Gaby commandèrent un Coca. Nedim resta fidèle au gin tonic. Le D.J. envoya *Oyé como va*. La version de Santana. Quatre minutes seize de bonheur, qu'aucun danseur présent ne voulut laisser passer.

– On y va ?

Nedim n'avait qu'un désir, avoir à nouveau le corps de Lalla contre le sien. De plaquer son sexe contre son ventre et de se laisser enivrer de leurs transpirations. Il regarda sa montre, furtivement. Il avait encore trois bonnes heures devant lui. Il se demanda s'il arriverait à emmener Lalla, quelque part dans un coin, pour tirer un coup. Une voiture, ça serait super, il se dit. Si elles avaient une voiture. Gaby, elle pourrait attendre là. Il lui paierait un verre. Juste le temps...

– On a plutôt envie d'aller voir ailleurs, dit Gaby. Qu'est-ce t'en penses, Lalla ?

Nedim maudit Gaby pour avoir dit ça. Bouger, c'était casser l'ambiance. Comme rompre le contact physique qui s'était établi entre son corps et celui de Lalla. Elle ne lui plaisait pas, cette Gaby.

– C'est ta grande sœur ? il demanda à Lalla.

– Gaby ?

Lalla se mit à rire.

– Pourquoi, on se ressemble ?

– Un peu.

Il se pencha vers son oreille et murmura :

– En plus âgée, quoi. On pourrait rester là, tous les deux. C'est bien ici, non ?

– Viens avec nous, répondit-elle, comme si elle n'avait pas entendu, tout en laissant glisser sa main sur les fesses de Nedim.

Elle lui adressa un petit clin d'œil.

– Ça te dit pas ?

La main de Lalla lui caressait toujours les fesses.

– C'est que...

– T'es pressé ?

– Non. J'ai mon sac à trimballer.

– Tu pars en voyage ?

– Je suis marin.

Nedim crut sentir le regard de Gaby posé sur lui. Il tourna la tête vers elle. Leurs yeux se croisèrent. Il n'aima pas trop ça, comment elle le dévisageait. Elle semblait l'évaluer.

– Laisse tomber, elle dit à Lalla. S'y veut pas venir.

– T'as un bateau à prendre ? l'interrogea Lalla.

– Non. J'ai...

Il se sentait attiré par cette fille. L'envie de la baiser, mais pas seulement ça. Il était sous son charme. Comme envoûté. Il ne savait dire comment elle s'y prenait. Si, il savait. La main de Lalla avait glissé au-dessous de ses fesses et remontait lentement le long de sa cuisse droite. Ouais. Mais il y avait autre chose.

– Tu me plais, elle lui dit tout bas en lui mordillant l'oreille.

Il n'arrivait plus à penser. Sauf à se dire qu'il serait con de laisser passer pareil coup de chance. Des filles comme elle, il n'en avait pas croisé de toute sa vie. Même *sa* Cubaine de Panamá, qu'il avait placée au top de ses souvenirs et de ses fantasmes, ne lui arrivait pas à la cheville.

– Où qu'c'est qu'vous voulez aller ?

– Au Habana, répondit Lalla. Tu connais ? Place de l'Opéra.

– Je vois où c'est. C'est quoi comme boîte ?

– Cubaine. Mais plus intime.

Gaby se laissa glisser de son tabouret. Dans le mouvement sa jupe se tendit sur ses cuisses et remonta légèrement. Nedim ne put s'empêcher de la regarder. C'était une belle femme. Plus qu'il ne l'avait cru au premier abord. Son corps était plus épanoui que celui de Lalla. Voluptueux. « Une princesse arabe », pensa Nedim. Elle en avait d'ailleurs l'allure.

Lalla disparut aux toilettes. Nedim s'approcha de Gaby, avec prudence. Comme s'il avait affaire à un chat sauvage. Elle avait un curieux sourire au coin des lèvres et ses yeux brillaient d'une étrange lueur. Elle le toisa. Il remarqua alors la légère cicatrice, sous l'œil gauche. Du coin de l'œil au milieu de la joue. Nedim pensa à un coup de couteau, ou de rasoir. Il aurait aimé lui poser la question. Il dit simplement :

– T'es pas bavarde, hein, Gaby ?

– La conversation des hommes, je vais te dire, elle est rarement passionnante.

– Tu préfères les femmes ? lui répliqua-t-il sèchement, soudain persuadé d'avoir tout compris des relations entre les deux femmes.

Gaby éclata de rire. Un rire profond. Rauque et chaud. Un vrai rire. Nedim rit avec elle. De lui, et de cette connerie qu'il venait de dire, et qu'il réalisait.

– Toi, tu te touches trop, sur ton navire !

Elle le prit par le bras et l'entraîna vers la sortie.

– On prend ton sac et on y va ?

– Vous avez une voiture ?

– Taxi.

– Taxi ! A cette heure, doit pas y en avoir des masses qui traînent par ici.

– Lalla, elle est allée en appeler un.

Nedim se dit qu'il était encore temps de se dégager de ce bras qui le conduisait vers la sortie. Trouver une excuse. Mais il n'en eut pas la force. Sauf celle d'estimer, *grosso modo*, combien de fric il lui restait dans la poche. Il s'autorisa à dépenser encore cinq cents balles. Maximum. Quand il aurait payé Pedrag, le camionneur, il lui resterait environ cent francs. C'était peu. Mais une fois chez lui, il se débrouillerait.

Lalla les rejoignit au vestiaire, où Nedim avait déposé ses affaires. Un sac de l'U.S. Navy cradingue bourré de vieilles fringues et de quelques souvenirs qu'il trimballait depuis quatre ans qu'il avait pris la mer.

– Ça y est, vous avez fait copain-copain, lança Lalla.

Gaby sourit et Nedim se sentit pris dans un piège. Un balèze leur ouvrit la porte et leur souhaita bonne nuit. Nedim ne vit pas le clin d'œil qu'il échangea avec Gaby. Dehors, l'air était moite. Il n'avait toujours pas plu. Le taxi attendait.

5

Des souvenirs qui annoncent le naufrage

Ça péta sur la mer d'abord. Puis sur la ville ensuite. Un orage violent. Comme il en éclate seulement deux ou trois fois l'an. Chaque fois que l'horizon s'embrasait d'éclairs bleus et verts, le château d'If et les îles du Frioul surgissaient de la nuit. Le tonnerre suivait quelques minutes après. Non pas un roulement tel qu'on a l'habitude d'entendre, mais un claquement à tout rompre. Sec, froid. Métallique.

L'*Aldébaran* se mit à tanguer. Sa coque semblait prête à se tordre. La pluie suivit. D'énormes gouttes dures. Presque de la grêle. On aurait dit que le cargo essuyait un feu de mitraille. Au premier coup de tonnerre, Diamantis avait fait un bond sur sa couchette. Il avait eu du mal à trouver le sommeil. A cause de la chaleur. Sa cabine – si on pouvait appeler comme ça son réduit – était une étuve. Il s'était mis à poil sur son couchage, mais même ainsi il ruisselait de sueur. Et quand il ne dormait pas, il pensait. Ou plutôt, les pensées les plus diverses assaillaient son esprit, tournaient en rond dans sa tête. Pour devenir des idées noires. De plus en plus souvent, depuis qu'ils étaient coincés ici, il se réveillait même la nuit. Aujourd'hui, l'orage s'en était chargé.

De son hublot, il assistait maintenant au spectacle. Sa cabine, à bâbord, faisait face au large. Il s'imagina en haute mer. Non pas à bord de l'*Aldébaran*, mais sur un autre navire. Le *Maris Stella*, un gros caboteur. Sa route était la route de la navigation classique en Méditerranée. On chargeait et déchargeait à chaque port. Diamantis avait remplacé au pied levé Michaelis, un vieil ami dont la femme allait accoucher. « Je peux pas t'empêcher d'être marin, elle avait dit, avant qu'ils ne se marient. Mais si tu veux que je te fasse un enfant, arrête de partir si longtemps. » Michaelis n'avait pas hésité. Il venait d'avoir cinquante ans. Angela avait vingt ans de moins que lui, et elle était vraiment très jolie. Avec le *Maris Stella*, Michaelis pouvait être chez lui tous les quinze jours.

Cette nuit-là, en fin janvier, le *Maris Stella* venait de quitter Limassol, à Chypre, pour Beyrouth. Ils s'attendaient à un gros grain. Ils eurent pire. Une tempête comme la Méditerranée en réserve parfois. Contrairement à ce que l'on croit, cette mer n'est pas une mer tranquille. Elle est, par excellence, une mer à coups de tabac.

Le *Maris Stella* avait trente-cinq ans d'âge à la proue et à la poupe, six de moins au milieu. Il avait été élargi afin de recevoir de plus grosses cargaisons. Vers onze heures, les vents soufflèrent en rafales à cent dix kilomètres-heure et la crête des vagues monta à huit mètres de haut. Le navire labourait la mer tant qu'il pouvait. Mais l'eau se mit à entrer par les écoutilles avant comme dans une passoire. Une heure plus tard, la mer commença à submerger la poupe alourdie, et le navire donna de la bande.

Koumi, le capitaine – parrain désigné de l'enfant de Michaelis et Angela – demanda à Diamantis :

– Tu connais une bonne prière ?

Il secoua la tête.

– Les prières, tu sais...

– Alors, dis au radio d'appeler les gardes-côtes. On va abandonner le *Maris Stella.*

C'était un ordre. Il n'était pas à discuter. Koumi connaissait parfaitement son navire, la Méditerranée et les tempêtes. Et il aimait la vie. Ils n'eurent jamais le temps de mettre le canot de sauvetage à la mer. Le bateau chavira, les emportant dans l'eau glacée.

Au lever du jour, le *Maris Stella* gisait à vingt-cinq mètres de profondeur. Emporté par ce que les gardes-côtes appellent l'« effet dynamique d'une mer démontée ». On eut beau poursuivre les recherches jusqu'à ce que la nuit retombe, Diamantis fut le seul survivant.

Depuis, Diamantis était le parrain d'une mignonne petite fille de cinq ans, Anastasia. Et il avait la trouille des tempêtes.

Il enfila un caleçon, alluma une clope et alla dans la salle commune pour se servir une bière.

Abdul le rejoignit.

– Impossible de dormir, grommela-t-il.

– Bière ? lui demanda Diamantis en lui tendant une canette.

Et il lui raconta le drame du *Maris Stella.*

– J'ai connu un type, enchaîna Abdul, après l'avoir écouté, un Irlandais, Colm Toibin, quand je faisais l'Atlantique, *via* les Açores, il aimait être sur la passerelle par gros temps. Il disait : « Pouvez pas savoir, les mecs, c'est impressionnant ! Quel spectacle ! Putain ! Cette mer énorme !... Arrive toujours un moment où tu passes de la peur à la terreur. » Il aimait ça. Et il a été gâté ! Parce qu'ensemble, on en a connu des sales moments. Chaque fois, le calme revenu, il avouait en riant : « Ouaip, ben, c'est pas encore c'coup-ci, la grosse tempête que ce s'rait la dernière, hein ! » On lui répliquait : « Peut-être bien que tu changerais d'avis. – Peut-être bien, il répondait, mais j'ai jamais encore vu ça, alors... »

– Et il l'a connue ?

– Il a fait naufrage, à bord du *Sea Land Performance*. Un cargo qui faisait l'Europe du Nord, mais par le grand cercle. Le cargo s'est retrouvé dans la plus grosse tempête enregistrée ces deux cents dernières années.

– T'exagères.

– Je le tiens de Colm lui-même. Et je crois pas qu'il a exagéré. Nous nous étions retrouvés au Spray, à Gibraltar. Un pur hasard. En douze bières, il me l'a racontée, sa tempête.

– On n'en a pas autant sous la main. Mais on peut s'ouvrir les deux dernières.

Peu importait que cela soit vrai ou non. L'un et l'autre savaient que les histoires de mer n'existent que lorsqu'on les raconte. Pas qu'elles aient été inventées, non, mais en les racontant, celui qui les a vécues tente de bloquer le sentiment même de ses peurs intérieures. En les racontant, il donnait une logique aux événements. Un sens à ce qui est sa réalité quotidienne de marin.

Abdul Aziz et Diamantis n'étaient pas différents des autres. Chaque histoire de la vie à bord, et en priorité les tempêtes, était à prendre avec le plus grand sérieux. Même si elle n'était pas forcément véridique. Et sans doute que le naufrage de Colm Toibin n'avait pas été aussi terrible que ça. Mais, à cet instant, ils en étaient convaincus.

– Le capitaine, il m'a raconté, cinquante-deux heures, il est resté sur la passerelle, rien que pour tenter de sauver le navire. Il prenait de la vitesse dans les creux, ralentissait face aux crêtes pour ne pas éprouver trop durement la coque. Un vrai bon, quoi.

– Et alors ?

– Colm, ce soir-là, il était de vigie, sur la passerelle. C'est là qu'il avait voulu être, il y tenait, et personne lui avait disputé la place.

– Putain ! Je veux bien le croire.

– Ouais, mais... C'est là qu'il a commencé à faire dans son froc. Parce que la passerelle était submergée à une bonne trentaine de mètres au-dessus des eaux. Les vagues avaient arraché le mât et une grue de quarante-cinq tonnes gisait sur le pont. Elle faisait bélier contre le kiosque du deuxième pont complètement démoli.

– Il a paniqué...

– Faut croire. Ce qu'y a de sûr, c'est qu'à un moment il s'est retrouvé le cul par terre. Il a glissé sur le dos dans la coursive et il est allé valdinguer contre le bastingage. Il s'y est agrippé de toutes ses forces. T'imagines, les paquets de flotte ! La mer dessous, dessus. Plein la gueule, quoi. « Je priais », qu'il m'a dit. C'est le capitaine qu'est venu le sauver.

– Ça a dû le calmer pour de bon !

– Penses-tu ! Toujours volontaire, quel que soit le temps.

– Un vrai fou.

– Pas fou, non. Je crois que la mer, ça le terrorisait. Qu'il en avait eu la trouille le premier jour où il s'est embarqué. Alors, il a foncé dedans, pour la surmonter.

Abdul avala une gorgée de bière, pensif. Puis il reprit :

– On est comme ça dans la vie, non ? Y a un truc qui nous fait peur et on fonce dedans. Dans la peur, je veux dire. Tête baissée. Tu crois pas ?

Diamantis ne répondit pas.

– Tu l'as revu, ce type ?

– Ouais... Cinq ou six ans après. Je suis retombé sur lui, à Dakar. Il racontait « sa » tempête dans un boui-boui du port. Juste avant d'embarquer pour Calleo, au Chili. Il minimisait ce qu'il avait vécu. Genre : « Ouais, les gars, tel que je vous l'dis. A douze mètres au-dessus de l'eau, j'étais. La vague, elle est venue se briser sur le pont. A mes pieds. Balayant le mât du radar. Mais, vous pouvez me croire, c'était pas la grande tempête qu'ça pourrait être la dernière. »

– Et il navigue toujours ?

– A la retraite, maintenant. Paraît-il, il vit près de Galway. Il cultive son petit lopin de terre, et, rigole pas, il a plus foutu les pieds sur un bateau. Même pas une barque !

Ils se turent et burent en silence un long moment.

La pluie continuait de marteler le pont. De temps en temps, le tonnerre craquait, toujours aussi violent. L'orage les unissait. Comme en mer la tempête soude l'équipage. Aucun marin ne raconte jamais à sa famille ces moments-là. Ni par lettre, ni de retour à la maison. Pour ne pas inquiéter. Parce que c'est inracontable aussi. Les tempêtes n'existent pas. Pas plus que les marins, une fois en mer. La seule réalité humaine des hommes, c'est la terre. D'ailleurs, on ne connaît, et on ne connaîtra, de marins qu'à terre. A moins de s'embarquer un jour à bord d'un cargo.

Diamantis se souvenait que, quelques mois après le naufrage du *Maris Stella*, alors qu'il regardait les informations à la télé, un commentaire lui avait fait dresser l'oreille. On voyait des images des dégâts causés par les intempéries en Angleterre. Il y avait eu six morts. « Mais, avait rassuré le journaliste, tout danger est écarté. La tempête a quitté les côtes pour aller se perdre au large. »

« Au large » de toutes les côtes, des milliers d'hommes n'avaient aucune existence. Même pour les femmes de marin. Leur mari n'avait de réalité qu'à son retour. Dans leur lit. Diamantis leva les yeux.

– Et toi, t'as connu la grande frousse aussi ?

Oui, bien sûr, Abdul Aziz en avait connu, des tempêtes. Il pouvait en raconter aussi. Mais le souvenir qui lui venait à l'esprit n'avait rien à voir avec la trouille. Il était lié à la honte. Celui d'un naufrage, mais dont la nature n'était pas responsable. Seule la cupidité des hommes. Un souvenir vieux de vingt ans.

Il n'était alors que second. Sur le *Cygnus*, un pétrolier qui battait pavillon libérien. Une époque où l'Afrique du Sud, alors sous embargo international, manquait cruellement de pétrole. Le *Cygnus*, plein à ras bord de brut iranien, avait déchargé sa cargaison à Port Elizabeth durant la nuit. Puis il avait repris la mer, par le cap de Bonne-Espérance. Après avoir rempli ses cuves d'eau. Là, ils avaient attendu les vents, la houle, n'importe quel petit brin de tempête.

Au sixième jour, ils avaient eu ce que cherchait le capitaine. Un roulis de vingt degrés. Un faible roulis pour un tel bateau. Le *Cygnus* était un navire de haute mer, construit pour affronter les intempéries. Le capitaine ordonna de naviguer écoutilles ouvertes, puis, au lever du jour, d'ouvrir les vannes. L'équipage fut invité à préparer ses valises. On mit les canots de sauvetage à la mer et ils s'y embarquèrent après avoir lancé des appels de détresse.

Le *Cygnus* coula majestueusement. S'y refusant presque. « Dommage. » Ce fut le seul commentaire que s'accorda le capitaine. Ils ne dérivèrent pas longtemps. Trois navires faisaient route vers eux. Ils n'avaient même pas attendu leurs S.O.S. La position exacte du *Cygnus* leur avait été communiquée heure par heure. Tous trois étaient aussi sous pavillon libérien. Pour le compte de la flotte Tex Oil, comme Abdul l'apprit plus tard. Ils furent recueillis comme des héros. A l'exception d'un jeune mousse de vingt ans, Lucio. C'était sa première embauche. Il avait paniqué et s'était retrouvé à l'eau. Les vents avaient poussé les canots dans une direction opposée, et personne n'avait pu le repêcher.

C'est la compagnie d'assurances elle-même qui avait mis le marché dans les mains d'Abdul Aziz. Il lui suffisait de conforter le témoignage du capitaine sur le naufrage du *Cygnus*. Il y gagnait une forte prime, et de l'avancement. Des primes, il y en avait également pour les membres d'équipage. Certains – il le découvrit après – en étaient à leur troisième naufrage.

– Refuser, cela revenait à me mettre au ban de la marine marchande internationale. Tout le monde semblait être au courant de ces pratiques.

– Mais, le coupa Diamantis, comment expliquer qu'il n'y avait pas de nappe de pétrole, rien ?

– Quelle importance ! La compagnie d'assurances était au cœur de la magouille. Cela pouvait intéresser qui ? Et je vais te dire, Diamantis, dans l'affaire du *Cygnus*, non seulement l'assurance remboursa le bateau, mais aussi l'intégralité de la cargaison de brut iranien !

– Et t'as signé ? demanda Diamantis sans aucune méchanceté.

– J'ai dégueulé, puis j'ai signé, et j'ai encore dégueulé. J'ai dégueulé tous les jours, pendant plus d'un mois. Tous les soirs, ça me remontait à la gorge.

Il regarda Diamantis avec désespoir. Cette affaire l'écœurait encore aujourd'hui.

– La prime, ça nous a aidés à nous installer à Dakar, Céphée et moi. Plutôt confortablement, tu vois. Il m'aurait peut-être fallu dix ans pour y arriver. Et encore, tu sais comment c'est... Difficile d'économiser.

– Et t'es devenu capitaine.

– Et je suis devenu capitaine, ouais. Sous le même pavillon, pour la même flotte. Puis, dès que j'ai pu, j'ai quitté Tex Oil.

Diamantis se rappela que, la première fois qu'il avait embarqué sous les ordres d'Abdul, un marin – le chef des machines – lui avait dit : « C'est un bon capitaine. Il sait commander la manœuvre avec beaucoup d'expérience. Il harcèle pas l'équipage, et il mouille pas son froc devant l'armateur. » De ce faux naufrage, Abdul Aziz avait appris à tenir tête. Il n'était pas de ceux qui accepteraient de couler un bateau. Il était maintenant de cette race qui n'abandonnait pas le navire. Il préférait même pourrir dessus, comme ici, à Marseille.

– Je vais te dire encore une chose, Diamantis, tout ce que j'ai pu faire après, ç'a jamais pu effacer cette saloperie. Et par saloperie, j'entends aussi cet argent sale que j'ai empoché, ma promotion. Tout ça, quoi. Arrive un moment où ce qu'on a fait de dégueulasse dans la vie, faut le payer.

– On paie que si on veut payer, Abdul. C'est ça que je crois, moi. Rien d'autre. La terre entière est remplie de gens autant pourris les uns que les autres. C'en est plein les journaux. Plus t'es haut dans la hiérarchie, plus ton ardoise elle est forcément cradingue. Tiens, et même notre armateur, ce fumier... Et tu crois, quoi ? que tout ce petit monde passe à la caisse pour payer ses dettes ? Conneries, Abdul ! Conneries !

– Tu comprends rien, Diamantis, dit Abdul en se levant. Tu comprends rien !

Il était au bord des larmes.

– Céphée est en train de me quitter. Ma vie s'écroule. Tout s'écroule, putain de bon Dieu ! C'est ça que je paie ici ! Sur cette saloperie de tas de tôle pourrie !

Il partit sans finir sa bière. Les épaules basses, comme écrasé par un fardeau trop lourd. Ce n'était plus le même homme que celui qui s'était adressé à l'équipage. En arrangeant le départ des hommes, il avait limité les dégâts pour chacun d'eux. Il était allé jusqu'au bout de ce qu'il entendait par être capitaine. Maintenant, l'*Aldébaran* pouvait couler. Et lui avec. Mais Diamantis était resté. Et ni l'un ni l'autre ne savaient encore si cela était une bonne chose. Pour l'un comme pour l'autre.

La pluie avait cessé. Il était cinq heures dix. Place de l'Opéra, la porte du Habana s'ouvrit et Nedim fut jeté sur le trottoir par un Noir immense, tout en muscles. La porte se referma. Nedim n'eut pas la force d'aller réclamer son sac. Ni le courage.

6

Comme un verre de rhum, avalé cul sec

Dès qu'il entra au Habana, Nedim sut qu'il s'était fait baiser la gueule. Le lieu était exigu. Un comptoir sur la gauche. Deux filles, assises sur de hauts tabourets, bavardaient avec le barman, un gros moustachu au crâne rasé. Devant eux, une petite piste de danse où se trémoussaient trois couples. Tout autour, une dizaine de boxes. Il repéra un couple enlacé. Plus intime, comme avait dit Lalla, on ne pouvait faire mieux. Mais, il devait l'admettre, la musique était pas mal du tout. Il crut reconnaître la voix, chaude, de Ruben Blades. Côté rythme, Marseille avait de l'oreille.

Nedim se laissa conduire par Lalla et Gaby vers l'un des boxes. Il se demanda comment il allait pouvoir se tirer de là. Enfin, il le savait. Il fallait consommer. Des bars comme ça, des bars américains, il en avait fréquenté pas mal. Jamais seul. Toujours à deux ou à trois. En fin de nuit d'escale, après avoir tiré un bon coup. Le dernier verre, avant de reprendre la mer. Les filles ne venaient jamais les faire chier.

– Tu nous offres à boire ? demanda Lalla.

– Gin tonic, pour moi.

Il avait besoin de ça. Pour reprendre ses esprits. « Tu bois un verre, et tu te casses », il se dit. Lalla s'éclipsa vers le comptoir. Il ne put s'empêcher de la suivre des yeux. Cette fille, elle balançait vachement bien. Leur étreinte, tout à l'heure au Perroquet Bleu, lui revint à l'esprit. Son corps en redemandait.

– Elle est mignonne, hein ?

Gaby lui faisait face, un sourire aux lèvres.

– Vous êtes des putes, c'est ça ?

– Des putes ? reprit Gaby. Dis, tu nous as regardées, Nedim ? Hein ? Tu crois ça, toi, que tu pourrais aligner des biffetons et qu'on écarterait les cuisses. Hein, Nedim ?...

Elle avait penché son visage vers lui. Il sentit son odeur, forte, musquée. Une odeur qui s'insinua en lui. Dans son sang. Comme un verre de rhum avalé cul sec. Ça lui fit tout chaud sous la peau. Elle doit être bonne au lit, il se dit. Mais sans la regarder, de peur qu'elle ne lise cette pensée dans ses yeux. Et il l'imagina s'offrant à lui.

– Alors, vous êtes quoi ?

Il avait allumé une clope, et soufflant la fumée, il leva la tête vers elle. Son regard effleura la cicatrice de Gaby. Près de l'œil, cela faisait une étoile. Vraiment, il aurait aimé savoir comment elle avait récolté ça. Pourquoi ? Il ne pouvait en détacher ses yeux. Sa cicatrice, loin de l'enlaidir, rehaussait la beauté de son visage. Et Nedim, ça le subjuguait, ça.

Elle le laissa faire, la dévisager ainsi. Aussi effrontément. Puis, elle passa sa main dans ses cheveux, qu'elle portait très court, et sourit.

– Des amies, Nedim, on est des amies, murmura-t-elle, ses lèvres presque sur les siennes. Rien d'autre. Va pas croire autre chose, d'accord ? On fait la fête, voilà. Une nuit de fête. Et c'est toi qui régales, mon beau.

Elle fit glisser le dos de ses doigts sur sa joue. Ils étaient froids. Elle lui sourit à nouveau, tout aussi froidement. Il n'eut plus aucune envie de se retrouver avec elle dans un lit. Ni ailleurs.

Lalla vint se glisser contre lui, et passa son bras autour de ses épaules. Sa cuisse se pressa contre la sienne et, dans son corps, Nedim sentit la température se réchauffer de plusieurs degrés.

– C'est trop cool ici, non ? T'aimes bien ?

Il voulut répondre, un truc méchant. Mais l'arrivée du barman le laissa sans voix. Sur le plateau, il y avait un gin tonic, mais aussi une bouteille de champagne et deux verres.

– C'est vous qui avez commandé ça ?

– On avait une petite soif, répliqua Lalla en laissant aller sa tête contre la sienne.

Elle trempa à peine ses lèvres dans la coupe.

– Tu veux danser ?

Les belles résolutions de Nedim s'envolèrent dès qu'elle fut dans ses bras. Son corps se colla au sien, lui caressant la nuque du bout de ses doigts. Il se sentait heureux avec cette fille. Une sensation qu'il n'avait jamais éprouvée. Pourtant, il ne cessait de se dire qu'elle bossait, et que cela aurait pu être un autre que lui.

– Tu bandes plus, elle lui murmura à l'oreille.

– C'est à cause du champagne. Ça doit douiller.

– On peut rien commander d'autre quand on ramène des amis.

– Des pigeons, tu veux dire.

– Ben, pour le prix, tu ferais mieux d'en profiter.

– Et j'ai droit à quoi ?

Elle rit, la tête légèrement en arrière. Il eut envie de ses lèvres.

– A rien ! Tu peux juste me faire danser. Et bander. Ça me dérange pas.

– Ça te fait aucun effet ?

– Y a des filles qui se font enfiler à longueur de nuit à deux pas d'ici. Moi, tu vois, j'ai trouvé plus cool. Juste à boire avec des mecs et à les faire bander.

– T'as bien un petit hôtel pas loin. Où boire encore un peu de champagne.

– Je vais jamais à l'hôtel. C'est une règle.

– Même si j'avais du fric. Beaucoup.

– Les mecs qu'ont du fric, ça traîne pas par ici.

– Alors, je t'enlève et on vit ensemble.

– T'as juste envie de me baiser, Nedim.

– Non. J'ai...

– Et menteur, le mec ! Un vrai marin !

– Lalla, non...

– Laisse tomber, Nedim. Le coup de foudre, tout ça. T'as envie de me sauter, et je comprends ça. Okay.

Le morceau s'acheva. Elle se dégagea de lui.

– Tu devrais inviter Gaby.

– C'est avec toi que j'ai envie d'être. Je peux ?

– Comme tu veux. C'était juste une suggestion.

Ils restèrent collés sur trois *latino slows*. Quinze brûlantes minutes. Nedim avait décidé de ne plus poser de questions. Il se laissait aller contre Lalla, son sexe durci contre son ventre. Le rythme, lent, était presque aussi doux que si elle le branlait.

Quand ils revinrent à leur table, une petite bonne femme rondelette, la soixantaine, était debout devant le box, une coupe pleine à la main. Gisèle, elle s'appelait. La patronne du Habana. Gaby regarda Nedim avec des yeux amusés.

– Vous vous plaisez, avec nous ? demanda Gisèle.

– Je dis pas.

La coupe de Lalla, qu'elle avait à peine touchée, était vide. Elle attrapa la bouteille. Elle était vide aussi.

– Quand je suis seule, je bois, dit Gaby en dévisageant Nedim. Une autre ce serait bien, non ?

Elle tendit la bouteille à Gisèle sans attendre sa réponse.

– Ah ouais ! J'ai vachement soif, moi, lança Lalla.

Nedim se laissa tomber sur l'un des fauteuils.

– Un autre gin tonic ? demanda Gisèle.

– Du champagne, ça ira très bien.

Il était foutu. Complètement. Et, surtout, il se sentait sans aucune volonté. Son regard croisa, une nouvelle fois, celui de Gaby. Elle avait toujours ce putain de sourire aux lèvres. Il eut envie de lui tirer une baffe. Histoire de voir si elle sourirait toujours, cette connasse.

– Tu me fais danser ? elle dit.

Nedim n'entendait plus. Tout se mêlait dans sa tête. L'alcool et le désir. L'envie de baiser Lalla et de taper sur Gaby. En débandant, la tristesse le gagnait. Il se retrouvait là, comme toujours après l'amour. Seul. Et triste. Et aucun bateau ne l'attendait pour lui faire oublier qu'il était un pauvre con, perdu dans la vie. Il regarda l'heure.

– Putain ! il s'écria.

Quatre heures dix. Il avait cinquante minutes pour aller au port. Il se leva. Gaby était déjà debout. Devant lui. Elle le prit dans ses bras.

Perla marina que en hondos mares
Vive escondida entre corales...

Une des plus belles chansons de Francisco Repilado.

– Laisse-moi. Faut que je me casse.

– T'as bien une minute, non. T'as payé ma bouteille, autant que tu en profites.

– Fais pas chier !

Il la repoussa brutalement.

– Oh ! Ça va ! elle cria.

– Qu'est-ce y s'passe ?

Un grand type venait d'apparaître. Un Black. Il avait, facile, deux têtes de plus que Nedim. Et bien dix kilos à lui rendre, tout en muscles.

– Rien, dit Nedim. Je crois que je vais rentrer.

– Pas de problème, mec. Pas de problème.

Nedim était dégrisé. Se barrer d'ici, vite fait. Ne pas rater le rendez-vous avec Pedrag. Partir. Il eut peur soudain. Il réalisa qu'il n'y avait plus que lui dans la boîte. Non, il n'était pas le seul client. Un autre type était là, accoudé au comptoir. Lalla discutait avec lui, assise sur un tabouret, le dos tourné à Nedim. Le garçon lui servit un verre d'eau. « Un verre d'eau ! Putain, la salope ! »

Il regagna le box pour ramasser ses clopes. Sur la table, les deux bouteilles de champagne et les verres pleins semblaient le narguer. Il se retourna. Gaby était derrière lui. Elle lui tendit la note.

– Espèces ou carte bleue ?

Celaje tierno de alla de Oriente
Tierna violeta del mes de abril.

Mille huit cents balles ! Deux bouteilles, mille huit cents balles. Il leva les yeux vers Gaby.

– Le gin tonic, il est offert, elle dit.

– J'ai pas assez.

Il était sans voix. Ça tournait dans sa tête. Sonné, il était. Même plus la force de se demander comment il allait pouvoir sortir d'ici sans trop de casse. Et Pedrag, comment il ferait avec Pedrag ?

– On fait pas crédit.

– J'ai pas assez, il redit.

Les yeux de Gaby ne le quittaient pas. La panique le gagnait. Il aurait dû danser avec elle, il pensa. L'amadouer. Il aurait dû comprendre ça, que des deux c'était elle qui décidait. Lalla avait essayé de lui faire comprendre, non ? Il s'en serait tiré avec une seule bouteille. Sans honte. Sans casse, aussi.

– Dug ! Tu peux venir un instant ?

Le Black réapparut aussi vite qu'il s'était éclipsé tout à l'heure.

– Ouais ?

– Ce con, il a pas assez.

– J'ai... Peut-être mille balles...

Nedim se laissa tomber sur le siège, sortit ses billets et commença à compter. Neuf cent cinquante. Dug se pencha vers lui, ses mains, larges, bien posées à plat sur la table. Nedim n'osait pas relever la tête. Profil bas, il s'était dit. Joue le con, écrase. Il entendit les filles rire derrière lui, au comptoir. Lalla et Gaby. Et l'autre client aussi, il riait.

– On fait comment ? demanda Dug.

– On est quitte avec ça, osa Nedim. J'ai rien d'autre.

– T'as tes papiers ?

Nedim lui tendit son passeport.

– Turc. Il est turc, cet enfoiré, cria-t-il en direction du comptoir.

– Tous des enculés, répondit le type du comptoir.

Et il se marra.

Dug mit le passeport dans la poche de sa chemise.

– T'es marin ?

– Sur l'*Aldébaran*, confirma Nedim.

– Y part quand, ton bateau ?

– On arrive.

– Tu fais quoi, à trimballer ton sac ?

Il ne pouvait rien répondre à ça. Il se leva. Il fallait qu'il se tire. Il avait encore une chance d'attraper Pedrag. Avec lui, il s'arrangerait. Une fois qu'il serait dans le camion. Maintenant, l'envie de rentrer chez lui, il n'y avait plus que ça qui comptait. Pas à Istanbul, non, chez lui. Dans les montagnes. Sur les routes sans fin d'Anatolie. Le visage de sa mère s'interposa entre lui et Dug. Cette fois, il se dit, j'irai sur la tombe de papa. Il le promettait toujours, mais n'y allait jamais. Il ne trouvait jamais le temps d'aller là-bas, sur le plateau, après les gorges de Bilecik.

Les yeux de son père se posèrent sur lui. Des yeux bleus, comme les siens. Salih, le forgeron. Maître Salih. Il connaissait par cœur les cinq piliers de l'Islam. On venait l'écouter, dans sa forge. Il martelait le fer et il récitait. Et chacun, en le quittant, louait Dieu. « *Mâliki yevmiddîn iyyâke nabüdü ve iyyâke nestaîn, ihtinâssirât elmüstakîm...* » Ces mots, bizarres, incompréhensibles, qu'il avait oubliés, lui revinrent en mémoire. « C'est Toi que nous adorons, Toi dont nous demandons l'aide, conduis-nous dans la Voie droite... »

La Voie droite.

Nedim frissonna. Il ne se souvenait plus de l'amen final. Il fallait toujours terminer une prière par un amen. Son père ne le quittait pas des yeux. Il se revoyait devant lui, enfant. Bégayant. Avec cette peur qu'il le renie, le raye de sa descendance pour avoir oublié les mots de la prière. Et le rejette vers l'enfer des mécréants. « L'enfer doit être comme ça », avait dit un soir Ali, le bûcheron, en montrant la forge. « Le feu de l'enfer ne ressemble pas à celui de ce bas monde, avait répondu son père. Il brûle mille fois plus que le nôtre. »

Mille fois plus. La Voie droite. « *Bismillâh irrahmân irrahîm...* » Louange à Dieu... Les mots lui revenaient. Il devait aller sur la tombe de son père.

– Faut que j'y aille, il dit en se levant.

Dug le toisait. Sans manifester aucune animosité.

Son visage n'exprimait rien. Comme s'il ne pensait pas. Et il se taisait.

Nedim regarda furtivement vers le comptoir. Lalla et Gaby, toujours juchées sur les tabourets, papotaient tranquillement avec Gisèle, le barman et le dernier client. Nedim n'existait plus pour eux. Il n'existait que pour Dug.

Sa grosse main le saisit au cou. Il serra. Nedim se sentit soulevé. Il était sur la pointe des pieds. Ses yeux à la hauteur de ceux de Dug. L'air lui manqua. Une bouffée de chaleur l'envahit. Et l'envie de vomir soudain.

– Et comment qu'on fait ? demanda Dug sans élever la voix.

Autour de son cou, les doigts de Dug étaient aussi durs que son regard. Nedim sentait la pression du pouce et de l'index sous sa mâchoire. Toute la force et la violence de Dug semblaient se concentrer là, dans cette seule pression des doigts. Une nouvelle bouffée de chaleur lui trempa le dos.

– Comment qu'on fait, hein ?

– Lâche-moi, il tenta d'articuler.

– Lâche-le !

C'était un ordre. Dug regarda Gisèle et desserra son étreinte. Nedim se retrouva sur ses pieds. Il se massa le cou, tout en reprenant sa respiration.

– C'est quoi déjà, ton rafiot ? elle demanda.

Nedim croisa le regard de Lalla. Elle s'était légèrement tournée vers eux. Il eut honte de lui. D'être aussi minable.

– Un cargo. L'*Aldébaran*.

– Dug va garder ton passeport. Et ton sac. Tu reviens tout à l'heure, ou demain si tu veux. Mais

avec le fric qui manque. Okay, connard ? Allez, fous-moi-le dehors, cet enfoiré de merde.
– Mon sac...

Alma sublime para las almas
Que te comprendan, fiel como yo...

Les derniers mots qu'il entendit. C'étaient pas les pires.

7

Après la pluie, le beau temps, mais jamais sans larmes

Nedim se réveilla en sursaut. Il n'avait aucune idée de l'heure. Sa montre, en tombant, s'était cassée. Il s'étira, mais mollement. Il ne se sentait aucun courage. Il regarda autour de lui et n'eut que dégoût pour lui-même. Il referma les yeux.

Il avait remonté le Vieux-Port, côté mairie. D'abord en marchant très vite, puis plus lentement, les mains dans les poches. Parce que plus rien ne pressait. Au clocher des Accoules, il était déjà cinq heures trente. Pedrag devait être loin. Il s'était allumé une clope en traitant Pedrag d'enculé. Et de pauvres connasses, Lalla et Gaby. De poufiasse, Gisèle. De fils de pute, cet enfoiré de gros négro du Habana. La terre entière y passa. Il parlait à haute voix, presque en criant. Connards ! connards ! connards ! Tous des connards. Il en avait les larmes aux yeux.

Nedim, depuis quelques jours, il s'en était fait une raison, de rentrer au pays. C'est ce qu'il avait expliqué à Ousbène. Naviguer, finalement, c'était pas son truc. C'était un paysan, lui, pas un marin. Sa terre lui manquait. Son village. Sa maison. Les cyprès le long du jardin. Les collines qu'il voyait de sa fenêtre. Le ruisseau que l'on entendait couler derrière la porte de la cuisine. Et, en haut du village, Aysel, sa fiancée. Celle que son père était allé demander en mariage, pour lui, quand il était revenu de l'armée. « Mon fils, il lui avait dit, tu as l'âge de fonder une famille. Ton cœur a-t-il choisi ? »

Ce n'était pas le cœur de Nedim qui avait choisi, c'était son corps. Tout son corps. Aysel était la plus belle fille du village. Des villages voisins aussi. Elle avait seize ans. Tous les garçons l'avaient vue grandir, Aysel. S'épanouir. Tous en rêvaient. Osman, son copain d'enfance, aurait dû l'épouser. Mais Osman était mort, écrasé par un arbre, ce con. Et Nedim était le plus âgé des garçons du village encore célibataires. Il avait droit sur Aysel.

C'est à cause d'elle que tout avait basculé. Pour lui, et pour sa famille. Emine, le père d'Aysel, ne voulait pas donner sa fille à un garçon sans emploi.

– Je te connais et je te respecte, toi, ta famille et tes ancêtres, avait-il répondu à son père. Nedim, je le sais, est un brave garçon. Il sera un bon époux et un bon père de famille. La dot que tu proposes me convient parfaitement, Salih. Mais Aysel est jeune encore, et Nedim n'a pas de travail. Je te promets ma fille pour ton fils. Reviens me voir quand il gagnera sa vie.

Emine avait ajouté :

– Encore une chose, Salih. Je ne veux pas que Nedim emmène ma fille à l'étranger. Comme le font la plupart de nos enfants. Il n'y a rien à gagner ailleurs que la mort.

Nedim s'était foutu en colère après Emine, après son père et sa mère aussi. Est-ce qu'on avait le droit de traiter comme ça le fils de Salih le forgeron, le fils de maître Salih ?

Aysel, depuis qu'il était revenu au village, il la désirait. Elle était belle, oui, mais surtout elle était pure. Son corps, son cœur, ses pensées. Cela se lisait dans ses yeux. Elle n'était pas comme ces filles qu'il avait croisées à Istanbul. Habillées à l'européenne, en jupe courte ou en jean, fumant cigarette sur cigarette. Des filles qui pensaient qu'à se faire baiser. Des putes.

Des putes. Sa vie se résumait à ça depuis quatre ans qu'il était parti. Parce que son père avait donné raison à Emine. Bon, il ne le regrettait pas, Nedim, d'être parti. Des filles, il s'en était envoyé, de toutes les couleurs. Aussi belles les unes que les autres. Plus belles que Aysel, sans doute. Mais aucune n'avait au fond des yeux cette lumière qui brillait dans ceux d'Aysel. Elles baisaient, et il les baisait. Sans émotion. A vide.

Emine lui avait donné trois ans. Les deux premières années, il n'avait pensé qu'à Aysel, à Aysel et à lui, à leur mariage, et au corps d'Aysel, à Aysel rien que pour lui. Ça l'occupait durant toutes les traversées. La mer prenait un sens. L'amour d'Aysel. A chaque escale, il envoyait de l'argent à sa famille. Presque tout. Il gardait juste ce qu'il lui fallait pour se soûler la gueule et s'offrir une femme pour la nuit. L'alcool, les femmes, quitté l'Europe, ça ne coûtait pas cher. A Saigon, il s'en était trouvé une pour la semaine. Pour dix dollars. Cela avait été sa plus belle expérience. Huong, elle s'appelait. Elle faisait tout ce qu'il lui demandait. Pour dix dollars. Même jouir. Jouir et laver ses fringues.

Il était revenu au village, un jour. Avec l'argent, il avait acheté à Istanbul un vieux camion de l'armée française. Il avait dit : « Voilà ce que je vais faire, je vais être transporteur. » Il se souvenait encore de son arrivée au village. Les peupliers le long de la route, le pont, la montée, la ruelle. Un héros. Sur son chemin, il avait ramassé tous ceux qui rentraient des champs. Puis il était allé chez Emine, pour montrer le camion à Aysel. « Avec ça, je t'emmènerai voir la mer. La mer Noire et la Marmara. Nos deux mers, Aysel. Avec le Bosphore au milieu. » Elle en avait eu les larmes aux yeux. Des larmes d'enfant. Et Nedim s'était dit que son bonheur était proche.

Avant de repartir, il avait confié le camion à son frère aîné, Aymur. Pour qu'il l'entretienne, jusqu'à son retour. Il avait encore six mois d'embauche. L'Atlantique à traverser. Et une escale à Panamá. Panamá, il ne voulait pas rater ça. Le paradis des marins, on lui avait dit que c'était. Alors, avant d'enterrer sa vie de garçon, il voulait s'offrir ça. Une nuit avec les femmes de Panamá.

Mais Aymur avait voulu frimer. Un dimanche matin, il avait embarqué dans le camion sa femme et ses trois enfants, ses parents, ceux d'Aysel, et Aysel. Direction les gorges de Bilecik. Aymur, comme à son habitude, était ivre. Il avait loupé un virage. Le camion avait percuté une roche, sur la droite. Son père était mort sur le coup, écrasé. Une lettre le lui apprit, à Panamá. Les autres n'avaient été que légèrement blessés. Bras ou jambe cassés. Côtes défoncées. Aysel, par bonheur, s'en était tirée avec seulement quelques bosses. Quant au camion, inutilisable, il avait été laissé sur la route. « Emine t'accorde une année de plus, disait la lettre de sa mère, mais il souhaite que tu abandonnes l'idée du camion. »

Il emmerdait Emine, voilà ce qu'il faisait. Et il maudissait son frère et sa putain de descendance. Il avait passé la nuit à boire et à danser. Claquant les dollars par billets de cent. L'argent du retour au pays. L'argent du bonheur avec Aysel. Depuis, il était revenu au village trois fois. La première fois, il s'était battu avec Aymur. La seconde fois, il s'était disputé avec Emine. La dernière fois, avant qu'il n'embarque à La Spezia pour Marseille, il avait entraîné Aysel au bord de la rivière, et il l'avait baisée.

Elle l'avait imploré. Elle s'était débattue. Puis elle avait pleuré, quand il l'avait pénétrée. Des années de désir contenu. Il l'avait baisée ainsi, avec la rage des années perdues. Avec violence. Elle n'avait cessé de réciter des prières tout le temps qu'il était resté sur elle à prendre son plaisir. « *Elhamdüllillâh rabbilâlemîn irrahmân irrahîm, mâliki yevmiddîn...* » Jamais il n'avait connu une telle excitation. Le corps d'Aysel, si beau, si pur. Ses pleurs. Cette litanie. « Dieu soit loué ! » avait-il murmuré après avoir joui.

Aysel s'était caché le visage sous ses mains, elle pleurait toujours. Lentement, il l'avait attrapée par les poignets et il l'avait obligée à le regarder.

– Maintenant, tu es à moi. Tu le sais, Aysel ? A moi. Tu es à moi. Je vais le dire à ton père. J'ai pris ce qui me revenait. Ne le regrette pas, Aysel, parce que je t'aime.

Les larmes d'Aysel redoublèrent et Nedim l'avait prise une seconde fois. Sans tenir compte de la douleur d'Aysel, ni du filet de sang qui coulait sur sa cuisse. Parce qu'elle était à lui, qu'elle était sa femme, maintenant.

Il était parti le soir même. Reparti sur la mer. Sans un mot à personne, laissant à Aysel le soin d'annoncer à son père la honte qui était la sienne.

Avant-hier, il avait eu sa mère au téléphone. Il l'avait fait appeler à la cabine publique.

– Tu rentres définitivement ?

– Oui, définitivement.

Il y eut un long silence.

– L'hiver a été rude, elle reprit. Les arbres ont souffert du froid.

– Même notre mûrier ?

– Non. Mais il est comme moi, il va mal.

– Arrête, maman ! Tu finiras centenaire.

– Ce n'est pas ça, mon fils. Emine ne t'a pas pardonné.

– Je n'ai pas besoin de son pardon. Aysel est à moi. Je vais l'épouser, qu'il le veuille ou non. Et nous vivrons comme nous voudrons.

Pedrag l'avait attendu une demi-heure, apprit-il par un camionneur espagnol en arrivant devant le J4.

– Pour le même prix, j't'emmène à Amsterdam, lui précisa l'Espagnol. Je pars dans vingt minutes. Le temps de régler la paperasse.

– Va crever à Amsterdam !

L'autre rigola. Le soleil se levait sur la ville. L'orage, lui raconta-t-il, avait été terrible. Il n'avait jamais vu ça. Une lumière rose embrasa la tour ocre du fort Saint-Jean. Mais personne sur le parking n'en fit cas. « Toute cette beauté, toute cette vie gâchée », pensa Nedim.

Une pute sortit d'une Ford Fiesta rouge. « Fier d'être Marseillais », pouvait-on lire sur la lunette arrière. Elle vint vers Nedim. Elle le tapa d'une clope. A cause de l'orage, elle n'avait pas fait une seule passe. Elle lui proposa de le sucer pour cent balles. Nedim éclata de rire.

– Si j'avais cent balles, ma poule, je prendrais un taxi pour retourner sur mon bateau.

– Je t'y emmène, si tu veux.

Elle le conduisit jusqu'aux bassins de radoub, à la porte 3A. Elle se gara contre un hangar de la Compagnie marseillaise de réparation navale.

– Tu m'offres une autre clope ?

Ils se regardèrent. Elle n'était plus très jeune. Trente ans. Ou cinquante. L'âge d'une vie usée. Un visage marqué. Des joues flasques. Le menton tombant.

– Tiens, il dit, en lui tendant trois cigarettes. Une partie de ma fortune.

– Si tu veux, on peut tirer un coup.

Il sortit de la voiture et mit le pied dans une flaque d'eau.

– Et merde !

Cela la fit rire. Un rire qui ne ressemblait pas à son visage. Un rire d'adolescente. Il se pencha vers elle. Elle semblait avoir rajeuni de dix ans. Il posa un baiser sur ses lèvres.

– Merci, il dit.

– J'suis toujours au J4. Passe me voir.

A la porte 3A, cela fit toute une histoire. Nedim n'avait plus sa carte d'accès au port. Il raconta qu'il s'était fait piquer son sac, son fric, ses papiers, tout ça. Le vigile refusa de le laisser entrer. Un jeunot qui ne voulait pas se mouiller. Le règlement. Il y avait trop de fauche sur les quais. Nedim n'en pouvait plus. Il n'avait plus qu'une envie, dormir. Oublier. Oublier toute cette nuit. Oublier le corps de Lalla, le putain de sourire de Gaby. Oublier Pedrag, la route jusqu'à Istanbul. Oublier son village, le chemin qui y conduit. Oublier Aysel. Aysel. La colère remonta en lui. La haine.

– L'*Aldébaran* ! gueulait Nedim. L'*Aldébaran*, putain ! Ce bateau de merde qu'est là-bas. Mais putain, retourne-toi. Je vais pas te sauter dessus !

Le gardien tourna son cou vers la digue. Mais ce n'était pas utile. L'*Aldébaran*, il connaissait, bien sûr.

– Tu le vois ? Là-bas ? Ce gros tas de ferraille.

– Ouais.

– T'en as entendu parler, merde !

– Ben, y a plus d'équipage, qu'on m'a dit.

– Sûr. Tous y se sont barrés. Hier soir. Et moi... Moi, je serais déjà loin si y m'était pas arrivé des emmerdes. Ville de cons, putain ! Faut que je voie le capitaine. Lui, il est encore là.

Le gardien consulta son registre.

– C'est comment son nom ?

– Au capitaine ?

– Ben ouais, pas à son chien.

– Abdul Aziz.

Le gardien céda, finalement. Il en avait sa claque, de Nedim. Il avait envie de roupiller encore une heure, peinard.

– Tu veux m'accompagner ? demanda Nedim.

– Ça ira.

Il nota le nom de Nedim sur son registre.

– Faut que tu reviennes avec le capitaine. Et si tu restes à bord, on te refera une carte. Si t'as pas de carte, pas question de rentrer la prochaine fois.

– Va te faire foutre !

Nedim traversa le quai à grandes enjambées, passa entre les bassins pour rejoindre la digue du Large. Il tournait à vide, maintenant. Plus aucune pensée ne se bousculait dans sa tête. Il n'eut pas un seul regard pour la mer devant lui. Bleue, à l'image du ciel. Un ciel limpide. Immaculé. Eclatant. Lavé par l'orage. Une superbe journée s'annonçait. La première journée de l'été.

Quand il s'endormit, il pensa à la pute qu'il avait rencontrée. Pour une fois qu'on lui proposait de baiser gratos, il avait fallu qu'il refuse. Il était vraiment trop con.

Son visage hanta son sommeil. Dégoût et désir mêlés. Il avait chaud. Trop chaud. La fille l'étouffait. Il ne voulait pas que ses lèvres prennent son sexe. Il se débattait. Le soleil inondait sa cabine.

Il se réveilla en sursaut, complètement en nage. Et il bandait. La première chose qui lui traversa l'esprit, avant même de regarder l'heure, c'est un poème que son père aimait à réciter. De sa voix douce et indulgente.

Sur la route de l'exil nous nous sommes retrouvés
Qui pourrait bien dire où la mort va nous piéger.

Sa montre indiquait cinq heures. Cinq heures ? Le verre était brisé. Saloperie, elle devait être cassée. Il alluma une clope, l'avant-dernière, toussa. Quelle heure pouvait-il bien être ? Encore le matin ? Déjà l'après-midi ? Il n'y avait aucun bruit à bord de l'*Aldébaran*. Où pouvait être Abdul Aziz ? Comment allait-il réagir en le trouvant ici ? Qu'allait-il lui dire ?

– Je t'emmerde, murmura-t-il.

Epuisé, il se laissa retomber sur la couchette et ferma les yeux en pensant à Aysel. « *Elhamdüllillâh rabbilâlemîn irrahmân irrahîm, mâliki yevmiddîn...* » Il se remit à bander.

– Amen, dit-il.

Et il s'endormit en sentant des larmes couler sur ses joues.

8

Quelques gestes irréparables

Qu'est-ce qui s'était passé avec Céphée ? Abdul Aziz essayait de comprendre et il n'y parvenait pas. Elle est folle, voilà tout ce qu'il trouvait à répondre. Sans se cacher que c'était un peu court comme explication. D'ailleurs, cela n'expliquait rien.

C'était le second jour de son retour d'Adélaïde, Australie. Céphée venait de coucher les enfants. Ils s'étaient installés sur la terrasse, pour boire une ou deux margaritas. Céphée avait le secret pour les préparer, pour mettre juste ce qu'il fallait de sel au bord du verre. Les yeux perdus au-dessus des toits de Dakar, dans le calme de la nuit, il commença à évoquer son voyage. Il avait besoin de cela, toujours. Lui raconter le monde.

Le *Kananga* avait remonté le golfe de Saint-Vincent pour aller s'amarrer, à l'abri, dans le bassin extérieur de North Haven. « Là où personne ne venait, où personne ne se rendait de son plein gré », comme cela se disait entre marins.

Port-Adélaïde se trouvait au-delà de cette bande

de terre de broussailles sèches, plate et fumante, hérissée de cabanes de tôle. Adélaïde était plus loin derrière. Un temple, une église, trois bars, un hôtel, un bordel, la mairie, un bureau de poste et une centaine de maisons autour. Une ville pour les marins. Plus loin encore, il y avait Beach Taperoo où, selon Reidar, leur radio suédois, vivaient « recluses des jeunes filles de bonne famille qu'on pouvait baiser à l'œil, si on savait bien s'y prendre ».

Abdul avait ri en rapportant ces propos.

– Les filles de bonne famille, c'est le rêve de tous les marins. Chacun a son histoire de fille de bonne famille dans un coin ou l'autre du monde à raconter.

– Ah oui... répondit Céphée.

Il avait perçu de la lassitude dans ce « Ah oui ».

– Ça ne va pas ?

– Je suis fatiguée.

Et elle était partie se coucher sans finir son verre, le laissant seul avec sa margarita et son récit de voyage. Il but une gorgée, mais sans plaisir. L'absence de Céphée lui fit mal. Il voulait la sentir près de lui quand il revenait. Elle et les enfants. Pour se persuader qu'il était un homme comme les autres, un père comme les autres. Qu'il avait une famille, et que cette famille c'étaient ses seules racines dans ce monde.

Cette fois-ci, le voyage pour la Hamburg-Süd avait été particulièrement long. La Spezia, Fos-sur-Mer, Barcelone, Le Pirée, puis le canal de Suez et Djedda, Port-Elizabeth, Sidney. Chaque jour, il avait écrit à Céphée. Depuis qu'ils étaient mariés, ils s'écrivaient quotidiennement, dès qu'il était en mer. C'était sa manière à lui de la garder dans son cœur. Le plus souvent, il lui parlait de son amour, de ses désirs. De ses fantasmes aussi. Librement, sans pudeur. Jamais il ne lui parlait de la vie en mer, des escales. Cela, il le gardait pour le retour. Pour les soirées sur la terrasse à boire des margaritas.

Il la rejoignit au lit peu après. Le silence de la terrasse, la vue sur la ville, l'alcool même ne l'apaisaient pas. Il avait besoin d'être près d'elle. De sentir son corps. Son corps le rassurait. Sa beauté, chaque fois, le ramenait du côté des vivants.

Il se déshabilla en vitesse, dans l'obscurité, et se glissa contre elle. Il comprit, à sa respiration, qu'elle ne dormait pas. Le dos tourné, elle faisait semblant. Ce n'était pas dans ses habitudes. Lentement, il lui caressa les fesses puis glissa sa main entre ses cuisses.

– Je suis fatiguée, redit-elle, en serrant ses jambes pour empêcher sa main de bouger.

– Céphée, murmura-t-il, en retirant sa main.

Son sexe tendu se pressait avidement contre ses fesses, cherchant le passage. Elle aimait, lui avait-elle souvent dit, cette impatience qu'il manifestait parfois à la prendre. Un désir autre que les après-midi de sieste, quand la mère de Céphée était là à s'occuper des enfants. Ces fois-là, ils s'ingéniaient à ne pas faire craquer le lit, ou la table sur laquelle elle se laissait allonger nue, les cuisses ouvertes. Ils se mordaient l'épaule, ou le cou, pour que leurs cris ne résonnent pas dans la maison.

Il respira fortement. Sa main reprit son chemin le long de la cuisse de Céphée, s'arrêta sur son ventre, remonta encore. Il lui empoigna le sein droit et se mit à le caresser, titillant son tétin. Elle adorait ça, Céphée, il le savait.

Dans sa main, le sein se durcit. Elle cédait, et il en fut soulagé. Il se colla encore plus contre elle. Du genou, il lui écarta légèrement les jambes. Elle ne résistait plus. Il lâcha le sein et fit redescendre sa main vers son sexe. Ses doigts glissèrent dans la fente humide. Céphée soupira et se cambra légèrement. Le bonheur, cet instant, quand ses fesses, rondes et fermes, se tendaient vers lui. Il la pénétra avec violence.

Leurs corps, comme soudés, ne furent plus qu'un long mouvement ondulatoire, lent d'abord, puis de plus en plus rapide. A deux mains, il saisit les fesses de Céphée et les écarta, pour mieux la pénétrer. Chaque fois plus profondément. Quand elle commença à se convulser, il accéléra ses va-et-vient, lui pétrissant toujours les fesses. Il l'entendit gémir, et il crut à un orgasme très fort. Il jouit, très vite, en quelques secousses dures, sans se soucier du grincement du lit, des enfants qui dormaient dans la pièce voisine, de la nuit qui enveloppait la ville, des cargos qui, dans un port ou dans un autre, s'apprêtaient à appareiller, de l'immensité des océans, de la solitude des marins, et de la fragilité des hommes sous la voûte étoilée du monde.

Céphée sanglotait.

– Céphée... Qu'est-ce qu'il y a ?

Elle se décolla de lui et s'allongea sur le dos.

– Céphée... Ma chérie...

– J'en ai assez.

– De quoi ?

Ses larmes redoublèrent. Il alluma la lampe de

chevet et une douce lumière ocre les éclaira. Elle tira le drap sur elle et le tint serré sur ses seins, d'une manière enfantine.

– De quoi, Céphée ? lui redemanda-t-il, inquiet.

Son regard l'implora.

– T'en es pas encore rassasié, du monde ?

La question l'avait surpris. Il s'attendait à tout, mais pas à ça. Les départs, les navires, la mer, c'était sa vie. Leur vie, à lui et à elle. Un accord tacite, dès la première nuit où ils avaient couché ensemble.

– C'est ma vie, tu sais bien.

– Et je suis où, dans ta vie ?

Elle s'était redressée. Elle ne pleurait plus, mais ses yeux brillaient de mille larmes encore possibles. Céphée, il ne l'avait vue pleurer qu'une seule fois. Quand il lui avait demandé d'être sa femme.

– Céphée.

– Où elle est ta vie ? A Port-Adélaïde ? A Colombo ? A Anvers ? A Valparaíso ? Où ça, hein ? Et où je suis, moi ? Abdul, je suis où dans tout ça ?

– Ici. Chez nous.

– Ici...

La réponse sembla l'étonner.

– Ici, répéta-t-elle pour elle-même. Ouais... ici.

Il ne sut quoi dire. Jamais il n'aurait pu imaginer que Céphée remît en cause leur existence. Pour lui, tout était simple. Il partait, il revenait. Il la quittait, il la retrouvait. Et ils s'aimaient.

Ils s'aimaient, non ? Voilà l'essentiel. Il voulut le lui dire, mais il garda le silence. Cette discussion n'avait aucun sens.

– T'as rien à me dire ?

– Mais qu'est-ce que tu veux que je te dise, Céphée ? Je comprends pas. Qu'est-ce qui t'arrive ?

– Il m'arrive que j'en ai marre d'attendre. De t'attendre. Marre, moi et les enfants. Voilà ce qui m'arrive, Abdul.

Sa voix était basse, sans colère. Presque un murmure. Une voix lasse.

– Tu m'en as jamais parlé, lui répondit-il doucement. Dans tes lettres...

– Les lettres, les lettres...

Elle explosa.

– Merde, Abdul !

Céphée bondit hors du lit et traversa la pièce d'un pas décidé. Il y avait un placard dans le mur. Elle l'ouvrit. Dans le bas étaient empilées des enveloppes. Des centaines d'enveloppes. Ses lettres.

– Tes lettres, elles sont là, tu vois. Année par année. Tu veux que je fasse quoi avec ? Que je mange en tête à tête avec elles ? Que j'aille me promener avec elles ? Que je me couche avec ? Que je baise avec ? Hein, dis-moi ?

Il y eut un silence.

– Ma vie avec toi, tu veux que ce soit ça ?

– Non, il murmura.

Il était désemparé. Perdu. Mais il ne comprenait toujours pas pourquoi ce qui était vrai avant son départ pour Adélaïde ne l'était plus à son retour. Il se leva et s'approcha d'elle. Il voulait la prendre dans ses bras, la consoler, lui expliquer, encore une fois, et comme il l'avait toujours fait, l'importance que la mer avait pour lui.

– Non, il avait répété.

– Moi non plus, Abdul. Parce que je vais te dire,

si c'est comme ça que tu vois les années à venir, ce sera sans moi. Et avec tes lettres, je me torcherai le cul !

Il la gifla.

Il l'avait giflée au lieu de la prendre dans ses bras, comme il le désirait. La terre, sous ses pieds, sembla se dérober. Il se sentit vaciller. Sombrer. Il avait fermé les yeux à l'instant même où sa main avait claqué sur la joue de Céphée. Comme pour en amortir la violence. Et il se dit qu'il n'y avait pas de gestes irréparables. C'est son père qui affirmait cela. Il espérait que c'était vrai.

Céphée ne bougea pas. Elle restait devant lui, droite, fière. Nue. Il réalisa combien elle était belle. Aucune autre femme ne pourrait la remplacer dans son cœur. Mais il ne trouvait aucun mot pour s'excuser de ce geste. C'est elle qui rompit le silence.

Dans ses yeux, il n'y avait plus de larmes. Que de la détermination.

– Je t'aime, elle dit doucement.

– Moi aussi, je t'aime.

– Alors réfléchis bien à tout ça, Abdul. Moi, je t'en reparlerai plus.

Elle retourna se coucher. Quand il sortit de la chambre, pour aller se chercher un meccarillos, elle éteignit la lumière. C'est à cet instant qu'il l'avait perdue.

« C'est à cet instant que je l'ai perdue », admit-il enfin en finissant son café. Il y a des gestes irréparables, mais on ignore lesquels ce sont. Il concentra son regard sur les voiliers amarrés dans le port, de l'autre côté de la rue. Cela l'apaisa. Il commanda un second café.

Abdul Aziz s'était levé tôt et il avait quitté l'*Aldébaran* sans même prendre le temps de déjeuner ni même d'avaler un Nescafé. Il n'avait eu aucune envie de croiser Diamantis. Pas envie de parler. De lui parler. Il était tendu et nerveux. « Il n'y a pas pire naufrage que celui de sa vie », s'était-il dit en regagnant sa cabine, la nuit dernière.

Allongé sur sa couchette, il avait écouté Duke Ellington. *Money Jungle*, un de ses albums préférés. Duke y jouait en trio avec Charlie Mingus et Max Roach. Ils avaient « donné » là la version la plus sublime de *Solitude*. Mais, sur cette cassette, c'est *African Flower* qu'il préférait. Il l'avait repassée quatre fois, puis il s'était endormi, épuisé, sur les premières notes de *Caravan*.

Très tôt, il s'était rendu à la Mission des gens de mer. Pour téléphoner à Céphée. Depuis trois jours, il avait essayé plusieurs fois, le soir, mais en vain. Tôt le matin, il s'était dit qu'il aurait peut-être plus de chance. Mais Abdul Aziz était à peine entré dans les locaux que Berthou, le directeur adjoint, s'empressa de l'informer des nouveaux déboires de Constantin Takis, son armateur. L'*Aldébaran* n'était plus le seul à être coincé à quai. Aujourd'hui, trente-neuf de ses navires étaient bloqués dans le monde. De plus, lui précisa Berthou, une action pénale était en cours contre Constantin Takis. La justice grecque venait de le condamner à trois ans de prison et à vingt mille dollars d'amende pour infraction à la législation commerciale.

Abdul Aziz ne commenta pas ces informations. Il se contenta de hocher la tête en écoutant Berthou.

L'avenir du cargo, ce matin, il en avait vraiment rien à foutre. Il voulait parler à Céphée. L'entendre. Entendre sa voix. Et se rassurer. Pouvoir se dire que s'il revenait dans deux ou trois jours, elle serait là.

L'idée lui trottait dans la tête depuis cette nuit. Il y avait repensé dans le bus qui l'avait emmené place de la Joliette. Il pouvait rentrer à Dakar. Rien ne l'empêchait. Ils parleraient, Céphée et lui. Ils s'aimaient, donc une solution existait. Quand il avait négocié le départ de l'équipage, on lui avait laissé entendre que la Fédération internationale des ouvriers du transport pouvait s'occuper de son rapatriement si la situation empirait. Il pouvait négocier ça, son rapatriement. Et celui de Diamantis aussi.

– Il a fait appel, ton armateur.

– Ça m'étonne pas, répondit-il évasivement. C'est un malin.

Constantin Takis avait réussi, en moins de dix années, à se placer au douzième rang des groupes maritimes grecs par le tonnage, et au second pour le nombre des navires. Il avait commencé avec deux petits tankers, puis il n'avait cessé de grossir pour bientôt faire naviguer quatre-vingt-dix bateaux : tankers, vraquiers, rouliers et navires réfrigérés.

Abdul Aziz le connaissait bien, Constantin Takis. Ils étaient de la même promotion à l'école de la marine marchande. Un arriviste. Mais, depuis 1983, il avait une dette envers lui. Une dette d'honneur. Il n'avait accepté le commandement de l'*Aldébaran* que pour cette raison, payer sa dette, et enfin ne plus rien devoir à personne. Mais cela, tout le monde l'ignorait.

– Je peux téléphoner ? demanda-t-il sans plus écouter Berthou.

Il n'était pas loin de neuf heures maintenant. Tout en comptant les sonneries, Abdul Aziz s'affola à l'idée que le téléphone sonnait dans un appartement que Céphée aurait vidé de toutes ses affaires. Combien de types avait-il connu à qui cela était arrivé ? Des dizaines. Ils prenaient un taxi pour rentrer chez eux, plus pressés que d'habitude, devinant sans doute que depuis cinq, six ou sept mois, ce « chez eux » n'était plus le leur. Dans l'appartement, dans le salon peut-être, une lettre où leur femme explique qu'elle a rencontré un autre homme, que cet homme est là sept jours sur sept, tous les mois de l'année, et que, tout bien réfléchi, c'est ainsi qu'elle voit la vie.

« Non, Céphée, pas toi, pas toi... » Il avait raccroché à la dixième sonnerie. Non, impossible, Céphée n'agirait pas ainsi. Elle était capable de tout, des pires colères, oui, mais pas de faire ça. Elle n'était pas comme les autres. Elle ne pouvait pas être comme les autres. Toutes les autres. Céphée, qu'il avait tenue dans ses bras. Bercée. Il se rassura.

Six mois après son retour d'Adélaïde, les choses avaient repris leur cours normal. Le matin, il se levait tôt et il s'occupait des enfants. Il les conduisait à l'école française, puis il accompagnait Céphée à l'hôpital. Depuis deux ans, elle y était médecin-chef en pédiatrie. Le soir, il refaisait le chemin en sens inverse. Une vie paisible, des jours heureux. Ils n'avaient jamais reparlé de cette nuit-là. Même quand il lui annonça qu'il repartirait dans une semaine.

– J'en ai pour une vingtaine de jours, se justifia-t-il. C'est juste pour rendre service à Constantin Takis. Tu te souviens ? Je lui dois bien ça.

Elle se souvenait de Constantin Takis. En septembre 1983, quand les soldats israéliens se retirèrent du Liban, les milices druzes, soutenues par les Palestiniens dissidents d'Abdoul Moussa, avaient mis à feu et à sang le mont Liban. Massacres de population, maisons pillées, villages détruits. Toute la famille d'Abdul avait fui, comme les deux tiers de la population chrétienne du Chouf. Son père et sa mère, terrorisés, sans argent, avaient trouvé refuge dans un appartement de Beyrouth-Est, abandonné par d'autres chrétiens, à cinquante mètres de la ligne de démarcation. Son père lui avait téléphoné. Pour qu'Abdul les aide à s'enfuir.

Takis dévia un de ses cargos vers Beyrouth. Il fit embarquer toute la famille à bord. Direction Limassol où, à ses frais, il installa les parents d'Abdul à l'hôtel, le temps de voir venir.

Alors mal en point, l'armateur avait jugé opportun de s'entourer de capitaines à la notoriété irréprochable. Abdul Aziz était de ceux-là. Et il ne pouvait refuser ce « petit service ». Son nom rassurerait les clients. Les équipages aussi. Même Diamantis s'était laissé bluffer.

C'est en arrivant à La Spezia qu'Abdul réalisa que pour Céphée rien n'était plus comme avant. Une lettre l'y attendait. « J'ai cru, quand tu as quitté la chambre, que tu reviendrais et que tu m'aurais parlé... »

Il était resté sur la terrasse. A boire et à fumer. Laissant vagabonder son esprit. Loin de cette maison. Loin des enfants. Loin de Céphée. A revivre des voyages passés. A ressusciter des amours passagères. Une autre vie. La sienne. Sa vraie vie, avait-il pensé jusque-là. « Puisque tu es incapable d'envisager une autre vie, alors c'est moi qui vais le faire, poursuivait-elle dans sa lettre. Abdul, je t'aime, mais je crois que je vais te quitter. Parce que notre amour ne survivra pas à tout ça. Une gifle, c'est déjà trop. Je n'en supporterai pas deux... »

Abdul se leva et régla ses deux cafés. Il avait besoin de marcher. De se perdre dans la ville. Marseille, il le savait, était la seule ville du monde où l'on ne se sentait pas étranger. Personne n'y était un étranger. D'où que l'on vienne, de n'importe quelle race. *A priori*, on ne pouvait être que marseillais. C'est ce que disait le regard des gens. Un sentiment unique d'universalité.

Abdul Aziz remonta une partie de la Canebière, puis passé le cours Saint-Louis, prit la rue des Feuillants pour rejoindre ensuite l'étroite rue Longue-des-Capucins. Là, il plongea dans la foule colorée et compacte qui faisait son marché. Les étals sentaient bon les odeurs du monde entier. C'était Barcelone et Shanghai, Rome et Bombay, Alger et Valparaíso.

Il se prit enfin à penser à l'avenir.

Dans l'avenir, lui avait dit le sorcier Diouf, un vieil oncle de Céphée, tout existe, parce que tout est possible. Peut-être bien que tout était encore possible.

9

Le cynisme, c'est ce qui nous menace tous

De cette époque-là, Diamantis ne se souvenait que d'une chose. Il était follement amoureux. Amina, quand il la rencontra, semblait sortir tout droit des *Contes des Mille et Une Nuits*. Sans doute, depuis longtemps, avait-elle fait son lit dans sa tête de marin. Le fait est qu'il la reconnut comme s'il la connaissait déjà. Elle déjeunait, avec une bande de copains, au Cintra, une brasserie sur le Vieux-Port, qui n'existe plus aujourd'hui. Leurs yeux se rencontrèrent quand Diamantis entra, puis se perdirent.

Le *Stainless Glory*, sur lequel il naviguait alors, venait de faire escale à Marseille. Pour lui, c'était toujours un émerveillement d'entrer dans la rade. Il ne pouvait dire pourquoi, mais, chaque fois qu'il débarquait dans le port, il avait le sentiment de revenir chez lui. Il aimait l'odeur de Marseille. Cette ville sentait. Peut-être pas l'œillet poivré, comme l'avait écrit Blaise Cendrars, mais quelque chose d'approchant, entre basilic et coriandre. Avec une pointe de poivre et de cannelle.

Un bonheur l'attendait à peine à quai. Le *D'Artagnan*, que commandait son père, était amarré parallèle au sien au môle E, dans le bassin de la Pinède. Trois ans qu'ils ne s'étaient pas revus. Quand il était à Athènes, son père était en mer, et *vice versa*, et, lorsqu'ils naviguaient tous deux, des écarts de plusieurs semaines les séparaient aux escales.

Un message de son père l'attendait au poste de contrôle. Il lui fixait rendez-vous au Cintra. Il commanda une mauresque et attendit au comptoir qu'une table se libère. Ses yeux cherchèrent à retrouver ceux d'Amina. Elle semblait plus réservée que ceux qui l'accompagnaient. Mais, peut-être, était-ce parce qu'elle se sentait observée. A un moment, elle leva franchement la tête vers lui, l'observa et lui sourit. Son père avait posé son bras sur son épaule à cet instant. Il se retourna vers lui, sans répondre au sourire d'Amina.

Le repas avec son père ne fut pas comme il l'avait espéré. Mais qu'avait-il espéré ? Il ne le savait pas. Un miracle, sans doute. Cet homme, qui lui avait tant appris, qui lui avait donné le goût de la mer, des voyages, cet homme dont il allait renifler les habits pour tenter d'y découvrir une odeur d'Afrique ou d'Asie – ces continents qui le faisaient rêver –, cet homme n'existait pas. Il n'était plus son père, mais un mythe. Une espèce d'Ulysse, qui, pour lui, réécrivait Homère dans la langue des cargos. Ils avaient trop en commun, et plus rien à se dire. Ils parlèrent peu. Ils se séparèrent devant l'hôtel de ville, après avoir traversé le Vieux-Port avec le ferry-boat. Le *D'Artagnan* reprenait la mer le soir même.

– Je fais ça chaque fois que je viens à Marseille, la traversée. Un rite. Je n'ai jamais vu ça ailleurs... Une ville si immense, qui se donne totalement en quelques minutes de traversée... Regarde, c'est beau.

Diamantis avait souri. Lui aussi, il aimait bien le prendre, le ferry-boat.

Ce matin, après avoir bu un café avec Toinou, il avait commencé sa journée comme ça. Sur le ferry-boat. Une cigarette aux lèvres, le regard tourné vers l'entrée du port, il avait laissé le souvenir de cette journée-là l'envahir. Le sourire d'Amina, malgré le temps, malgré la vie, n'avait pas pris une seule ride.

La porte s'ouvrit sur un homme d'une soixantaine d'années. Masetto. L'archétype de l'Italien du Sud. Petit, maigrelet mais nerveux, les cheveux frisés et la peau mate. Diamantis ne l'avait jamais rencontré, seulement croisé, une fois, dans la rue. Rue d'Aubagne, c'était. Un hasard. Amina et Diamantis sortaient d'une pizzeria. Il avait changé de trottoir pour ne pas avoir à leur parler. Ce n'était pas un homme courageux. Ni même le meilleur des pères, pour le peu qu'Amina avait osé lui raconter.

Diamantis ne se présenta pas. Il dit seulement :

– Je cherche Amina. Je voudrais savoir où je peux la trouver.

– Qui êtes-vous ? il demanda.

Le visage de Diamantis ne lui disait strictement rien.

– Un ami.

– Je connais pas ses amis. Et j'ai rien à faire avec eux.

Masetto voulut refermer la porte, mais Diamantis la bloqua du pied. S'il ne s'imposait pas, il perdait tout espoir de retrouver Amina. Son père, c'était la seule piste qu'il avait. Et c'était une chance qu'il n'eût pas déménagé en vingt ans. « Chez nous, on déménage peu », avait affirmé Toinou, quand Diamantis s'était mis à éplucher l'annuaire. « Faut vraiment qu'on y soit obligé. Alors, tu vois, ton bonhomme, t'as toutes les chances de le retrouver où tu l'as quitté. »

Du quai de Rive-Neuve, Diamantis était parti à pied, jusqu'à la place Saint-Eugène, dans le vieux quartier d'Endoume. Une butte qui surplombe l'anse de Malmousque. Ça grimpait dur, mais cela lui faisait un bien fou de se dérouiller les jambes. Les villes qu'il aimait, il fallait qu'il les parcoure en tous sens. Les vraies villes, celles qui ont une histoire à raconter, ne se livrent qu'ainsi. Le Caire, Buenos Aires, Shanghai étaient de celles-là. Et Naples et Alger, bien sûr. Saint-Pétersbourg, Prague, peut-être aussi. Et Rome, mais pour d'autres raisons. On s'y sentait inspiré, plus qu'elle n'inspirait.

Marseille, presque aussi ancienne que Rome, avait sa préférence. Peut-être parce que plus que toute autre, elle était simple et confuse, mal foutue, d'un esthétisme parfois à faire pleurer, ou rire, architectes et urbanistes. Elle restait pour Diamantis la ville la plus mystérieuse du monde. La plus humaine.

La maison à deux étages de la traverse Fouque n'avait pas dû changer depuis sa construction. Il n'y avait pas de sonnette à la porte d'entrée et celle-ci n'était pas fermée à clé. Le père d'Amina habitait au second étage gauche. C'était inscrit sur la boîte aux lettres.

– Je veux son adresse, ordonna Diamantis.

Masetto était gagné par la peur. Il devait être seul dans l'appartement et il avait compris qu'il ne pourrait repousser son visiteur. Il faisait partie de ces gens qui n'étaient courageux qu'à plusieurs, ou armé, et avec quelques bières dans le bide. Petit fonctionnaire de l'administration française au Maroc, il avait acheté, plus qu'épousé, la mère d'Amina. Pour sa beauté, et pour la baiser. C'était moins cher que d'aller aux putes tous les soirs.

Quand il fut obligé de revenir en France, il eut honte de se trimballer avec une Arabe à son bras. Ses voisins, les commerçants du quartier, le prirent lui aussi pour un Arabe. Ce qui, dans les années soixante, n'était pas encore une insulte. Il se mit à taper sa femme, chaque soir en revenant du boulot.

– Peut-être qu'il l'aimait vraiment, avait répliqué Diamantis à Amina, le jour où elle lui avait raconté tout ça.

– Ouais, elle avait répondu, c'est ça... Et moi, tu crois aussi qu'il m'aimait, en foutant ses grosses pattes sur mes fesses ? Ce type, il croit que les femmes c'est toutes des putes. Il pense pas plus loin que sa queue. Tu veux que je te dise, s'il avait eu de l'argent, il aurait acheté plusieurs femmes ! Je l'ai entendu dire ça, un soir, à des potes qu'il avait invités à venir bouffer un couscous. « Plus t'as de femmes à la maison, plus t'es un homme fort. » Ouais, c'est ça qu'il disait, mon père.

– Un vrai fondamentaliste ! avait plaisanté Diamantis.

– Tu parles ! Ce soir-là, il était même prêt à me vendre à un de ses copains. Pour la nuit, je veux dire. Le mec, un enculé de parachutiste reconverti dans la vente de bateaux, il avait mis cinq cents balles sur la table. Ça s'est pas fait, parce que ma mère a menacé de se jeter par la fenêtre. Elle hurlait, et ils ont eu peur que les voisins appellent les flics.

Plus il regardait ce type, Diamantis, et plus il avait envie de lui cogner dessus. Mais il n'en avait nullement l'intention. Des années étaient passées, et rien ne l'autorisait à juger le père d'Amina. Lui-même n'avait-il pas agi comme un salopard, en se tirant comme il l'avait fait ?

– J'sais pas où elle habite.

– Vous savez pas !

– J'vous jure.

Masetto avait l'air de dire vrai.

– Elle est mariée ? Elle a un boulot ?

Il eut un petit sourire, méprisant. Il haussa les épaules.

– Peut-être que vous l'avez vendue à votre pote, l'ancien parachutiste ?

Surpris, Masetto lâcha la porte. Diamantis en profita. Il le poussa vers l'intérieur de la pièce, et referma la porte derrière lui. Masetto regarda autour de lui, à la recherche d'un secours improbable.

– Qui êtes-vous ?

La pièce n'était pas très grande, meublée en style campagnard. Ça sentait le renfermé, le linge sale. La fenêtre était pourtant ouverte.

– Je vous l'ai dit, répondit Diamantis, un ami.

– J'vous connais pas, moi, il pleurnicha. Vous entrez chez moi, vous m'insultez, vous m'bousculez...

– Oh ! la ferme, Masetto !

Il fit un pas vers lui.

– Vous me dites où je peux la trouver, et je vous laisse tranquille. Okay ? J'ai pas vraiment envie de vous secouer pour savoir.

Masetto haussa les épaules.

– J'en sais rien, c'est vrai. Des copains, y m'ont dit qu'ils l'avaient vue quelquefois au Mas.

– Le Mas ? C'est quoi ?

– Un restaurant, rue Lulli. Derrière l'Opéra. C'est ouvert tard. Vous êtes pas d'ici ?

– Et quoi encore ?

– C'est une pute, ou genre, quoi. De la saloperie, c'est pour ça qu'j'veux plus la voir. C'est plus ma fille.

Diamantis attrapa Masetto par le col de la chemise.

– Peut-être que tu lui as montré le chemin. A coups de claques. Non, Masetto ? Pour te venger de pas l'avoir baisée, ta fille !

– Lâchez-moi ou...

– Ou quoi ? Enfoiré !

Diamantis s'emportait. Il avait envie de gueuler que les putes, les vagabonds, les traîne-misère, les voleurs, les minables, tout ça, c'était pas forcément plus de la saloperie que les petits fonctionnaires, les petits cadres, les petits commerçants. Que la saloperie, elle était dans le regard qu'on portait sur les autres.

Mais il n'éleva pas la voix. Il relâcha Masetto. Il

avait honte. Honte pour Amina, et honte de lui. Masetto comprit la lassitude de Diamantis, et qu'il ne risquait plus rien. Les chacals sont ainsi, pas courageux mais hargneux.

– Ouais, n'empêche que sur le trottoir, elle y est allée toute seule. L'enfoiré, c'est pas moi. C'est çui qui l'a niquée la première fois en lui promettant monts et merveilles, et qui s'est fait la malle, vite fait, une fois son coup tiré.

Il regarda Diamantis, assez fier de sa tirade.

– Peut-être qu'c'est vous ?

Diamantis lui balança une claque violente. Masetto perdit l'équilibre. En tombant, son nez heurta le coin de la table. Il se mit à pisser le sang.

– Merde, il dit.

Dehors, le soleil éblouit Diamantis. Il vacilla même sous la violence de la lumière. Il resta quelques minutes devant la maison de Masetto sans plus savoir que faire.

Il était revenu au Cintra, le lendemain à la même heure. Amina était là, avec la même bande de copains. Une table était libre à côté de la leur. Il s'y faufila. Il engagea la discussion le plus simplement possible, et comme partout dans le monde entier. En demandant qu'on lui passe le sel et le poivre. On le questionna sur son accent. Ce qu'il avait raconté ensuite, il ne s'en souvenait plus. Il se rappelait qu'en commandant un second café Amina avait dit « J'arrive » à ses copains qui partaient.

Ils s'étaient retrouvés en tête à tête. Plus aucun mot n'était venu sur leurs lèvres. Ils étaient restés là, à se regarder. Puis Amina s'était levée et elle avait dit : « On se retrouve là, vers sept heures et demie ? » « Sept heures et demie », avait-il répété.

Quand elle était revenue, elle l'avait retrouvé comme s'il n'avait pas bougé.

– Tu n'as pas bougé ?

– Si, il avait dit en riant. Je suis au allé au ciné.

– Ah oui ! T'as vu quoi ?

– *Stromboli*. Un vieux film italien.

Il lui avait raconté le film de Rossellini. Le plus beau film sur le cynisme.

– Le cynisme, c'est ce qui nous menace tous, lui avait-il confié un peu pompeusement.

Amina avait souri.

– Et si on allait ailleurs ? elle avait demandé.

Ils se retrouvèrent tous les soirs. Amina était vendeuse, depuis six mois, Aux Dames de France, un grand magasin de la rue Saint-Ferréol. Elle s'était barrée de chez elle, parce que chez elle, lui avait-elle raconté le premier soir, c'était plus possible. Elle n'en avait pas dit plus, et Diamantis n'avait pas insisté. Ce job lui permettait de vivre et de payer son loyer, sans rien devoir à personne. Elle avait rêvé mieux, mais elle ne se plaignait pas. Elle avait tout l'avenir devant elle.

La nuit, ils traînaient de bar en bar, seuls ou avec les copains d'Amina, puis il la raccompagnait chez elle. Rue Barbaroux, en haut de la Canebière. C'est à peine si leurs lèvres se touchaient quand ils se séparaient. Leur désir était si grand qu'ils en avaient peur. Ils se souriaient, ils se caressaient du regard, ils s'effleuraient.

– Je pars demain soir, lui dit-il.

Six jours qu'il était là. Le *Stainless Glory* reprenait sa route.

Il sentit des frissons la parcourir.

– Et... tu comptes revenir ?

– Dans quinze jours, répondit-il, heureux.

Elle le dévisagea avec des yeux étranges. Si intensément qu'il ne sut plus quoi dire.

– Quoi ? il balbutia.

– Tu montes ? elle dit simplement.

Elle lui prit la main.

– Viens.

Diamantis ne se souvenait pas de la nuit. Il se souvenait du matin. Du rayon de soleil qui illumina la chambre. La peau, brune, d'Amina brillait. Elle était belle comme une lame de fond. Il l'avait regardée dormir, et il s'était dit qu'il ne pourrait jamais oublier ce corps, nu, étendu près du sien. Une curieuse solitude l'avait gagné. L'absence d'Amina lui était déjà insupportable. Puis elle avait dit bonjour, et ils avaient rebasculé dans le plaisir. Elle et lui l'avaient inventé dans la nuit. Rien que pour eux.

– Comment on dit mon amour, en grec ?

– *Agapi mou.*

– *Agapi mou*, elle avait répété, lentement, comme pour mieux apprécier la saveur des mots. *Agapi mou*.

Amina.

Le bonheur.

C'est la chaleur qui fit bouger Diamantis. La sueur dégoulinait dans son cou. Sa chemise collait à sa peau. Il se dit que la lumière était dure.

Il alluma une clope et descendit la rue d'Endoume, vers la mer. Déterminé, mais d'un pas hésitant. Il était désorienté.

Il entra dans le premier bistrot qu'il trouva dans la rue, et il se fit servir un pastis. Il ne pensait pas que les choses se passeraient ainsi. Il ignorait comment elles auraient pu se passer. Mais pas comme ça. Il s'était imaginé Amina mariée, mère de famille peut-être. Heureuse. Son intention n'était pas de bousculer sa vie. Il désirait simplement qu'elle lui pardonne de l'avoir blessée en l'abandonnant. Maintenant, tout était différent. Il devait absolument réparer le mal qu'il avait fait.

10

Le bonheur, simple, qui descend du ciel vers la mer

La lumière écrasait la ville. Une lumière crue, presque cruelle. Elle repoussait vers les rues sombres et fraîches, les avenues, les places ombragées et les terrasses des cafés. C'était l'heure où l'on tirait les persiennes pour sauver un peu de fraîcheur. Abdul Aziz avait marché jusqu'à ce moment-là.

Il avait marché des heures. Comme si, de marcher, sans but, pouvait l'aider à vider sa tête de toutes les pensées, confuses, contradictoires, qui s'y débattaient. Marcher lui faisait un bien fou. Cela ne lui était plus arrivé depuis trop longtemps. Ça tiraillait dans ses mollets, dans son ventre aussi, et jusque dans ses épaules. Il aurait pu être heureux, comme n'importe qui se laissant aller à traîner dans Marseille, s'il n'y avait eu, en lui, tant de tristesse, de rancœur, d'inquiétudes, de colère. Il s'était retrouvé devant l'entrée du jardin du Pharo. Il sourit. On pouvait traverser cette ville en tous sens, jamais on ne s'y perdait.

Il grimpa une des allées. En haut de la butte, il contourna l'ancien palais de l'impératrice Joséphine. Il ignorait à quoi servait aujourd'hui le bâtiment. A dire vrai, il s'en foutait. Il était venu là pour la vue qu'on y avait sur le port, sur la ville. Elle était sublime.

Il redescendit de quelques mètres, puis il s'assit dans l'herbe, à l'ombre d'un massif de lauriers. Il se laissa envahir par la chaleur parfumée de l'air.

Devant lui, le fort Saint-Jean, ancienne commanderie des hospitaliers de Jérusalem. La lumière semblait vouloir se régaler du rose de ses pierres. Elle en léchait les moindres aspérités avec autant de passion, de plaisir, qu'une glace à la framboise.

En contrebas, l'étroit goulet, autrefois stratégique, par lequel on accède au Vieux-Port. A peine franchi, des voiliers prenaient leur envol vers la rade. Des yeux, il suivit l'une des navettes, qui revenait, vide, des îles du Frioul et du château d'If. Elle irait s'amarrer sur le quai, devant la Canebière qu'il devinait à peine.

Son regard se déplaça légèrement, à gauche du fort Saint-Jean, sur la cathédrale de la Major, faussement byzantine, pompeuse, grise et lourde, cernée d'axes routiers aussi invraisemblables que laids. Derrière elle, le port de la Joliette s'étendait jusqu'à l'Estaque. Ses grues et ses portiques semblaient s'agripper au ciel. Pas grand-chose n'y bougeait. Comme si la chaleur avait banni tout mouvement. L'*ailleurs*, à cet instant, avait la couleur du Sahara. Son immobilité. Le moindre rêve de voyage, comme l'air, s'épuisait et se perdait dans ses sables.

Loin, tout au bout, oublié au bout des quais, l'*Aldé-*

baran, qu'il ne voyait pas, était soumis à cette immobilité. Mais cela n'avait plus d'importance. D'ici tout lui paraissait soudainement futile. Il songea à cela avec paresse, sans même faire l'effort de formuler cette pensée dans son esprit.

D'un pochon, il sortit un sandwich tomates, thon, olives et se mit à manger en prenant garde que l'huile ne dégouline pas sur ses doigts. Tout en mastiquant, il se laissa envahir par le bonheur, simple, incompréhensible, qui descend du ciel sur la mer. Céphée lui donne la main. Ils viennent de se marier. Ils marchent en silence à travers les ruines de Byblos.

– Si j'ai une histoire, tu vois, elle commence là. Dans ces ruines. Quand Byblos redevient Jbaïl.

Il lui raconte Jbaïl. Le petit port méditerranéen des origines phocéennes. L'une des plus anciennes cités du monde.

– Selon une vieille légende, Adonis mourut dans les bras d'Astarté, aux sources du fleuve Nar Ibrahim. Son sang fit naître les anémones et teinta de rouge la rivière. Les larmes d'Astarté rendirent Adonis à la vie, irriguèrent et fertilisèrent la terre... Ma terre.

Céphée s'est serrée contre lui. Elle lève son visage vers le sien, elle sourit, puis l'embrasse sur la joue.

– Il est beau, ton pays.

Le même bonheur coulait du ciel vers la mer. Il s'était dit alors que c'était ça, la seule gloire du monde. Le droit d'aimer sans mesure. Il avait envie d'étreindre le corps de Céphée, comme il l'avait fait ce jour-là. De l'aimer dans les senteurs de figues et de jasmin.

Les souvenirs, les pensées reprenaient le dessus.

Pourquoi ne pas retourner là-bas, à Byblos ? Pour y vivre. Elle et lui, avec les enfants. Le Liban se reconstruisait, comme ne cessait de le lui seriner son frère Walid. Les touristes reviendraient, et le commerce allait renaître des cendres de la guerre. Walid avait de quoi investir. Avec ou sans lui, il investirait. Il tenait ça de son père, le goût pour les affaires.

Il ouvrit une boîte de bière et but goulûment. Pourquoi ne se décidait-il pas ? Qu'avait-il à gagner sur la mer, loin de ceux qu'il aimait ? Quelle malédiction l'avait frappé un jour, lui et tant d'autres, qui ne trouvaient sens à la vie que loin de tout rivage ?

Dans le bassin de la Grande Joliette, le *Citerna 38* engagea sa manœuvre. Lentement, il longea la digue Sainte-Marie. Il pivota et il se mit face au large. Un mouvement sublime, qui rendit au port, puis à la ville, ses gestes et ses couleurs. Son brouhaha. Sa raison d'être. Toutes les questions d'Abdul Aziz se dissipèrent. Il se leva.

Quelques mètres plus haut, assis sur un banc de pierre, il croisa deux amoureux étroitement enlacés. Les yeux rivés sur le cargo. Derrière eux, l'immense sculpture aux héros victimes de la mer. Deux hommes. L'un soutenu par l'autre, celui-ci le bras tendu vers le large. Abdul Aziz pensa furtivement à Diamantis et à lui, puis, au passage, il adressa un sourire aux deux amoureux. Ils ne prêtèrent pas attention à lui. Leur regard était tendu vers l'horizon. Là où meurent les rêves, et naissent les larmes.

Diamantis et Abdul Aziz se retrouvèrent dans le même bus. Par hasard. Diamantis, dès qu'il aperçut Abdul Aziz, agita au-dessus de sa tête une bouteille roulée dans du papier journal.

– Du Cutty Sark, dit-il en s'asseyant à côté de lui. C'est pas trop nul, non ?

Il l'avait acheté à Toinou. Au prix coûtant.

– T'as passé une bonne journée ?

– Ouais, grommela Abdul.

Il n'avait pas envie de parler. Pourtant, il savait qu'il pouvait se confier à Diamantis. Il en était sûr, il serait de bon conseil. Mais sa fierté l'en empêchait. Comment lui dire : « Diamantis, tout compte fait, je vais lâcher l'*Aldébaran*. Je vais tout lâcher. » Il faudrait tout lui raconter. Qu'allait-il penser de lui ? Tout abandonner pour une femme. Diamantis n'avait-il pas choisi, une fois pour toutes ? La mer. Rien que la mer.

Il le regarda furtivement.

– Je crois, dit-il durement, qu'il faut plus faire ça. Laisser le bateau sans surveillance.

– T'as peur de quoi ? Qu'il s'envole ? répliqua Diamantis.

– Je crois rien. Seulement qu'il faut une présence permanente sur l'*Aldébaran*.

– T'es le capitaine, Abdul. Alors, quand tu pars, fais-le savoir. D'accord ? Je t'ai attendu pour le café.

Ils ne se parlèrent plus pendant le reste du trajet.

Diamantis avait bu plusieurs pastis dans ce bar de la rue d'Endoume, le Zanzi Bar. La radio était branchée sur une fréquence italienne. La chaleur plombait la rue. Il n'avait pas eu le courage de sortir. La patronne, une petite bonne femme aux cheveux décolorés, lui conseilla le plat du jour, plutôt que de lui servir un sandwich. Un jambon beurre, il avait commandé. Elle l'avait dévisagé, comme s'il était un Martien.

– J'ai fait des pâtes au pistou aujourd'hui. C'est mieux que ces estouffades. Un homme comme vous, faut qu'y mange, elle avait dit en le couvant des yeux.

Elle apostropha un client, le seul encore attablé.

– Oh ! Renato, elles sont pas bonnes mes pâtes ?

– Je veux. Mieux qu'à la maison. Oh ! C'est vrai ! il ajouta à l'attention de Diamantis.

– Voyez, y vous le dit ! Tenez, assoyez-vous.

Elle désigna à Diamantis une table à côté de Renato. La dernière où le couvert était encore mis. Elle disparut dans l'arrière-salle.

– C'est beau, ces chansons, lui dit Renato. Ça me rappelle chez moi.

La patronne revint avec une carafe de rosé et un bol de glaçons qu'elle posa devant Diamantis.

– Huit minutes. Faut qu'elles cuisent, hein. Ça ira ?

– J'ai tout mon temps.

Il prit son temps. Les pâtes étaient délicieuses.

Au retour, il s'était arrêté chez Toinou pour prendre la bouteille de whisky. Mariette, sa fille, était derrière le comptoir.

– Il est parti faire des examens, elle dit. Pour son cœur. Ça fait des mois qu'il repousse. Alors, ma mère, ce matin elle lui a crié après.

– Il me l'aurait dit, je serais venu le remplacer, moi.

– C'est gentil, Diamantis. Mais ça va... J'avais pas de rendez-vous cet après-midi. Le boulot, c'est plutôt calme, en ce moment. C'est l'été... Et puis, plus personne veut acheter. Enfin, surtout pas en ville. Ils veulent tous aller à la campagne ou à la mer.

– A la mer ? Mais, elle y est ici, non ?

Mariette sourit. Deux fossettes illuminaient son visage quand elle souriait. Un visage presque rond, qu'encadrait une masse de cheveux frisés châtain clair. Un joli visage.

– Oui, oui... mais la mer, c'est vers Cassis. La Ciotat. Ou aux Lecques. Ou de l'autre côté, bien après l'Estaque. Ici, c'est le port, vous comprenez, pas la mer... Et... Et les plages, c'est les quartiers populaires, les quartiers nord qui y viennent. Les gens aiment pas trop y aller...

Elle sourit encore.

– Oh ! je sais pas comment vous expliquer, moi !

– Je comprends.

– Je vous sers une petite bière ?

Elle s'en servit une pour elle aussi. Diamantis lui offrit une cigarette. Ils restèrent silencieux quelques minutes. A boire et à fumer. Leurs yeux se croisaient parfois, puis revenaient à leur verre, ou sur la place où traînaient quelques habitués. Un couple de retraités s'installa à la terrasse.

– Je reviens, elle dit à Diamantis.

Il la suivit du regard. Elle était plutôt bien foutue, un peu forte peut-être, mais c'était loin d'être déplaisant à regarder. Elle avait quelque chose de ces femmes que peignait Botticelli. Tout en rondeurs.

Diamantis se fit la réflexion qu'il n'avait aimé que des femmes minces, longilignes. Même les putes, il les choisissait minces, dans n'importe quel pays.

Après avoir servi le couple – un panaché bien blanc et un Vittel fraise –, Mariette se réinstalla sur le tabouret, derrière le comptoir. Elle alluma une autre cigarette. Les yeux légèrement baissés, elle demanda :

– Dites, ça vous dirait, demain, de m'accompagner faire visiter une maison à des clients ? C'est à Ceyreste, pas loin de La Ciotat.

Elle s'arrêta, intimidée par la proposition qu'elle venait de faire à Diamantis. Son cœur se mit à battre.

– Enfin, je veux dire, si vous n'avez rien d'autre à faire. Si ça vous dit, quoi.

Leurs yeux se rencontrèrent et Mariette rougit.

– Demain ? Pourquoi pas. Je connais pas les alentours.

– C'est vrai ?

Elle retrouvait son calme. Mais elle ne pouvait plus quitter Diamantis des yeux. Il lui plaisait bien, ce type.

– Même pas Cassis ?

– Même pas.

– On s'y arrêtera si vous voulez. Enfin, si on a le temps, quoi.

– D'accord.

– Ouahou ! C'est chouette, elle s'écria, ravie.

Diamantis aurait voulu refuser. Mais il n'avait pas su comment dire non. C'était si gentiment demandé. Et puis, Mariette le troublait. Il avait oublié ça. Le trouble qui naît du regard des femmes. Il ne savait pas comment Toinou prendrait ça, qu'il se promène avec sa fille. « Bon Dieu ! il se dit, qu'est-ce que tu vas inventer ! Elle t'a pas proposé de coucher avec toi. Juste de l'accompagner. Parce que t'as rien d'autre à foutre... »

– D'accord, il redit.

– On se retrouve là vers... dix heures. Ouais, dix heures c'est bon. J'ai donné rendez-vous à mes clients à onze heures. Ça laisse le temps.

Diamantis se retourna vers Abdul Aziz. Ils marchaient côte à côte sur le quai. Le soleil, chaud encore, affleurait les crêtes arides de la chaîne de l'Estaque.

– Demain, demain matin, je dois aller en ville.

Abdul le regarda, puis haussa les épaules. Plus loin, il l'interrogea :

– T'as une femme à terre ?

– A terre, comme tu dis, je fais ce que je veux.

– Ouais.

– Et toi, t'as des ennuis, Abdul ?

– Des soucis. Tu sais bien.

– Non, j'en sais rien.

– J'ai plus de nouvelles de Céphée. Voilà. Chacun ses histoires.

– Okay. C'est comme tu veux.

Dans la salle commune, ils trouvèrent Nedim, assis devant un bol de Nescafé, une cigarette aux lèvres. Il était torse nu et en caleçon. Pas coiffé, pas rasé. Les traits tirés. Il leva la tête en les voyant entrer.

– Putain ! T'es là, toi aussi, il dit à Diamantis.

Comment ça se faisait qu'il était encore là ? se demanda Nedim. Il était persuadé que Diamantis se serait barré comme tous les autres. Peut-être qu'ils sont pédés, s'amusa-t-il à penser, tout en sachant que c'était une supposition à la con.

– Ben, ça fait plaisir.

Nedim était sincère. Il avait sympathisé avec Diamantis. Et c'était bien qu'il soit là, Diamantis. Ce serait plus simple qu'avec Abdul Aziz. Il comprendrait ses ennuis, lui. Il l'aiderait.

– Y a que vous deux ? Ou tous les autres y sont revenus aussi ? il plaisanta.

– Non, ça fait trois avec toi, répondit Diamantis.

Abdul Aziz s'était assis. Il fixait Nedim assez durement. Ça ne l'enchantait pas de le trouver là.

– Qu'est-ce qui t'est arrivé ?

– Le camionneur, cet enfoiré, y m'a pas attendu. Dites, capitaine, va falloir que vous m'accompagniez pour l'autorisation. Ce con de vigile, il voulait pas me laisser passer. C'est tout juste s'il appelait pas les flics.

– Parce que tu comptes rester à bord.

– Ben oui. Pas longtemps quoi. Faut que j'trouve un autre moyen. Quelques jours, quoi.

– Je sais pas, Nedim. Officiellement, tu as quitté le navire.

– Quatre ou cinq jours, intervint Diamantis. On se débrouillera, non ?

– C'est ça. Juste quatre, cinq jours, même pas. Le temps de m'organiser, quoi.

– Ouais. Mais c'est pas réglementaire.

Il se leva.

– On en reparle tout à l'heure.

Il quitta la pièce. Diamantis posa la bouteille sur la table et ôta sa chemise.

– Putain, il a ses ragnagnas ou quoi ? demanda Nedim.

– Des ennuis. Comme nous tous.

– Ça... Dis, faut que je t'explique.

– Quoi ? dit Diamantis en s'asseyant.

Nedim déballa la bouteille.

– Putain ! Du whisky ! Ça va être la fête !

Diamantis lui prit la bouteille des mains.

– Propriété privée.

– Juste un verre. Pour me remettre d'aplomb.

– Après le repas.

– Merde ! C'est l'enfer ici ! marmonna-t-il d'un air catastrophé.

– Tu l'ignorais ? rigola Diamantis.

– Ouais, ben ça me fait pas rire. A l'heure qu'il est, tu vois, je pourrais être en train de baiser ma fiancée.

– Dans deux ou trois jours, t'as dit ? Tu vas pas mourir d'ici là.

– C'est vite dit. J'ai plus une thune, moi. Rien ! La dèche !

– C'est ça que tu voulais m'expliquer ?

– Ouais.

– Ben, je t'écoute.

– On se boit un petit verre ?

– Ce soir.

– Et merde !

Allongé sur sa couchette, les yeux fermés, Abdul Aziz ébaucha mentalement plusieurs lettres à Céphée. Il essayait de retrouver ce sentiment de bonheur qu'il avait perçu cet après-midi. Quand la lumière coulait du ciel. Comme à Byblos. Céphée était là, pas loin. Mais chaque fois qu'il trouvait la phrase juste, le *Citerna 38* lui faisait face. Prêt à prendre le large. Et Céphée s'éloignait. Il lui semblait la voir sur le quai. Dans cette robe bleu pâle qu'il lui avait offerte à son retour d'Adélaïde. Elle agitait la main.

« Il n'y a pas de honte à être heureux », dit-il en se redressant. Mais sans savoir s'il s'adressait à lui ou à Céphée. Ou à l'humanité en général.

11

Réconcilier le vraisemblable et l'invraisemblable, c'est pas facile

Diamantis frappa à la porte de la cabine d'Abdul.

– Abdul ! Tu viens bouffer ?

– Entre ! cria-t-il.

C'était la première fois qu'Abdul invitait Diamantis dans sa cabine. Abdul changeait. Diamantis ne put s'empêcher de jeter un coup d'œil furtif sur l'aménagement intérieur. Tout était parfaitement en ordre. Il fut surpris de découvrir plusieurs livres empilés sur sa table de travail. Abdul n'avait jamais fait allusion à des livres qu'il lisait ou qu'il aurait lus.

Abdul était debout, les mains dans les poches. Il avait enfilé un short bleu et un tee-shirt noir, large.

– Alors, il a fait quoi comme connerie ?

– Comment ça ?

– Fais pas chier, Diamantis. Nedim, c'est sans doute un brave type, mais c'est un sacré fouteur de merde.

– Chacun ses histoires, non ? S'il a envie de t'en

parler, il t'en parle. Tu fonctionnes comme ça, moi aussi. Y a aucune raison pour que je le considère comme moins que nous.

– Mes histoires ou les tiennes, c'est des histoires personnelles. Ça n'a rien à voir avec ce foutu cargo. Moi, ici, je suis capitaine, et j'ai des responsabilités à assumer. Je les assumerai tant que je serai à bord. Okay, Diamantis. Nedim, ma main à couper qu'il va nous attirer des emmerdes.

Ils s'observèrent en silence. Cette discussion sonnait faux. Ils en avaient l'un et l'autre conscience. Ils s'affrontaient à propos d'un marin comme si l'*Aldébaran* devait prendre la mer cette nuit. Et, ce qui était étonnant, c'est que jamais ils ne s'étaient affrontés ainsi. Sur le cas d'un marin.

Diamantis s'avança, énervé, vers Abdul. On aurait pu croire qu'il allait le frapper. Abdul ne bougea pas et Diamantis lui fit face.

– Ecoute, Abdul, tes discours, je m'en tape. Et je vais te dire, on est là, toi, lui, moi, avec nos histoires. Et quoi qu'il en soit, ça a à voir avec ce tas de ferraille. Merde, quoi !

Abdul retint Diamantis par le bras alors qu'il quittait la cabine. Ils se regardèrent. Il y avait de l'amitié dans leurs yeux.

– Bon, alors, tu viens bouffer ? sourit Diamantis.

Ils avaient fait cuire du riz, qu'ils arrosèrent d'huile. Puis ils se partagèrent deux boîtes de maquereaux. Nedim rompit le silence. Il fallait qu'il parle, toujours. Il ne pouvait pas s'en empêcher.

– Y a des nouvelles, pour le bateau ?

– Pourquoi ? Tu veux reprendre du service ? ironisa Diamantis.

– Déconne pas ! C'est terminé tout ça. Moi, je rentre, je me marie, je monte une petite affaire, et hop, une petite vie peinarde. Voyez, j'y ai pas mal pensé, on voit du pays, on s'amuse, on nique des femmes de toutes les couleurs, puis quoi, tu te retrouves à cinquante berges, seul ou cocu. Vous en pensez quoi, capitaine ? J'ai pas raison ?

– A Rouen, dit Abdul, sans relever la question de Nedim, le *Legacy* vient d'être vendu. J'ai appris ça ce matin. Au premier feu, il était à sept cent cinquante mille dollars. Ils sont montés jusqu'à un million trente-cinq mille dollars.

Diamantis siffla entre ses dents.

– Tu sais qui a emporté le morceau ?

– Une société panaméenne, comme d'habitude. La Talgray Shipping Inc.

– Tu connais ?

– Vouais, fit Abdul en souriant. On murmure que c'est un prête-nom de l'ancien propriétaire.

– Ah ! Et qui c'est ?

– Le même que le nôtre.

– L'enculé ! lâcha Nedim. L'enculé d'sa race ! Nous on crève, lui il s'achète un autre bateau.

– Ouais, dit Abdul. Mais le *Legacy*, c'est un fichu beau cargo. Cent seize mètres. A peine vingt ans. Une belle affaire.

– Ils étaient combien à bord ?

– Deux.

Abdul regarda Diamantis.

– Le capitaine et son second. Les huit membres de l'équipage étaient partis depuis plusieurs mois. Comme vous, dit-il en regardant Nedim.

– Eh oh ! Moi, j'suis toujours là. Si on nous vend demain, je veux bien palper encore un peu, non ?

– Toi, tu as déjà touché. Et t'es plus là, officiellement. Tu te rappelles ça, non ?

– Tu le connais, le capitaine ? interrogea Diamantis.

– Un jeune mec. Antonio Ramirez, un Chilien. Trente-neuf ans. Quarante tours du monde. Je l'ai eu une fois comme second, sur Madagascar. Y a dix ans.

Le *Legacy* avait accosté à Honfleur, il y a un an, pour livrer de l'engrais. Mais une fois dans le port, Ramirez avait refusé de brancher les flexibles pour décharger la marchandise tant que les salaires ne seraient pas versés. Depuis six mois personne n'avait été payé. L'armateur versa alors cent cinquante-deux mille francs, mais les marins estimèrent la somme insuffisante.

Ramirez décida d'amener le *Legacy* jusqu'à Rouen. Là, Hydroagri France accepta d'avancer trois cent mille francs pour débloquer sa marchandise. Celle-ci était alors livrée sur ordre de Ramirez. Mais depuis, comme en représailles, le *Legacy* était « oublié » dans le port par l'armateur. Un an, sans eau chaude ni électricité, claquemurés dans des cabines non chauffées, et ravitaillés, comme l'*Aldébaran*, par des associations humanitaires.

– Le rapatriement de l'équipage, c'est la Fédération qui l'a financé, précisa Abdul.

– Merde ! fit Nedim. Vous auriez pu nous régler ça, le rapatriement. On n'aurait pas été à galérer pour trouver comment rentrer chez nous.

– Mais toi, t'as touché du fric. Pas eux. J'ai pensé que c'était mieux, du fric.

– Ouais, admit tristement Nedim. C'est sûr.

Et il se perdit dans ses pensées.

Ouais, c'était mieux d'avoir eu du fric. Mais avec simplement un billet de train, il y serait déjà, chez lui. Il aurait inventé une histoire, comme quoi, son fric, on allait le lui envoyer. Un ou deux vieux copains auraient pu le dépanner, en attendant.

Il aurait pu faire ça, merde ! A Istanbul, il savait comment gagner un peu d'argent vite fait. Avec les touristes. Les Italiens et les Français essentiellement. Les Français, ils arrivent le nez plongé dans leur guide des hôtels pas chers. Et ils se perdent dans les rues. Alors, il suffit d'être là. Pour les aider, les conseiller.

Il avait gagné pas mal, comme ça, quand il était à l'armée, les soirs de permission. Il rabattait vers d'autres hôtels que ceux indiqués dans le guide, vers d'autres restaurants. Ce n'était pas plus mal qu'ailleurs. Les touristes ne payaient pas plus cher. Et, en plus – c'était ça l'argument –, ils ne croisaient pas d'autres touristes.

Istanbul, le vrai. Jusqu'au café Yénikapi, au bord de la mer, qu'aucun guide ne signalait.

Lui, il touchait une petite commission sur les nuits d'hôtel, sur les repas... En plus, souvent, on lui payait à boire. A boire et à manger. C'est pas ce que ça leur coûtait, aux touristes. Crevettes, foie à l'albanaise, moules farcies, haricots en sauce, fromage blanc... Sans compter sur la chance de pouvoir baiser les nanas. Les Françaises, surtout. Elles venaient à deux ou à trois. Le sac sur le dos. Sans mecs.

Son plus beau coup, ç'avait été avec deux Alsaciennes. Deux blondinettes, mignonnes comme tout. Elles voulaient absolument aller à Kizil Adalar, les îles rouges. A vingt kilomètres au large d'Istanbul. Elles disaient « les îles des Princes », comme c'était écrit dans leur guide, et elles cherchaient désespérément l'appontement du ferry. Il leur avait proposé mieux. Un petit bateau où elles ne seraient que toutes les deux. C'était mieux qu'avec mille cinq cents personnes !

Erol Aynaci, le patron du bateau, leur avait fait faire le tour de toutes les îles : Büyük Ada, Heybeli, Kinali, Burgaz. A Burgaz, il les emmena se baigner dans la crique de Kalpazankaya. Elles ne s'étaient jamais autant éclatées de leur vie. Plein les yeux, il leur en avait mis Nedim ! Il avait fait mieux encore, il leur avait négocié une chambre à l'hôtel Impérial, où, leur expliqua-t-il, avait séjourné Théophile Gautier. Lui, Théophile Gautier, il s'en battait l'œil. Il ne savait même pas qui c'était, ce mec. Mais, putain, les deux filles, ça les avait vachement branchées. Il leur avait fait faire la promenade habituelle de l'écrivain en question. Puis il leur avait parlé de l'exil de Trotski, en 1932, avec ses livres pour seule compagnie. Et, putain, ça les avait branchées encore plus, ces filles !

Il les avait niquées toutes les deux. Le soir, il leur avait proposé d'aller manger un tandir kebab à Kinali, puis ils avaient dansé toute la nuit, et bu. Il avait aimé ça, quand il s'était retrouvé au pieu entre les deux nanas.

– C'est quoi ton problème, Nedim ? demanda Abdul.

– Mon problème...

L'image des deux blondinettes s'estompa. Il revit Lalla, puis Gaby.

– Mon problème, c'est que je me suis fait tirer tout mon fric. Comme un con.

Il jeta un coup d'œil rapide à Diamantis. Il lui avait raconté la vérité. Enfin, pas tout. Il ne lui avait pas encore parlé de son sac, qui était resté là-bas, au Habana. Et du fric qu'il devait donner pour le récupérer.

– Je te croyais plus malin, Nedim. Se faire piquer son fric ! T'es un vrai plouc ou quoi ?

– Ouais, fit-il d'un air idiot. J'suis qu'un paysan, moi.

– Et tu me prends pour un con !

Diamantis sourit.

– J'suis allé en boîte, avec Ousbène, avoua Nedim. Pour attendre l'heure, sans se faire chier. Et on a bu des coups, voilà.

– Ousbène, il est parti ?

– Ben oui, je crois. Il avait un train. Les trains, ça part à l'heure. Moi, je suis resté seul.

– Et t'as tout claqué.

– Putain, non !

Il s'énervait. Il se leva, en repoussant son assiette. Il n'avait pas mangé ses maquereaux.

– Beurk ! C'est dégueulasse, ces trucs.

– Y a que ça à bouffer, rétorqua Diamantis. Faudra t'y faire. Allez, t'énerve pas. Assieds-toi.

Nedim se rassit.

– T'as une clope, il demanda à Diamantis. J'en ai plus.

Il alluma la cigarette, puis regarda Abdul.

– J'ai pas vu l'heure. J'ai bu d'autres coups et... Merde, je m'suis fait arnaquer. Par deux filles. Voilà. Vous êtes contents ! Hein !

– T'as pas à me raconter des craques, Nedim. Hé ! Je suis pas ton père. Ni ta mère. Et ni ta fiancée. Tu baratines ce que tu veux à qui tu veux, mais pas à moi. D'accord ? Ici, on est entre hommes. On se bluffe pas.

Diamantis se racla la gorge. Abdul leva les yeux vers lui. Nedim les observa. « Y a un truc entre eux », il se dit, mais il ne moufta pas.

– Bon, lâcha Nedim, et ce whisky, on se le boit ou pas ?

Diamantis alla chercher la bouteille. Ils burent en silence.

– Comment on peut faire ? leur demanda Nedim.

– Comment on peut faire quoi ? répondit Abdul.

– Ben, pour moi. Putain ! J'vais pas rester à moisir ici. C'est pas que j'vous aime pas, mais... Vous... Vous, plus je vous écoute et... J'me dis que vous êtes comme les mecs du *Legacy*. Le capitaine et son second. Vous êtes des têtes dures. Ça fait longtemps qu'vous vous connaissez ?

– Pas mal, répondit Diamantis.

– Y a rien à faire pour toi, Nedim, enchaîna Abdul. T'as eu du fric pour partir. Point. T'auras rien d'autre. Même si on vendait l'*Aldébaran* demain, tu n'aurais droit à rien. T'as renoncé à tous tes droits.

– L'arnaque !

– C'est pas ce que tu disais hier.

– Hier...

– Le mieux, reprit Diamantis, c'est que tu trouves

un moyen de rentrer chez toi. S'il te faut un peu de fric, on t'en trouvera.

Il interrogea Abdul du regard.

– Ouais, on se débrouillera, admit-il sans plaisir.

Il finit son verre et se leva.

– Mais un conseil, Nedim. Tu nous fais pas d'embrouilles. Je te préviens. Bonne nuit. Ah, encore une chose. Demain, je reste à bord. Arrangez-vous pour la permanence des autres jours.

– Une permanence ! s'exclama Nedim dès qu'Abdul fut sorti. C'est quoi, ce truc ? Une permanence pour quoi ?

– Une permanence, c'est tout. T'obéis et tu poses pas de question.

Diamantis attrapa la bouteille, en servit une bonne rasade à Nedim.

– Pour la nuit. Ciao.

Et il partit en emportant la bouteille.

– Des cinglés ! marmonna Nedim.

En le quittant, Diamantis monta sur le pont principal. Rien n'avait été rangé. Il était encombré d'échelles, de tuyaux, de câbles, de lampes tempête, de gréements, de lampes à souder, de gants de travail, de pots de peinture. Il aimait être là. C'était l'endroit qui sentait le plus le bateau.

Il faisait bon. Il s'assit. Il se demanda si Mikis venait à Psará cette année pour les vacances. Il devrait l'appeler, pour savoir. Il aurait bien aimé aller à la pêche avec son fils. Ça faisait longtemps. C'est comme ça qu'ils se retrouvaient tous les deux, depuis que Melina et lui étaient séparés. Dans le silence de la mer. La pêche les rendait complices.

Père et fils. Les mots, d'abord inutiles, venaient ensuite naturellement.

– Qu'est-ce que tu cherches, si loin d'ici ? lui avait demandé Mikis l'été dernier.

Diamantis avait haussé les épaules.

– Rien. Plus rien. Je croyais que mon bonheur c'était ça, courir le monde... Mais... tu vois, quand je repense à mes années de navigation, je sais plus ce qui est vrai dans tout ce que je peux raconter, à toi ou à d'autres. Tout ça est devenu une réalité, mais est-ce que c'était ça, le bonheur que je cherchais ? Mystère !

Le bonheur, pensait-il aujourd'hui, n'existait qu'avec les blessures de la vie, les souffrances. On découvrait alors que ce n'était qu'une idée. Il n'avait cependant rien dit de cela à Mikis. Il était son père, mais il ne détenait pas la vérité pour autant. Il pouvait se tromper. Il s'était souvent trompé dans sa vie.

Maintenant, il était assis sur sa couchette. Il ouvrit le bloc-notes où il consignait ses réflexions sur l'étude des cartes maritimes méditerranéennes. Il se relut, avec la volonté de s'extrader de ce cargo. « Si les voies maritimes ne se laissent pas facilement circonscrire, c'est peut-être parce qu'elles s'entremêlent de récits : les cartes où elles sont marquées ont pu être imaginées, les écrits qui les accompagnent inventés... »

Il but une lampée de whisky à même la bouteille. C'est une question qui avait obsédé son père. Ils n'avaient parlé que de ça l'année avant sa mort. Historiens et géographes, lui avait-il expliqué, se sont acharnés contre Pythéas. Strabon, en particulier. Il ne croyait pas que Pythéas était parvenu là où « le tropique du Cancer devient le cercle arctique », et où le sol est tel « qu'il est impossible d'y marcher ou d'y naviguer ». Polybe aussi considérait ces périples comme de simples contes.

De leur côté, avait insisté son père, Hérodote et Pline, qui, sans doute, considéraient la Terre d'une manière analogue à celle de Pythéas, le crurent. Comme Aristote plus tard. « Tu vois, je crois qu'il existe une limite entre le vraisemblable et l'invraisemblable. Et cette limite, les grands périples l'ont franchie. »

Diamantis se dit que c'était là sa seule vérité d'homme. Trouver dans la vie son chemin, entre le vraisemblable et l'invraisemblable. Les réconcilier. Non pas en franchissant la limite, mais en réconciliant l'un et l'autre, sur cette ligne imaginaire. Jusque-là, il n'y était toujours pas arrivé. Mais pas plus qu'Orient et Occident n'arrivaient à s'aimer.

On frappa à sa porte. C'était Nedim.

– Excuse, je te dérange, mais... Y a encore un truc que j't'ai pas dit.

– Tu fais chier, Nedim.

– Ouais, je sais. C'est important, Diamantis... Tu vois, ben, j'ai plus rien. Toutes mes affaires, mon sac, quoi, il est resté dans la boîte. Pour le récupérer, faudrait que j'sorte dans les neuf cents balles.

– Et où tu veux que je les trouve, tes neuf cents balles ?

– C'est pas ça, Diamantis. Je me disais que... Si tu te pointais là-bas, peut-être que ça les impressionnerait les filles. Et que... Ces bars américains, c'est pas forcément très net. Tu sais ça. Alors, si tu disais, j'sais pas, moi, que... Que tu serais le capitaine, hein, elles auraient pas envie que ça fasse des histoires. Tu vois le genre, que t'irais voir les flics, tout ça... J'vais pas leur laisser mon sac, merde !

– Tu fais vraiment, mais vraiment chier.

– Je sais. Dis, t'as pas encore une clope. Vu que j'ai du whisky, mais rien à fumer avec.

– Tiens.

– Super. Alors ?

– Alors quoi ?

– Ben, on peut y aller demain, non ?

– Okay, on ira demain. On peut toujours essayer.

Nedim tapota affectueusement l'épaule de Diamantis, puis il sortit.

Diamantis renonça à plonger de nouveau dans ses cartes maritimes. Il les rangea soigneusement. Cependant, il nota dans son carnet : « La Méditerranée n'est pas seulement une géographie. Elle n'est pas seulement une histoire. Mais elle est plus qu'une simple appartenance. »

En fermant les yeux, il revit le visage de Mariette, son sourire avec ses deux fossettes. Il était heureux d'avoir accepté son invitation. Il étouffait à bord de l'*Aldébaran*.

12

Qui saura dire, demain, en quelle île Calypso séduisit Ulysse ?

De là où il se trouvait, Diamantis avait une vue unique sur toute la rade. Du cap de l'Aigle, à l'extrême sud de La Ciotat, jusqu'à la pointe Grenier, à l'est des Lecques.

Appuyé à la balustrade de la terrasse de la villa, il se laissait soûler par les odeurs qui montaient du jardin. Odeurs de pin et de lavande mêlées. Ses oreilles s'emplissaient du chant lancinant des cigales. Son corps se détendait au fur et à mesure que ses sens étaient mis à vif. Un bonheur. Une paix qu'il n'avait pas connue depuis longtemps.

Il se dit qu'il pourrait mourir ici, qu'il serait bien, couché sous les oliviers, là-bas au fond du jardin. Mais il s'était déjà dit ça, il y a vingt ans. A Agios Nikólaos, chez lui, sur l'île de Psará. Et il savait que c'était là-bas qu'il voulait reposer. A côté de son père. Il l'avait dit à Melina, ce soir-là. Après l'enterrement. Avant qu'ils ne fassent l'amour.

Ils avaient grimpé à travers les figuiers, les buissons d'épineux et les ruines des moulins aux ailes inertes. Jusqu'au sommet de la falaise. La mer et le port s'étendaient devant eux, en contrebas. Leurs corps étaient en sueur. Ils reprirent leur souffle en silence, leurs yeux léchés par les vagues mourant sur le sable.

– Tu vois, avait dit Melina, ici, je n'abandonne rien de moi-même. Je suis sans masque.

– Moi, c'est là que je veux mourir, Melina. J'y ai appris à vivre, dans cette aridité. Et à refuser tous les « plus tard » du monde.

Melina s'était lentement tournée vers lui. Son visage était grave. Elle l'avait embrassé. Un baiser d'abord furtif, qui l'avait fait frissonner. Avec passion ensuite. Ses lèvres avaient le goût du sel. Comme son corps.

Ils étaient redescendus avec le coucher du soleil. A cette seule heure du jour où le port s'anime vraiment. L'heure de l'ouzo. L'heure où l'on se promène en donnant le bras à sa fiancée. Il avait glissé le sien sous celui de Melina, et ils avaient remonté le quai sous le regard des pêcheurs et marchands de chèvres attablés aux cafés. Ils avaient annoncé qu'ils allaient se marier, et sa mère, encore larmoyante de chagrin, avait sangloté de bonheur.

Diamantis entendit des voix. Il se retourna pour voir Mariette raccompagner au portail le jeune couple, bon chic bon genre, qui venait de visiter la villa. Des portières claquèrent, puis elle fut là. Mariette.

– Affaire conclue ! lança-t-elle, joyeuse. Ils ont raison. C'est beau, non ?

– Superbe.

Il ne pouvait détacher ses yeux de Mariette. Elle était rayonnante.

– Tu n'as jamais envie d'acheter les maisons que tu vends ? Comme celle-ci, je veux dire.

– Hum, dit-elle, en s'accoudant à la balustrade à côté de Diamantis. Oui... Oui, bien sûr. Mais... d'abord, j'en ai pas vraiment les moyens. Ensuite, une maison, ça ne vaut rien si t'as pas un homme à mettre dedans.

Elle rit, comme d'une bonne plaisanterie. On aurait dit une adolescente.

– Et t'as pas d'homme, c'est ça ? dit-il en lui souriant.

– J'ai une gamine, de neuf ans. Laure. Mais pas le papa qui va avec. Et toi ?

– J'ai un garçon. Mais plus la maman.

Elle rit encore. Cette femme avait un rire fait pour le bonheur.

– On est à égalité, alors ?

– A égalité ?

Il réfléchit un instant.

– Non. Mikis a passé l'âge des mamans. Et moi, j'ai renoncé à trouver une femme. A la chercher même.

Ils se regardèrent. Diamantis fut bouleversé par le désir qui coulait des yeux de Mariette. Des paillettes d'or y pétillaient. Elle lui prit la main et l'entraîna, presque en courant, hors de la terrasse.

– On va se baigner ?

– Se baigner ?

– T'as pas vu la piscine ?

– Parce qu'il y a aussi une piscine !

– Le grand luxe. Faut en profiter, non ? Au moins une fois dans sa vie.

Ils descendirent quelques marches et contournèrent la maison. Devant la piscine, elle lui lâcha la main. Elle fit glisser les bretelles de la robe en toile blanche, ample, qu'elle portait. Dessous, elle était en maillot de bain, blanc aussi. Il n'eut pas le temps de détailler son corps. Elle plongea, bras tendus devant elle. Il la suivit des yeux sous l'eau bleue, transparente. La tête de Mariette réapparut à l'autre bout.

– Alors, tu viens ! elle cria en reprenant sa respiration.

– J'ai pas de maillot. T'aurais pu prévenir.

– Je ferme les yeux. Allez, viens, elle est super bonne !

Il resta en caleçon. Diamantis était un homme pudique.

Ils restèrent à se sécher entre ombre et soleil. Assez loin l'un de l'autre. Sans parler. Perdus dans leurs pensées, leurs désirs. Ils aimaient ça, avec Amina, aller se baigner. C'était au large, toujours. Sur les îles du Frioul. Une infinité de petites criques permettaient d'être seul.

Ils nageaient longtemps, loin, revenaient, le corps d'Amina sur son dos, collé au sien, puis, à bout de souffle, en équilibre sur un rocher, ils s'embrassaient, le corps d'Amina enroulé au sien, tressé, puis ils vacillaient, tombaient et se laissaient couler, au fond de l'eau, le corps d'Amina noué au sien, remontaient, et roulaient avec les vagues, toujours collés l'un à l'autre, tels deux arapèdes, épuisés, jusqu'à l'étroite bande de sable brûlant...

Diamantis sentit le souffle, chaud, de Mariette près de son épaule. Elle s'était déplacée en silence. Il ouvrit les yeux. Elle le regardait. Ses seins, gros et ronds, tendaient le tissu de son maillot. Diamantis pensa à une infinie variété de fruits. Ananas, mangues, pommes, grenades... Il en eut le goût sur les lèvres. Il roula sur le ventre pour cacher son érection.

– On va manger un morceau ? Je t'invite, elle dit.

Elle connaissait une petite pizzeria sur le port de La Ciotat. L'Escalet. Ils longèrent les quais bras dessus, bras dessous.

– Ça te gêne pas si je te donne le bras ? elle lui avait demandé.

Non, ça ne le gênait pas, Diamantis. Il aimait ça, avoir une femme à son bras, sentir ce moment où les pas s'accordent, complices.

– Tu vois, fit-elle en désignant l'autre côté du quai, là où se dressaient d'immenses portiques, des ponts basculeurs, des grues, tout ça c'est fini. Un jour, on aura oublié qu'ici on construisait de magnifiques bateaux. Tous cherchent comment tourner la page. Ceux qui ont travaillé aux chantiers. Leurs femmes, leurs enfants aussi. Tous ceux qui s'y installent aujourd'hui, et qui ne veulent pas savoir.

– C'est à Athènes qu'on les construit maintenant. D'aussi gros que le *France*.

– Ah ouais... elle dit tristement. C'est dommage qu'on en fasse plus ici. Ce port, il ressemble à rien sans bateaux. C'est pas vrai, elle se reprit. Je l'aime bien comme ça aussi.

Ils s'étaient arrêtés. Il eut envie de passer son bras autour des épaules de Mariette, mais il ne le fit pas.

Combien de ports connaissait-il qui sombraient dans l'oubli ? Il y avait de moins en moins de ports, de moins en moins de bateaux, et de moins en moins de marins. C'était comme ça partout.

Il n'avait pas d'opinion là-dessus. Il constatait, c'est tout. Sans le moindre pincement de cœur. Il avait le sentiment qu'un monde s'achevait. Son monde à lui. Oui, que le siècle allait tourner la page. Lui, il était dans la page qu'on tourne. Dans cet autre siècle, on en oubliera jusqu'au nom même d'Ulysse, pensait-il. Il se souvint que son père, dans ses lettres, se référait exclusivement à l'Antiquité. « Nous passons les portes d'Hercule, la pointe où mourut Antée... » Qui saura dire, demain, en quelle île avant l'Océan habitait Calypso, qui séduisit Ulysse sans pouvoir le retenir ?

Curieusement, c'est de cela qu'ils parlèrent, Mariette et lui, tout en mangeant. Du monde ancien, pas du monde nouveau. Comme si l'un et l'autre avaient conscience qu'ils étaient sans avenir. Ou, plus justement, que leur avenir était dans ce passé qui filait entre leurs doigts.

Ils s'étaient installés sous les vieux platanes de la terrasse de l'Escalet. Mariette avait commandé une bouteille de rosé des coteaux d'Aix-en-Provence, du domaine Lacoste. Léger et fruité. Et une énorme pizza, moitié mozzarella, moitié figatelli.

Mariette avait interrompu ses études de lettres lorsqu'elle avait été enceinte de Laure. Quand elle songea à s'y remettre, à l'entrée en maternelle de Laure, Régis, son mari, mourut. Une crise cardiaque, un matin, en se rasant. Elle l'avait trouvé raide sur les carreaux de la salle de bains, en revenant d'accompagner Laure à l'école. Il lui avait fallu oublier, assumer, vivre. Elle avait repris l'agence immobilière de Régis et s'était lancée à fond dans les affaires. Elle y réussissait, « pas mal du tout, même », lui avait confié Toinou, avec fierté.

Encouragé par l'attention que Mariette lui portait, Diamantis se laissa aller à parler de sa passion pour les cartes marines et les ports.

– L'origine du port, lui expliqua-t-il, nous découvre sa vertu. Selon qu'il a été ouvert par un fleuve, choisi par la côte et l'arrière-pays ou simplement voulu par la mer elle-même.

Il parlait, et leurs yeux se caressaient. Sous la table, le genou de Mariette se pressait contre le sien, brûlant. Mais ni l'un ni l'autre n'avaient envie de faire le geste – ne serait-ce même que de l'esquisser – qui romprait le charme de leur tête-à-tête.

– Tu vois, c'est la manière dont il peut être approché qui détermine la nature d'un port. Qui le détermine vraiment. L'Atlantique ou le Pacifique sont des mers de distance. La Méditerranée, une mer de voisinage. L'Adriatique, une mer d'intimité.

– Et la mer Egée ?

Il sourit. La mer de l'amour, il eut envie de répondre.

– Celle qui enfanta les mythes. Tu sais, Homère est né dans une île, pas loin de la mienne.

– L'île de Chio, oui, je sais. Tu es né à Psará, alors ?

Il fut surpris. Peu de gens connaissaient Chio. Encore moins Psará.

– Tu connais ces îles ?

Elle secoua la tête, et ses cheveux, captant les

rayons de soleil, s'embrasèrent, virèrent presque au roux.

– Par les livres, seulement. J'ai jamais quitté Marseille.

– Tu en as jamais eu envie ?

– Personne ne m'a invitée à aller ailleurs. Même pas en Corse !

Ils éclatèrent de rire.

Diamantis eut envie de lui parler de Psará. Mais Psará appartenait à Melina. C'est son image qu'il retrouvait, quand il y retournait. Dans les rues, sur les falaises ou encore dans le val des Poiriers, au cœur de l'île. La présence de Melina emplissait aussi la maison. Les rosiers, les orangers, les bougainvillées qui ornaient sa cour témoignaient de leur bonheur passé. On ne devait pas toucher à cela, s'était-il dit un matin. Il en avait fait le serment, et il n'avait jamais emmené une autre femme à Psará.

Un soir, peu avant qu'il ne parte pour La Spezia, il avait retrouvé dans une valise, en bas d'une armoire, des vêtements oubliés par Melina. Ils avaient conservé son odeur. Une de ses robes plus particulièrement. Son ventre se noua, et il eut comme un vertige. Il s'était endormi, le visage enfoui dans le tissu, à respirer ses effluves. Au réveil, il ne se rappela pas ses rêves. Seulement une phrase, lue dans un livre, et qui remontait à la surface de ses pensées comme le corps d'un noyé : « Il y a du malheur à ne point aimer. »

On leur apporta les cafés et l'addition. Autour de Diamantis et de Mariette, soudainement, la vie avait repris ses droits. Voitures, autobus et mobylettes allaient et venaient. Coups de klaxon intempestifs. Moteurs emballés. Cris. Ils n'étaient plus que tous les deux attablés sous les platanes.

Mariette regarda discrètement sa montre.

– Tu as d'autres rendez-vous ? il demanda.

– Faudrait que j'aille à l'agence. Tu vas faire quoi, après ?

– Je dois retrouver Nedim. Un des marins qui est revenu sur le bateau. Un service à lui rendre.

– Et après ?

Après, il voulait passer au Mas. Ce restaurant que lui avait indiqué Masetto, où traînait Amina. Il souhaitait la retrouver au plus vite. Peut-être qu'après il pourrait repenser aux femmes autrement, sans peur, sans culpabilité. Peut-être même qu'il pourrait envisager sa vie d'une autre manière. Parce que au fond de lui, même s'il aimait profondément la mer, il savait qu'il naviguait pour fuir. A force de fuir, on meurt. Il savait ça, aussi. Et la mort, il en avait conscience, se rapprochait de lui.

Diamantis n'avait pas envie de mourir. La vie était pleine de joies. Mariette en était un merveilleux exemple. Il suffisait qu'elle sourie, et que ses fossettes illuminent sa jolie bouille ronde.

– Je dois... Quelqu'un que je dois retrouver. Quelqu'un que je n'ai pas revu depuis... Depuis longtemps.

– Une femme ?

Les yeux de Mariette le fouillaient dans les moindres replis de son être. Il n'aimait pas trop ça. Il haussa les épaules, sans répondre. Elle sourit.

– Et encore après ?

– Toi, tu as une idée derrière la tête ?

– Hum... Pas une idée. Un désir plutôt...

Leurs genoux étaient toujours collés l'un à l'autre.

– Je ne sais pas, Mariette.

– Tu viens si tu veux. Tu viens quand tu veux. Je couche Laure à neuf heures, et je n'éteins jamais avant minuit. Passé cette limite, c'est une autre histoire.

Mariette déposa Diamantis sur le Vieux-Port, pas loin du Grand Bar Henri où il avait rendez-vous avec Nedim. Ils avaient roulé sans parler, en écoutant un chanteur italien qu'elle avait découvert tout récemment. Gianmaria Testa. La chanson qu'elle préférait, c'était *Come le onde del mare*. Elle lui traduisit un couplet :

Certains soirs ont une couleur indéfinissable,
entre l'azur et l'amarante,
et ils vibrent d'un rythme lent, lent.
Et nous qui les attendons,
nous savons qu'ils sont prisonniers
comme les vagues de la mer.

Mariette connaissait toutes les paroles, qu'elle fredonnait. Sa voix était douce. Ils formaient un beau duo, le chanteur et elle. *Come le onde del mare. Come le onde del mare.*

Elle l'embrassa sur la joue. Il sentit le parfum épicé de son corps emplir ses narines. Son baiser aussi était parfumé. Il se demanda quel goût auraient ses seins cette nuit. Ananas, mangue, pomme ou grenade ? Ou le goût d'un fruit encore inconnu de lui ?

13

Histoire de la fille qui cherchait le *vazaha*

Nedim fut rassuré en voyant Diamantis entrer dans le bar. Il était près de six heures moins vingt. Cela faisait quarante minutes qu'il était là, attablé devant un demi.

Diamantis n'avait pu se résoudre, en quittant Mariette, à rejoindre immédiatement Nedim. Il avait pris le ferry-boat et traversé le Vieux-Port. Puis il était revenu, en flânant, le long des quais. Attentif à la vie qui grouillait autour de lui.

Il avait souri devant un marchand ambulant, un Sénégalais, en constatant que le paquet de cacahuètes grillées valait un franc moins cher que le paquet d'amandes. Pourquoi ? s'était-il demandé, mais sans chercher à se répondre. Puis il s'était fait happer par une cinquantaine de Japonais, qu'un car de tourisme venait de déverser sur le quai. La tête, ronde et noire, d'un gamin, surmontée d'une casquette rouge, avait émergé du groupe, bien vite rattrapé par la main de sa mère. Le gamin avait regardé Diamantis, puis lui avait tiré la langue. Une belle langue rose. Il avait encore souri.

Plus loin, assis sur un banc face à la mer, deux vieux Arabes discutaient avec passion. A leur hauteur, il avait ralenti pour écouter la musique de ces mots incompréhensibles pour lui. L'arabe était une langue qu'il aurait aimé lire et parler. Il n'avait jamais pris le temps de l'apprendre et le regrettait régulièrement. Arrivé au carrefour du quai de Rive-Neuve et du cours Jean-Balard, les mains dans les poches, il avait attendu le feu rouge pour traverser.

Sur le trottoir opposé, un jeune homme faisait les cent pas, une cigarette aux lèvres. Une jolie Antillaise descendit du bus et courut vers son ami. Il avait laissé tomber sa clope pour la prendre dans ses bras. Il l'avait soulevée en éclatant de rire et l'avait fait tourner, sous le regard amusé des passants. Elle avait de très jolies jambes et une culotte jaune.

Diamantis avait souri une nouvelle fois. Marseille lui allait bien.

– Putain ! J'étais inquiet, Diamantis. T'imagines, j'ai pas un sou pour payer. Alors, si tu venais pas...

– Je t'avais dit que je viendrais.

– Ouais, mais bon... T'as vu l'heure ? Y avait vraiment de quoi angoisser, non ?

Diamantis commanda deux bières pression.

– Bon, pas la peine de faire de la provocation, dit Diamantis, après avoir avalé une grande lampée de bière. Je vais y aller seul, au Habana. Toi, tu m'attends ici.

– Ah bon.

Diamantis ne savait pas encore comment il allait s'y prendre, mais ce qui était sûr, c'est qu'il ne voulait pas avoir Nedim dans ses pattes. Il était trop impulsif, imprévisible.

– Tu crois que ça va marcher ?

– On verra.

– Putain, j'espère. C'est que j'en ai besoin, de mes affaires.

– T'as des trucs importants dedans ?

Nedim haussa les épaules.

– Non... Juste la photo de mon père et ma mère. C'est la seule que j'ai d'eux ensemble. J'aime pas trop m'en séparer, tu vois.

Diamantis regarda Nedim. Ce type le surprenait chaque fois. Il était nature. Brut de décoffrage. Tendre. Sans la moindre pudeur. Naïf. Sincère, même dans ses mensonges, ses coups foireux. Le pigeon idéal pour toutes les arnaques. Surtout si une femme les lui servait sur un plateau.

Rien que pour ça, Diamantis eut envie de revenir avec ce sac. Il se sentait d'attaque pour ça. Gonflé à bloc par la beauté de cette ville et le sourire de Mariette.

– J'y vais, il dit.

– Laisse-moi une clope.

Diamantis en jeta trois sur la table. Quand il sortit, Nedim croisa les doigts devant son cœur. « *Bismillâh irrahmân irrahîm...* », récita-t-il intérieurement. Puis il alluma une cigarette.

– C'est pas ouvert, dit le Noir.

– Vous êtes Dug ? demanda Diamantis.

– Ouais, marmonna-t-il, surpris. C'est pour quoi ?

– J'ai à vous parler.

– Vous êtes flic ?

Sans répondre, Diamantis fit un pas en avant. Dug ne l'arrêta pas. Diamantis entra dans la salle. Les plafonniers étaient allumés. Ça puait la cendre froide. Une femme était en train de nettoyer les tables. Elle leva les yeux à l'entrée de Diamantis, mais sans s'arrêter de travailler. Dug referma la porte derrière lui.

– Alors ? il demanda.

– Je suis un ami de Nedim. Vous voyez qui c'est ?

– Il doit neuf cents balles.

Dug n'était plus inquiet. Il fit jouer ses muscles, pour les montrer. Il était en débardeur noir moulant, et c'était plus qu'impressionnant.

– Tu viens payer ses dettes ?

Diamantis ne supportait pas ce genre de tutoiement. Il n'aimait pas non plus les gros bras.

– Pardon ?

– Il a une ardoise de neuf cents balles. Ou tu paies ou tu te casses.

– Vous êtes le patron ?

– Y a pas de patron, ici.

– Vous êtes quoi, alors ? Monsieur gros bras ?

Diamantis avait vingt-cinq ans d'expériences de ce genre. La seule chose qui désarçonnait ces types, c'était l'aplomb, pas les muscles.

Dug l'évalua. Diamantis ne faisait pas le poids. Il lui rendait bien vingt kilos de plus. Un coup de boule, et il l'étendait par terre, ce mec. Ce n'était peut-être même pas nécessaire. Une seule baffe, bien allongée, suffirait. Mais on n'est jamais sûr, il se dit. Et Diamantis se tenait à bonne distance de lui. Trop même. Les mains dans les poches. Il pouvait avoir un couteau, ce con.

Diamantis ne le quittait pas des yeux.

– Qu'est-ce vous voulez ?

– Récupérer son passeport. Et son sac.

– Vous rigolez ou quoi ?

– J'ai l'air de rigoler, Dug ?

La femme de ménage s'arrêta, les regarda, puis disparut dans l'arrière-salle. Ça allait peut-être se compliquer, pensa Diamantis. Placé comme il était, il ne pouvait voir ce qui se passait sur sa gauche. Là où avait disparu la femme de ménage. Il aurait dû rester le dos à la porte. Il s'en voulut pour cette négligence. Il vieillissait sans doute.

– Non, mais... Et moi, je perds le fric.

– D'abord, c'est pas ton fric. Ensuite, qui te dit que tu vas le perdre ?

– Ah ouais. Et vous allez me signer une reconnaissance de dettes, c'est ça ?

– Exactement.

Dug secoua la tête dans tous les sens. Sa manière à lui, sans doute, de trouver ça complètement dingue.

– Non, mais je rêve ! il cria.

Gaby apparut dans l'encadrement de la porte de derrière. En apercevant Diamantis, elle se recula lentement. Lui ne la vit pas. Il ne se rendit compte de rien. Occupé qu'il était à ne pas lâcher Dug des yeux. Il se méfiait de lui, même s'il avait marqué des points par le retour au vouvoiement. « Un type qui te vouvoie, il te respecte. Il aura du mal à t'envoyer son poing dans la gueule », lui avait enseigné Hans, le second de l'*Alabama*. « N'oublie jamais ça, petit. »

Il ne l'avait pas oublié. Il avait aussi appris les nombreuses exceptions à la règle. Il en avait fait les frais au Milord, un bar de Morondava, à Madagascar.

Juju, elle s'appelait. Une entraîneuse. Comme Lalla. Comme Gaby. Comme des milliers partout dans le monde. Et Diamantis s'était fait piéger. Comme Nedim, et comme tous les jeunes marins. Il lui avait raconté son histoire, hier soir, à Nedim. Son histoire avec Juju. Juste pour détendre l'atmosphère. Cette fille, Juju, elle l'avait bousculé alors qu'il sortait du bureau de poste. Elle portait un foulard bleu, noué sur des cheveux crépus. Une mini-jupe noire avec une grosse ceinture cloutée, et plein de bracelets à ses deux bras.

Il y avait cru, Diamantis, à son histoire à Juju. Sincère à en pleurer. Elle ne cherchait pas à coucher, lui avait-elle confié, les yeux larmoyants, en buvant un verre de Coca. Non, elle cherchait le grand amour. Le vrai. Le *vazaha*. L'homme qui changerait sa vie en l'emmenant là où il vivait et où, forcément, c'était mieux qu'à Madagascar.

Diamantis venait d'avoir vingt-deux ans. C'était sa première grande sortie dans le monde. Son cœur battait la chamade. Le coup de chance, il s'était dit. Juju le balada de bar en bar, jusqu'au Milord en fin de nuit. L'épouser, non, il n'était pas prêt à ça, mais lui jurer qu'il reviendrait la chercher, ça, oui, il était prêt à le dire. Parce qu'il avait sacrément envie de coucher avec elle !

Elle était pelotonnée contre lui, et lui caressait le torse. Ses doigts étaient fins et doux. Ses lèvres passèrent légèrement sur celles de Diamantis. Elle les entrouvrit, les fit glisser sur son cou, ses joues, son oreille, en titillant le bout, puis revinrent, enfin, à ses lèvres. Il eut sa langue chaude contre la sienne. Il la serrait contre lui, avec amour.

Quand il ouvrit les yeux, les consommations, qu'on leur avait servies cinq minutes auparavant, avaient disparu. Juju fit signe qu'on les serve, comme si de rien n'était. C'est là qu'il avait compris. Il réalisa qu'il n'avait même pas goûté ses deux premières consommations.

Il avait protesté.

– Y a quelque chose qui te va pas ? avait demandé le serveur.

– Ouais. J'ai jamais le temps de boire mon verre.

– On peut pas tout faire, mon gars. Boire et lécher la poire des filles. Elle a commandé, je ressers. T'as rien contre, j'espère ?

– Si.

Juju avait déserté la banquette. Il l'aperçut près du comptoir, une cigarette aux lèvres. Elle regardait. Elle attendait.

Il vit le coup arriver, mais il ne fut pas assez rapide. Le poing l'atteignit au menton et il s'affala sur la banquette en renversant la table. Le type fut sur lui avant qu'il ne se relève. Il prit un autre coup sur la tempe. Il était proche du K.-O. Il fut sauvé par l'arrivée de Hans et des autres marins. Ce fut une grande bagarre générale, où ils n'eurent jamais le dessus. Les flics y mirent un terme. Il ne revit jamais Juju, mais, belle consolation, il n'eut pas à payer les consommations.

– Elles nous niquent tous, commenta Nedim. Ben, ça me rassure. Et tu t'es dit, comme moi, qu'c'est dommage ces coups qui se perdent ?

– Je me suis rien dit du tout, Nedim. J'étais bien content de pas m'être fait plumer de neuf cents balles !

– Ouais, c'est un point de vue, fit-il, mais sans relever l'allusion. Quand même, Diamantis, ces filles...

Diamantis n'écoutait plus Nedim, ne lui répondit même plus. Et il ne lui raconta pas qu'en arrivant à Marseille, il rencontra Amina. Et qu'elle ressemblait trait pour trait à Juju. Plus belle encore. Parce que Amina n'était pas Juju. Elle cherchait vraiment le *vazaha*. Et c'est lui qui l'avait trompée.

– Dug !

Une voix de femme.

– Qu'est-ce y a ? il répondit en se tournant vers la porte de service.

Diamantis en profita pour se déplacer légèrement. Une jeune femme venait d'apparaître. Il supposa que ce devait être Lalla. La description de Nedim était plus que parfaite. Il avait cru qu'il en avait rajouté, mais non. Lalla était une pure merveille.

– Tu peux venir un instant ?

– Hé ! Je suis occupé.

– Justement. C'est à cause de ça. De ce type.

Dug regarda Diamantis, puis Lalla. Il partit vers elle, en balançant les bras. Juste pour que Diamantis apprécie la musculature de son dos. Ça, ça ne le fit pas sourire. Il commençait à se départir de sa bonne humeur.

Dug disparut dans l'arrière-salle. Diamantis alluma une cigarette et fit quelques pas. Il n'était plus inquiet mais impatient. Il étouffait. Il avait envie de se retrouver à l'air et de profiter des derniers instants de la journée. De ce moment particulier où le soleil couchant embrase les immeubles ocre du quai de Rive-Neuve, puis le port tout entier.

Dug réapparut. D'une main, il tirait le sac de Nedim derrière lui. Dans l'autre, il tenait son passeport. Diamantis ne pigea pas.

– Je vous propose un marché, dit Dug.

Il dit cela sans réelle conviction. Quelqu'un d'autre que lui parlait.

– Je vous écoute.

– Je vous rends le passeport du Turc et son sac contre votre passeport.

– Et moi, j'aligne neuf cents balles quand je veux le récupérer.

– Tout juste.

– Je me fais baiser, quoi.

– C'est votre ami, le Turc, non ? Il vous baisera pas, vous.

Dug sourit, pour la première fois. A qui il devait cette transaction, Diamantis l'ignorait, mais il devait reconnaître que c'était finement joué.

– D'accord, fit-il après quelques fausses secondes de réflexion.

Parce qu'il pouvait toujours faire une déclaration de perte ou de vol. Ça prendrait du temps pour en refaire un, mais le temps, il en avait devant lui. Nedim non. En l'écoutant, hier soir, raconter ses mésaventures, il s'était dit qu'il était grand temps qu'il rentre chez lui. Qu'il se marie et qu'il s'installe. Dans l'état où il était, Nedim pouvait faire n'importe quelle connerie.

– Il repart quand votre bateau ?

– Je ne sais pas. Jamais peut-être.

– Jamais ?

Diamantis haussa les épaules, puis il sortit son passeport et le lui tendit. Dug l'ouvrit à la page de la photo d'identité.

– Diamantis, il dit.

– Comme c'est écrit.

Diamantis glissa le passeport de Nedim dans la poche de sa chemise, mit le sac sur son dos et sortit. Sans dire au revoir.

Nedim en eut les larmes aux yeux.

– T'es un champion. Comment t'as fait ?

– Je te raconterai. J'ai soif.

Diamantis fit signe au garçon. Nedim fouilla dans son sac et en sortit un vieux portefeuille très large, au cuir usé, cousu main. Un sourire rusé apparut sur ses lèvres.

– Je t'offre à boire, il dit, triomphant.

Et il posa cent dollars sur la table.

Il éclata de rire.

– Tu vas pas me croire, Diamantis, mais j'avais oublié que j'avais ce fric-là. Ça m'est revenu dans la nuit. J'arrêtais pas de me tourner et de me retourner, et ça m'est revenu. Après, l'angoisse, putain ! Nedim, que j'm'disais, tu l'as déjà claqué, ce fric, ou pas ? Je savais plus, Diamantis. Toute la nuit, j'y ai pensé. C'est dingue, non ?

– C'est toi qu'es dingue.

Il rit de plus belle, heureux comme un môme.

– Finalement, on les a bien niqués, ces enfoirés !

– Pas exactement.

Diamantis lui expliqua la transaction.

– Merde !

Il resta silencieux un instant, puis estima que ce n'était plus son affaire, ce fric qu'il devait. Lui, il avait tout récupéré. Avec cent dollars en prime.

– Tu veux voir la photo de mes parents ?

Il tendit une vieille photo jaunie à Diamantis.

– Les dollars, ils étaient collés derrière. Ils sont beaux, non ? dit-il en reprenant la photo.

Il la regarda tendrement et l'embrassa, deux fois. Il la remit dans le portefeuille et le portefeuille dans le sac. Diamantis poussa les dollars vers Nedim.

– Ce fric, tu le gardes. T'y touches pas, Nedim. Okay ? Tu te cherches un autre camionneur et tu rentres, dès que tu peux.

– Ouais, mais les clopes, tout ça ? Et puis, comment je vais boire quelques coups ? Merde !

– On se débrouillera. Je vais en reparler avec Abdul.

– Ouais, il fit, avec l'intonation d'un gamin puni.

– Nedim, je te jure que si tu claques ce fric, moi, je te casse la gueule.

Il baissa les yeux.

– Au fait, t'as vu les filles ?

– Non, mentit Diamantis. Il n'y avait que Dug.

– Enculé de nègre !

Diamantis se leva, paya les consommations et tendit à Nedim son paquet de cigarettes à peine entamé.

– Tu te tires ?

– J'ai encore des choses à faire. On se retrouve plus tard.

Il se pencha vers lui.

– Oublie pas ce que je t'ai dit, Nedim. Vraiment, je te casserai la gueule.

Diamantis arriva sur le port juste au moment où

le soleil se couchait derrière le clocher des Accoules. Il resta là, immobile. Dans les derniers rayons rouges de la journée. Marseille était ainsi, se dit-il. Elle ne promettait rien, ne laissait rien entrevoir. Elle se contentait de donner, à profusion. Il suffisait de prendre. De savoir prendre.

14

Dans la vie, on n'a que ça, la vie

Bien qu'il fût tôt encore, Le Mas était plein. Un serveur s'approcha de Diamantis :

– Vous avez réservé ?

– Non, répondit-il. En fait, je cherche quelqu'un.

– Faites.

Diamantis traversa la salle. Les odeurs qui s'élevaient des différents plats étaient appétissantes. Son estomac se noua. Après avoir quitté Nedim, et pour faire passer le temps, il s'était assis à la terrasse du bar de la Marine, sur le port. Le lieu de rendez-vous des skippers. Il aimait bien l'ambiance. Il avait bu quatre ou cinq bières, il ne savait plus, tout en mangeant des cacahuètes grillées. Maintenant, il avait faim.

Même avec le temps, il était sûr de la reconnaître, Amina. Enfin, il le pensait. Elle devait avoir trente-neuf ou quarante ans aujourd'hui. Quarante et un, peut-être. Il doutait tout d'un coup. Mais quelle importance cela pouvait-il avoir aujourd'hui ? Aucune. Une femme que l'on a aimée, vraiment, on devait être capable de la reconnaître n'importe où, même vingt ans après. La beauté d'Amina, il en était persuadé, était au-delà du temps.

Des visages se levèrent sur lui, au passage, puis replongèrent dans leur assiette. Personne ne le connaissait et il ne connaissait personne. Curieuse clientèle, constata-t-il. Elle sentait le fric. Hommes d'affaires, avocats, médecins. Journalistes aussi, peut-être. Les femmes qui les accompagnaient ne s'habillaient pas au rayon prêt-à-porter des grands magasins. Elles avaient quand même l'air de *cagoles*. Tout en vitrine et trop maquillées. Mais leurs hommes avaient l'air de les aimer ainsi. Il supposa qu'elles devaient porter des dessous rouges, en dentelle, et ça le fit sourire.

– Je peux vous aider, peut-être ? lui demanda l'homme qui était derrière la caisse. La soixantaine bien entretenue, pantalon noir, chemise blanche en soie, largement ouverte sur une épaisse chaîne en or. Au poignet droit, une grosse gourmette avec son prénom : Giovanni. Le patron, sans doute, ou le gérant.

– Oui, peut-être. Je cherche une amie que... que je n'ai pas vue depuis quelque temps. On m'a dit qu'elle était cliente chez vous. Amina. Amina Masetto. Enfin, Masetto, c'était son nom de jeune fille.

L'homme le fixa avec attention, puis son regard se porta loin devant lui. Diamantis se retourna, espérant découvrir Amina. Amina qu'il n'aurait pas reconnue. Mais non.

– Un instant, lui dit Giovanni.

Il se dirigea vers une table où dînaient trois personnes. Un couple et un homme seul. A côté de lui, la place était vide, mais on avait laissé le couvert. L'homme était de dos. Malgré la chaleur, il portait une veste légère, en coton, ou en lin bleu marine. Ses cheveux, bien coupés, grisonnaient sur ses tempes et sa nuque. Il ne devait pas être très grand, mais il semblait trapu. Diamantis ne pouvait lui donner un âge précis.

– Pardon, dit une serveuse à Diamantis.

Dans la main droite et sur son avant-bras gauche, en équilibre, elle portait trois assiettes de figatelli grillé.

Giovanni se pencha à l'oreille de l'homme au veston. Le couple leva les yeux vers Diamantis, mais l'homme ne se tourna pas dans sa direction.

Giovanni revint vers Diamantis.

– C'est qui, ce monsieur ?

– Pas un de vos amis, certainement, répondit froidement Giovanni. Nous ignorons si Amina passera ce soir. Mais vous pouvez lui laisser un message, je lui transmettrai dès que je la verrai.

Giovanni lui expliquait cela sans la moindre gentillesse.

Diamantis se souvint de ce que lui avait dit Masetto. Amina était une pute, ou quelque chose dans le genre. Ce type était peut-être son mac, ou son mari. Ou les deux, pourquoi pas ? Mais Masetto avait pu lui raconter n'importe quoi, par méchanceté. Ici, comme partout en Méditerranée, on avait peu de considération pour les jeunes femmes qui épousaient des « vieux beaux » pleins aux as. Il était évident qu'une fois mariées, elles se faisaient tirer par le premier représentant de commerce venu. L'argent, ça excite, mais ça ne fait pas jouir.

Diamantis n'arrivait pas à se faire à l'idée d'Amina pute. Même pute de luxe. Ni même femme entretenue. Ce type devait être son mari. Il s'en tint à ça. C'est ce qu'il voulait croire. Cela lui faisait moins de mal que d'imaginer autre chose. Amina en train de sucer un vieux dégueulasse pour du fric, par exemple.

Il eut un haut-le-cœur. Ces images, qui, soudain, défilaient dans sa tête, mêlées aux odeurs de cuisine, l'écœurèrent. Il secoua la tête pour chasser tout cela de son esprit.

Giovanni lui tendit un bloc de papier et un stylo. Il griffonna quelques mots.

« Je suis à Marseille. J'aimerais te revoir. Te demander pardon. Rendez-vous... » Il hésita, puis reprit : « Après-demain. Vers 17 heures. Au bar Henri, rue Saint-Saëns. Diamantis. » Il rajouta : « Mon bateau, c'est l'*Aldébaran*. Au cas où tu ne pourrais venir. Tu peux me faire demander au contrôle de la porte 3A. »

Il plia le mot, écrivit « Amina » dessus et le tendit à Giovanni. Ils se regardèrent.

– Merci, dit Diamantis.

Il se demanda si le message parviendrait vraiment à Amina. Ce dont il était sûr, c'est que Giovanni le remettrait à l'homme au veston, et que celui-ci ne se gênerait pas pour en prendre connaissance. Il regretta soudain d'avoir écrit « Te demander pardon ». Mais c'était trop tard, maintenant. Il était sans doute trop tard aussi pour demander pardon à

Amina. Il n'empêche, il voulait essayer de la retrouver. Tout essayer. Pour lui expliquer.

Lui expliquer quoi ? Combien de fois il s'était repassé cette scène. Des centaines de fois, des milliers, même. Pendant des années. Il lui avait écrit, puis téléphoné de Barcelone pour lui dire quel jour le *Stainless Glory* appareillerait à Marseille. Contrairement à ce qu'il croyait, l'escale n'était que d'une nuit. Le cargo repartait à vide vers Gênes. Chaque heure comptait. Elle ne voulait en perdre aucune, elle avait dit.

Elle proposa de venir l'attendre sur le port. Il préféra lui donner rendez-vous au bar du Cap, quai de la Joliette. Entre huit et neuf heures. Parce qu'il ignorait encore l'heure à laquelle il serait libre. Une voiture le conduisit jusqu'au poste 53, puis il continua à pied, dans l'enceinte du port faiblement éclairée. Il était huit heures dix, et il n'y avait pas plus heureux que lui sur terre ce soir-là.

Trois hommes l'attendaient au coin d'un bâtiment. Trois costauds. Deux d'entre eux l'empoignèrent sous les bras et le tirèrent dans un hangar. A peine à l'intérieur, le troisième le cogna. Deux fois, dans le ventre. La douleur le plia en deux. Le poing gauche de l'homme lui fit relever la tête, un autre encore. Et deux autres coups dans le ventre. Il haletait. Et il avait peur. Sa vessie se relâcha. Il sentit la pisse, brûlante, mouiller son slip et la toile de son pantalon, puis dégouliner le long de ses jambes. Des larmes coulèrent. La peur et la colère. L'humiliation.

Le type s'arrêta de cogner.

– Y chiale, ce p'tit con, il rigola.

Il mit un flingue sous le nez de Diamantis. Un gros pétard noir.

– Tu vois ça, minable que t'y es. Tu vois, répéta-t-il, en empoignant les cheveux de Diamantis de la main gauche, pour lui faire soulever la tête. Si t'as le malheur d'approcher encore une fois d'Amina, je fais sauter ta belle gueule avec.

Il tira sur les cheveux pour que Diamantis relève mieux la tête.

– Elle et moi, on est comme qui dirait fiancés, tu comprends ça, connard ?

Au téléphone, elle lui avait dit : « Je t'aime. » Et puis : « Tu me manques. » Et puis encore : « J'ai hâte. » Ces derniers mots dans un souffle, presque rauque, chaud, doux comme ses mains, ses lèvres. Il bandait quand il avait raccroché. « Je t'aime. Je t'aime. Je t'aime... » Il n'entendait plus que ça dans sa tête.

– T'as bien compris ça ? Tu rentres pas dans mes plans.

Amina. Qui étaient ces hommes ? Ce type ? Est-ce qu'elle était au bar du Cap, à l'attendre ? Ce type l'avait-il frappée, elle aussi ? Dès qu'ils le lâcheraient, il se précipiterait vers le bar. Il s'était dit ça, malgré la douleur qui l'envahissait.

Le type arma le flingue et lui enfonça le canon dans la bouche. L'acier était froid. Il frissonna. Il se dit qu'il allait se chier dessus maintenant. Ça grouillait dans son ventre. Il ne fallait pas. Il ne pouvait se retenir. Il ne put pas. La merde, liquide, lui emplit les fesses.

– Suce ça, dit le type. Suce bien. C'est la mort. Tu sens ça ? Alors, oublie pas avant de faire quoi que ce soit. T'as vu, petit connard, on a su où te trouver. On saura encore.

Il retira le flingue et remit la sécurité. Les gros bras lâchèrent Diamantis. Il se retrouva le cul par terre, et plein de merde.

– Je crois qu'y s'est chié dessus, dit l'un d'eux en rigolant à l'adresse de l'homme au flingue.

– Ça m'étonnerait pas, il répondit. Ça pue pire qu'les chiottes.

– Tu pourras lui raconter, entendit-il dire l'un d'eux alors qu'ils s'éloignaient.

Ça les avait fait rire. Diamantis entendit une voiture démarrer. Il ne bougea pas. Il resta là. Une partie de la nuit. Le cul dans la merde, baignant dans sa pisse. A sangloter.

Oui, il faudrait lui expliquer tout cela. Cette peur de mourir. Malgré l'amour. Son amour pour elle. Qu'à vingt ans, l'amour n'est pas plus fort que la mort. L'envie de vivre, c'était égoïste. La vie même. On n'avait que ça dans la vie, la vie. Et le monde était vaste, et les plaisirs aussi. Combien de fois pouvait-on aimer, vraiment, dans une vie ? Combien de femmes sur terre ressemblaient à Amina ? Etaient aussi belles ?

Il devrait lui dire aussi qu'il n'avait jamais douté d'elle. Qu'il s'était inquiété, oui, ça oui, il s'était inquiété pour elle. Même après, quand le *Stainless Glory* avait repris le large. A bord, les autres marins, plus âgés, s'étaient moqués de lui. Non pas de ce qui lui était arrivé, non, ça, il ne l'avait raconté à personne. Mais parce qu'il ne les soûlait plus avec

Amina par-ci, Amina par-là, comme il l'avait fait auparavant, Marseille à peine quittée.

Quinze jours d'absence, et il était cocu, le pauvre. Ils disaient ça entre eux. Ils riaient de ça. Pas de lui, d'elle. Les histoires allèrent bon train. Sur ces salopes dans tous les ports. Avec des doutes, des inquiétudes sur chacune de leurs femmes. Parce que, quand même, une fois en mer, on n'était sûr de rien.

Au début, Diamantis gueula, protesta, prit la défense d'Amina, inventa des tas d'histoires. On le charria plus encore. Il finit par écraser, et fit semblant de se ranger à leur avis, finalement. La vie à bord redevint normale. Il s'y donna à fond, sans cesser de penser à Amina. Le jour, la nuit. Tout en essayant de chasser les images de la bastonnade qui, de plus en plus, se mirent à estomper le visage d'Amina. Une nuit, il s'aperçut que penser à elle ne le faisait plus bander. En lui, il n'y avait plus que l'humiliation. Sa pisse et sa merde.

Douze jours après, quand le *Stainless Glory* revint à Marseille, il se risqua jusque chez Amina. En plein jour. Mais pas très rassuré quand même. Son nom avait disparu de la porte d'entrée. Il ne chercha pas à se renseigner. Il traîna ici et là. Dans le bar où ils s'étaient rencontrés. Dans les boîtes où ils étaient allés aussi. Mais jamais seul. Toujours accompagné d'un ou deux copains de bord. Il ne la revit jamais.

Puis son père était mort. Et il y avait eu Melina. L'amour de Melina. Le rêve de la vie à Agios Nikólaos. Melina l'aida à oublier. A oublier Amina, à oublier l'humiliation. Il lui avait tout raconté, une nuit. Melina l'avait réveillé parce qu'il criait dans son cauchemar.

– Qui est Amina ? lui avait-elle demandé.

Ils en parlèrent souvent. Parfois, cela finissait en dispute. Parce qu'il ne voulait rien céder sur ses souvenirs d'Amina. Mais, lui disait Melina, tant qu'il ne céderait pas, il resterait obsédé par cette peur qu'il avait eue, et qui était pire même que l'humiliation.

Lentement, Melina lui désapprit la peur et lui réapprit l'amour. Elle était une femme forte, terrienne, réaliste. Volontaire. Et elle était une amante merveilleuse aussi. Elle l'aimait. On ne pouvait aimer qu'une seule fois dans la vie, disait-elle, tout le reste n'était qu'anecdotes. Et Diamantis était l'homme qu'elle aimait. Et il serait le seul. Quoi qu'il advienne.

Il en était advenu autrement, d'elle et de lui. De leur vie ensemble. Melina n'avait pas compté avec la mer. Non, contre la mer, elle n'avait rien pu. Elle le comprit quand il lui écrivit, imitant son père : « Nous avons passé les portes d'Hercule, la pointe où mourut Antée... » Au-delà, c'était l'Océan.

Diamantis en avait fini de caboter sur la Méditerranée. Il avait pris le large, le jour où il s'était senti enfin adulte. Il n'oublia jamais, dans toutes les années qui suivirent, qu'il devait ce qu'il était à cette femme. Melina. Il lui devait aussi la plus belle des choses au monde, Mikis. Leur fils. Comme un pont entre les mers qui les unissait pour toujours, tous les deux.

Diamantis marchait d'un bon pas. Après avoir quitté Le Mas, il s'était arrêté à La Samaritaine, au coin du Vieux-Port, pour boire un dernier verre avant de rentrer sur l'*Aldébaran*.

Il avait pris la rue de la République. Tout au bout, place de la Joliette, il y avait une station de taxis. De là, cela coûtait environ cinquante francs pour gagner la porte 3A. C'était selon. Quelquefois, un chauffeur terminant sa journée l'amenait gratos. Tous les habitués de cette station connaissaient l'histoire de l'*Aldébaran*.

Les pensées se bousculaient dans sa tête. Il se demandait si le type qui l'avait tabassé il y a vingt ans était le même à qui Giovanni était allé parler. Juste pour savoir. En dépassant sa peur, l'humiliation qui avait été la sienne, il avait gommé tout désir de vengeance. C'était une autre vie. Il était un autre homme. C'est à cause de cela, d'ailleurs, qu'il s'était mis à repenser à Amina. Il revoyait maintenant son visage intact, son sourire, son corps. Un souvenir, sans désir. Beau, voilà, et c'était tout.

En finissant son demi, au comptoir de La Samaritaine, il avait décidé de ne pas aller rejoindre Mariette. Quelque chose l'en empêchait. Peut-être n'était-il pas prêt encore pour coucher avec une vraie femme. Une femme qui attendait quelque chose d'un homme, de lui. Autre chose qu'une partie de jambes en l'air. Mariette débordait d'amour. Il ne pouvait recevoir sans rien donner. Aimer, c'était ça. Un échange entre deux êtres.

Il ignorait encore ce qu'il pouvait lui offrir. A elle comme à d'autres. Il n'avait que des blessures, des souvenirs, sa solitude, et la mer qui l'occupait sans partage. Mariette méritait bien mieux que lui. Bien plus. Elle trouverait.

Il s'arrêta au croisement du boulevard des Dames, pour laisser passer une Safrane bleu métallisé. Sans remarquer que cette voiture l'avait déjà croisé une fois, au coin de la rue précédente. La Safrane tourna rue de la République, en direction de la Joliette. Elle s'arrêta quelques mètres plus loin, les warnings allumés.

Au moment où Diamantis arriva à sa hauteur, deux hommes descendirent et vinrent à lui. Diamantis réalisa trop tard. Mais quand il reçut le premier coup de matraque, il comprit que ça recommençait. Comme il y a vingt ans. A cause d'Amina, il n'en douta pas.

Le premier coup, à la tempe, l'envoya à terre. Diamantis se roula immédiatement en boule, protégeant sa tête et son ventre. Ils tapaient avec force. Les coups de matraque arrivaient, désordonnés, sur ses bras, son dos, ses jambes. Il respirait le plus lentement possible, pour maîtriser ses nerfs, pour ne pas s'affoler. « S'ils avaient voulu te tuer, pensa-t-il en un flash, ils l'auraient déjà fait. Tiens bon. »

Il tint bon jusqu'au coup de pied dans le visage. La douleur le fit se relâcher. Un autre coup de pied trouva sa bouche. Il eut à peine le temps de sentir le goût du sang sur ses lèvres. Un autre coup de pied le toucha au ventre, puis un autre encore. « Respire, il se dit. Respire. » Les coups de matraque se remirent à pleuvoir sur son corps. Il inspira à fond, et roula sur le côté. Il reprit sa position en boule.

Les coups cessèrent. Il ne bougea pas. Il attendit.

– C'est qu'un avertissement, Diamantis. Cherche plus après Amina. Okay ? Laisse tomber.

Il se détendit, c'était fini.

– Allez, on se casse, dit l'un des hommes.

Oui, c'était fini.

Sauf qu'il ne sut comment le talon d'un des hommes s'abattit sur son nez. Le sang se mit à pisser, abondamment. Cassé, il pensa. Mais sans bouger.

15

Sur l'*Aldébaran*, on joue aussi aux dominos

Le sourire de Mariette disparut en voyant la tête de Diamantis. Ce n'était pas Quasimodo, mais presque. Sa lèvre supérieure était fendue et gonflée. Son œil gauche était à moitié fermé et, dessous, sa pommette virait au bleu. Du sang coagulé pendait sous le nez. Du sang, il en avait aussi plein la chemise.

– Mon Dieu !

Il sourit. Enfin, il crut sourire.

– C'est pas minuit, j'espère.

Cela ne la fit pas rire.

– Qu'est-ce qui t'est arrivé ?

– Après... J'ai... besoin d'un verre...

Et il se laissa tomber dans un fauteuil en rotin. Il allait tourner de l'œil.

– Whisky ? elle proposa.

Il fit oui de la tête.

Diamantis avait rassemblé ses forces et s'était relevé presque immédiatement après le départ de la Safrane. Mariette habitait le vieux quartier. Place des Moulins, en haut de la butte. Il se traîna à travers les ruelles étroites et désertes. L'air chaud lui emplissait les poumons. Il s'arrêta plusieurs fois, s'appuyant à l'angle d'un mur pour reprendre des forces. Rue Vieille-Tour, il prit à gauche. Il se perdit place Lorette. Appuyé contre un banc, il reprit sa respiration. Une odeur âcre flottait. Il vit un chat courir le long du trottoir. Il tremblait.

Une mobylette déboula du haut de la rue. Elle freina à sa hauteur. Diamantis tourna la tête. C'était un jeune Black. Rasta, des pieds à la tête.

– Hé, mec, ça va ?

Il descendit de sa mobylette et s'approcha de Diamantis.

– Putain, y t'ont arrangé. Tu vas où ?

– Place des Moulins.

– C'est juste là, il fit en désignant une rue sur sa gauche. Je vais t'aider.

– Merci.

Il passa deux chaînes à sa mobylette, une à la roue avant, une à la roue arrière, et ferma les deux cadenas.

– Sinon, j'm'la fais chourrer, il expliqua.

Il fit passer le bras de Diamantis sur son épaule.

– Vas-y, appuie-toi. C'est à cinquante mètres, mec. T'es arrivé.

Diamantis traînait les pieds plus qu'il ne marchait.

– A quel numéro ?

Il ne restait qu'à grimper quelques escaliers. La place était là, avec ses platanes magnifiques.

– Le 4.

Ils se serrèrent contre la rampe. Diamantis y prit

appui. Il ne sentait plus son corps. Que la douleur, partout.

– T'habites là ?

– Une amie.

– Bienheureux, tu vas être. Tu vas voir.

C'était une petite bâtisse, de deux étages. Mariette habitait au second.

– Tiens, dit-elle en lui tendant le verre.

Il avala une grande lampée de whisky, puis une deuxième. Il se mit à transpirer. Mariette lui tendit un verre d'eau et deux Doliprane.

– Avale ça.

L'eau était fraîche.

– Encore, il dit.

– Du whisky ?

– De l'eau.

Elle le resservit.

Elle l'aida ensuite à se relever et l'entraîna vers la chambre. Une douce lumière bleue la baignait. Elle l'allongea sur le lit.

– Désolé, il balbutia faiblement.

Ses yeux se fermaient.

– Chut, lui murmura-t-elle à l'oreille.

Elle le déshabilla avec tendresse, essayant de le bouger le moins possible, puis elle revint avec une bassine, un gant de toilette et nettoya le sang sous son nez et autour de ses lèvres. Il se laissa glisser dans les draps. Ils étaient frais, et cela lui fit un bien immense.

– Mariette...

Elle posa un baiser sur son front.

Noir total.

Abdul Aziz et Nedim mangeaient en silence, face à face. C'était encore du riz et encore des maquereaux. Le vin avait toujours le goût de piquette. Mais Nedim ne fit aucun commentaire. Abdul Aziz tirait la gueule. A cause de Diamantis qui n'était pas rentré. Aucune raison pour que sa mauvaise humeur se retourne contre lui.

Il ne put cependant s'empêcher de parler. Parce que les maquereaux, non, il ne pouvait pas avaler ça.

– Sûr qu'il s'est levé une poule. Vu comment il était fringué ce matin. Vous avez vu, non ? Putain, il était sur son trente et un !

Abdul lui lança un regard assassin.

– Et alors ?

– Alors, tiens, il va pas rentrer. Voilà ce qu' j'pense. Où qu'il a son nez, ça doit pas sentir le maquereau !

– Il m'en informe au préalable. Toujours. Je suis le capitaine, et... c'est une règle.

– Vous êtes le capitaine, okay. Personne y vous conteste ça. Mais prenez-vous pas la tête, hein... Qu'on soit tous les deux, qu'on soit tous les trois, ça change quoi ? Rien. L'*Aldébaran* y risque pas de partir sans lui. Pas vrai ?

Nedim se leva, ramassa son assiette, son verre et ses couverts. Il les lava en sifflotant, fier de lui. Il se retourna vers Abdul.

– Et si on s'faisait une petite partie de dominos, non ?

– T'es nul à ce jeu.

– Nul, nul... c'est vite dit.

– D'accord, fit Abdul.

Après tout, à quoi ça l'avançait de se prendre la tête. Nedim avait raison. Il n'en avait rien à foutre des histoires de cul de Diamantis. Il râlait pour le principe. Les principes, c'est tout ce qui lui restait aujourd'hui.

Nedim jouait mal. Il était incapable de se concentrer. Il pensait à Diamantis. Quel cachottier, putain ! Il aurait pu lui dire, merde, qu'il allait pas rentrer cette nuit. Il lui faisait pas confiance ou quoi ? Il était trop con, peut-être ? Sûr, il devait penser ça, Diamantis. Bon, il l'avait aidé, sacrément même, comme un vrai pote, mais question confidence, zéro, le mec. Il le laissait en dehors de sa vie. Dommage. Oui, putain, c'était dommage. Il avait du respect pour lui. Diamantis, ça pourrait être un ami, un vrai, quoi. Même après ici. Il sourit.

Abdul Aziz remarqua le petit sourire de Nedim. Quel tour foireux il lui préparait ? Il lui restait quatre coups à jouer, et selon ses calculs Nedim était presque coincé. Il lui restait une seule chance.

– Qu'est-ce qui te fait sourire ?

S'il faisait parler Nedim, il le déconcentrerait. Abdul n'envisageait pas de se faire battre par Nedim. Pas qu'il ne l'aimait pas, non, mais quand même, se faire battre par lui, dans un jeu aussi simple, ce serait assez insupportable. Surtout qu'il ne se gênerait pas de rire de lui, Nedim. Tout dans la gueule, pire qu'un Italien.

– Diamantis, il dit.

– Quoi Diamantis ?

– Vous imaginez la tête, chez moi, si j'dis que mon meilleur ami il est grec.

– C'est ton meilleur ami ? l'interrogea Abdul avec une pointe de jalousie.

– Non, non... C'est pour parler, quoi. Pour nous, les Grecs, c'est rien que des foutus enculés. Moi, je m'en tape... Turcs, Grecs. On bouffe tous des feuilles de vigne farcies... C'est comme si on tétait la même mère, non, la différence...

– Bon, tu joues ?

Sans réfléchir, Nedim joua le trois-deux, puis il laissa la main à Abdul. Celui-ci mit le double deux. Nedim était définitivement coincé.

– Et merde ! Je passe.

– T'es nul à ce jeu, je te l'ai dit.

– Vouais... Ça serait mieux avec un petit quelque chose à boire. Savez pas où il l'a planquée, sa bouteille ?

– Dans sa cabine, sans doute.

Nedim le regarda.

– Vous qui êtes le capitaine, vous pouvez peut-être faire ça, non ? Aller dans sa cabine. Vous lui expliquerez, quoi.

Abdul ne se fit pas prier. Il n'avait pas sommeil, et boire un verre ne lui déplaisait pas non plus. La compagnie de Nedim n'était pas désagréable, même si les discussions avec lui se limitaient souvent aux choses les plus simples. Ce soir, finalement, ça lui convenait bien.

Il s'était fait chier comme un rat mort toute la journée. Il n'était même pas arrivé à lire dix pages de son livre, *Liban, lendemains de guerre*, un cadeau de Walid. « Il s'agit ni plus ni moins de savoir si ce pays en a fini avec les démons de l'épuration ethnique, affirmait un sociologue, Ahmad Beydoun, et si la paix, inséparable ici de la mixité et des équilibres communautaires, a des chances de durer. » Dans sa tête, tout se bousculait. Céphée, le Liban, Constantin Takis, l'*Aldébaran*, les femmes qu'il avait aimées, les ports qu'il avait connus, Diamantis, la vieillesse, son frère et ses projets d'investissements, les enfants qui grandissaient sans lui, l'argent qu'il faudrait pour s'installer au Liban, les ruines de Byblos, Céphée encore, Céphée toujours. Il avait fermé le livre. Il glissait sur une mauvaise pente.

En vérité, il s'était mis à envisager l'avenir. C'était ça, son problème. Céphée l'avait attiré là, dans ce piège. L'avenir. Penser les jours qui viennent. Leur donner un sens. Les organiser. Céphée n'avait été qu'une bombe à retardement dans sa vie. Elle avait explosé, et maintenant son existence volait en éclats. Il en était à ramasser les débris, épars autour de lui.

Sur le pont, cet après-midi, la ligne d'horizon, avait-il constaté, ne l'excitait plus comme avant. De l'autre côté, il n'y avait plus ses rêves, ni d'histoires à vivre. On en revient toujours, de derrière l'horizon. Comme on revient toujours de ses rêves. Des pensées qui lui cassaient le moral, mais qu'il ne pouvait empêcher. Un matin, on se découvrait installé avec femme et enfants, dans une maison gentillette, avec un certain nombre d'habitudes, de gestes répétés, de sourires convenus, des baisers hâtifs le matin, des soucis avec les enfants, des problèmes de fin de mois...

Les années s'accumulaient, et cela s'appelait la vie. En l'acculant à choisir, Céphée l'avait ramené à cette réalité. Et il s'était soudainement découvert sans passion. Quand il s'était embarqué pour Sidney, la première fois, il l'avait fait sans se poser de questions. L'avenir n'existait pas. Il n'attendait rien. Il n'espérait rien. Il était libre. Il jouait sa vie dans ce voyage. Comme un aventurier. Il se découvrait aujourd'hui dans un rôle de fonctionnaire. La mer n'était plus qu'un gagne-pain. Il pouvait tout aussi bien être commerçant, comme son frère Walid. Ou hôtelier, ou restaurateur.

Il s'imagina dans le rôle de Pepe Abed, le propriétaire du Fishing Club, à Byblos. Cheveux argentés, couverts d'une casquette de capitaine de marine, sanglé dans un blazer bleu sur un pantalon blanc. Âgé de quatre-vingt-cinq ans, il avait bâti sa fortune dans la frivolité du Liban d'avant-guerre. Il avait traversé les années noires avec insouciance, et il était aujourd'hui à Byblos ce qu'Eddie Barclay était à Saint-Tropez.

Son club était devenu une sorte de musée d'antiquités marines où l'on se pressait pour écouter ses histoires. Ava Gardner y était venue. Raquel Welch, Anita Ekberg. Marlon Brando aussi. Abed est tantôt Pepe le Pirate, tantôt Pepe le Caballero. Et tout le monde se fichait bien de savoir si ses histoires étaient vraies. Abdul y avait emmené Céphée, parce que sa table – *mezzé* ou poissons grillés – était excellente. « J'espère que tu ne finiras pas comme lui », avait plaisanté Céphée, une fois dans leur chambre. Ils avaient ri. C'était il y a longtemps. Quinze ans. Peut-être le voyait-elle maintenant dans les habits d'Abdul le Vagabond des mers. A raconter ses aventures, un verre de margarita à la main, avec la même conviction que sur la terrasse, le soir, à Dakar.

Il grimaça. Une boule se formait au creux de son

estomac. Céphée le quittait, mais lui aussi, il l'abandonnait. Elle n'était plus sa bonne étoile qui le guidait dans le bonheur.

A un moment de l'après-midi, accablé par la chaleur, il avait tendu son hamac sur le pont principal, à l'ombre. Allongé, les yeux fermés, il avait essayé de ressusciter des images excitantes de Céphée. L'envie de se branler. De s'épuiser dans un spasme. Les yeux fermés. L'air moite emplit la maison. L'orage menace. Céphée est sous la douche, et il regarde l'eau couler sur son corps sépia. Elle aime ça, qu'il la regarde. Elle prend son temps.

Sans se sécher, elle vient le rejoindre dans la chambre, pose ses mains humides sur ses épaules et le pousse en arrière sur le lit. Ses seins sont glissants, encore légèrement humides, frais. Elle se colle à lui comme une ventouse. Son sexe... Il avait laissé retomber sa queue, flasque. Il se découvrait sans désir. Sans désir de Céphée.

C'est ça, il s'était dit. Il avait compris pourquoi il n'arrivait plus à lui écrire. Leur histoire s'achevait. Le désir même ne les unissait plus. Il s'était endormi, en se disant que demain il se trouverait une pute pour renouer avec sa vraie vie.

Abdul s'envoya une rasade de whisky, à même la bouteille.

– Putain ! Vous buvez en juif ! s'exclama Nedim.

Il ne l'avait pas entendu venir.

– Je m'inquiétais, moi.

Abdul était au milieu de la cabine de Diamantis. Il avait attrapé la bouteille de whisky d'un geste machinal et il était resté planté là, debout. L'alcool lui brûlait l'estomac, là où ça faisait une boule. Il se mit à transpirer.

– Oh ! Ça va pas ? Vous êtes tout blanc.

Son regard portait au loin. Vers le large. « Là où la nuit le monde nous abandonne », ainsi qu'il l'avait écrit à Céphée l'autre jour. Sa dernière lettre. Il se remémorait chaque mot lancé vers elle comme des feux de détresse. « Nous demeurons avec le peu que nous pouvons deviner... » Il se souvenait de ce sentiment, en plein océan. Le Pacifique rejoignait le ciel dans une nuit sans étoiles et sans lune. Il ne distinguait rien autour de lui, même pas les myriades de vagues se brisant sur la coque. « Notre champ de vision se rétrécit et se concentre sur ce qui résume l'univers : nous-mêmes. Le désespoir... »

– Hé ! Ça va ?

Nedim lui toucha l'épaule, légèrement. De peur de le voir s'écrouler. « Manquerait plus que ça », il pensa.

Abdul regarda Nedim. Il revenait vers lui. Vers la réalité. Marseille. L'*Aldébaran*.

– Si nous ne trouvons pas dans l'avenir ce que nous désirons, lui avait dit le sorcier Diouf, c'est que nous ne savons pas chercher. Il faut toujours espérer quelque chose.

– Je ne crois pas à la sorcellerie, avait-il répondu.

Diouf lui avait souri, avec tristesse.

– En quoi croyez-vous, alors ?

– En rien.

– Je vous plains.

– Je suis pas à plaindre.

– Vous comprendrez un jour.

– C'est possible.

Abdul Aziz avait posé dix dollars devant le vieil homme. Furieux contre lui-même d'avoir accepté, pour faire plaisir à Céphée, de rencontrer ce sorcier. Ce n'était qu'un jeu, au départ. Que pensez-vous de moi ? Serai-je en bonne santé ? Aurai-je de la chance ? Gagnerai-je plus d'argent ? Céphée l'avait consulté avant lui. Elle ne lui avait jamais confié ce que lui avait prédit Diouf.

Le sorcier l'avait raccompagné.

– Souvenez-vous, aussi fort que puisse être un homme, il ne l'est pas en toute circonstance.

Abdul se tourna vers Nedim, qui ne savait que faire, inquiet.

– Tu sais, Nedim, demain, avec Diamantis, vous allez me remettre le pont principal en ordre. C'est un vrai merdier.

Nedim le regarda, ahuri.

– C'est qu'demain... faut qu'j'trouve un routier, moi.

– Demain, tu es de permanence. Point. Tu verras avec Diamantis pour organiser votre temps. Moi, j'ai plein de choses à faire en ville.

– Dites, lâcha-t-il, complètement sonné par les propos d'Abdul, vous pouvez m'prêter la bouteille. Un petit coup, juste, ça m'ferait pas d'mal.

Abdul lui tendit la bouteille.

– Bon, tu la veux, ta revanche ?

– Ben... On joue toujours ?

– Pourquoi on jouerait plus ?

Nedim reboucha la bouteille, un sourire aux lèvres.

– Vous allez voir si je suis nul ! Putain, je vais vous mettre, mais alors bien !

Mais Nedim n'avait plus le cœur à jouer. Abdul Aziz lui flanquait un peu la trouille. Complètement dingue, il se dit. Il serait mieux dans son pieu. Des tas de femmes l'attendaient pour la nuit. Des super belles. Bandantes comme tout. Autrement plus excitant que d'aligner des dominos sur une table, face à un fou. Oh, Aysel ! soupira Nedim.

16

Ti sento addosso e non ci sei

La douleur réveilla Diamantis. Une douleur qu'il ne pouvait localiser. Il reposait sur le dos, les yeux grands ouverts. La chambre baignait dans une douce pénombre. Derrière les persiennes, il devinait la chaleur. La lumière du jour. Il était seul dans le lit, et aucun bruit ne lui parvenait. Il en déduisit que Mariette et Laure devaient être parties, et qu'il était tard.

Il tourna la tête vers la gauche. Le réveil indiquait neuf heures moins dix. Ce n'était pas si tard que ça. Il pouvait dormir encore un peu. Ça lui ferait du bien. Mais la douleur était trop forte. Il avait la bouche sèche, pâteuse. A côté du réveil, bien en évidence, un verre d'eau. Il sourit, pour cette attention. Mais non, il n'avait pas envie d'eau, mais d'un café. Un café, oui, ça serait pas mal.

Il roula sur le côté. Les coups de matraque se remirent à pleuvoir sur son dos, ses épaules, ses jambes, ses bras. La même violence. Merde ! Il en perdit le souffle. Son cœur s'affola, comme cette nuit, dans la rue. La peur, qui remontait, lui fila l'envie de pisser. Pisser et boire un café.

« Bon, allez, fais un effort », s'encouragea-t-il. Son corps ne voulait pas écouter. Son corps martyrisé refusait de bouger et d'avoir mal. Il était mieux comme ça, dans le lit. « Mais même comme ça, tu as mal ! s'engueula-t-il. Alors, si tu te lèves... »

« Tu te lèves, tu pisses, tu bois un café, et t'avales un Doliprane. » Il se répéta cela à haute voix, lentement, en bougeant une jambe puis l'autre. Il s'assit sur le bord du lit. « Deux Doliprane, même. Ouais. Et après, tu te recouches. Ça va ? »

Non, ça n'allait pas. Chaque geste était comme un poignard qu'on lui enfonçait. Il fallait vraiment qu'il aille pisser. C'était à cause de toute cette bière qu'il avait bue hier soir. Encore heureux qu'il ne se soit pas fait sur lui, pendant qu'ils le bastonnaient. Non, ça, ça ne lui arriverait plus. Avant de quitter le bar, il était passé par les chiottes. C'était un réflexe, maintenant. Pressé ou pas, il pissait avant de se rendre quelque part. Surtout s'il devait y aller à pied. Surtout si c'était la nuit.

Il réussit à se mettre debout. Une fraction de seconde. Puis il se plia en deux. Son estomac hurlait. Saloperie de coups de pied. Des yeux, il chercha son caleçon, ne le vit pas. Pas plus que ses vêtements. Quelle importance, pour l'instant ? Il avança ainsi, plié sur lui-même. Dans les toilettes flottait une odeur de lavande. C'était à la fois agréable et écœurant.

Il se traîna vers la cuisine. Les persiennes étaient entrecroisées. Tout était en ordre. Propre. A côté de la cuisinière, une petite cafetière italienne, un paquet de café, un sucrier, une tasse, une cuillère. La boîte de Doliprane. Son paquet de cigarettes et son briquet. Et un mot de Mariette. Une belle écriture, large, ronde. « Reste là. Repose-toi. Je te retrouve plus tard. » Au-dessous de « gros bisous », le nom et le numéro de téléphone de son médecin. « Au cas où... »

Cette maison respirait la paix, la douceur. Le bonheur. Il prépara le café. Sur la place, des enfants jouaient. Au foot. Cela se devinait à leurs cris. Il avala deux Doliprane, une gorgée d'eau, remplit une nouvelle fois le verre et arrosa le basilic posé sur le rebord de la fenêtre. Son odeur se répandit immédiatement. Il aimait cette odeur. Elle appartenait à la quiétude de vivre.

Il alluma la radio et s'assit devant la table. Les infos. Avec son lot de violence et de haine, de morts. La Bosnie rappelait le Liban. Et le Rwanda, la Bosnie et le Liban réunis. En pire. Forcément en pire. Hitler avait contaminé le monde. A Hiroshima, les Américains avaient expérimenté l'horreur. Oui, mais avant encore. La guerre de 14 avait fait basculer l'humanité dans l'immonde. Et l'avant et l'après se ressemblaient comme frère et sœur.

Les hommes ne savaient faire que ça, s'entre-déchirer. Il manquait toujours un franc pour faire six sous. Alors, on le volait au voisin. Qui appelait les flics. Ou sortait son fusil. S'entre-tuer. Pour une femme, une bagnole, une clôture mal placée, un bout de terre piétiné, une religion, un pays. Il y avait toujours quelqu'un qui se croyait meilleur. Plus pur. Plus juste. Et coupait les têtes, assassinait, massacrait. Au nom de la raison...

Diamantis changea de station. Les mêmes infos, mais commentées. A Marseille, une école, dans un quartier qu'il ne connaissait pas, avait été saccagée par certains des élèves. On se demandait pourquoi. Le directeur. Les profs. Les parents d'élèves... Il éteignit la radio. C'était épuisant.

Il but une seconde tasse de café en fumant une cigarette, se leva en s'appuyant sur le bord de la table. Comme un vieillard. Il se sentit vieux. Péniblement, il alla dans le salon. Vers la chaîne hi-fi. Besoin de musique. Santana, Dylan, Khaled, Verdi, Tito Puente, les Stones... Mariette avait des choix éclectiques. Il aima ça. Il trouva ce qu'il cherchait. Gianmaria Testa. Sa voix emplit la maison.

Io ti parlavo ancora et tu eri già partito.
E quello che dicevo non lo ascoltavi più.
La musica, il bicchiere le altre sere
ti avrebbero legato qui ma non adesso.
Ti sento addosso e non ci sei...

Ainsi bercé, Diamantis se rendormit en essayant de comprendre les paroles. *Ti sento addosso e non ci sei... Je te sens sur moi et tu n'es plus là...* Tu n'es plus là. Pourquoi tu n'es plus là ? Qui n'est plus là ?

Quand il rouvrit les yeux, c'est le visage de Mariette qu'il vit. Son visage d'ange. Rond et doux. Auréolé de cette masse lumineuse qu'était sa chevelure. Une apparition. Elle lui souriait. Les persiennes, maintenant, étaient légèrement entrebâillées. Un rai de soleil s'infiltrait dans la chambre. Mariette brillait dans le contre-jour.

Il lui sourit. Ses paupières se refermèrent, sans

qu'elles lui demandent son avis. Sa tête était lourde, encore. Son corps sans doute aussi. Il ne le sentait plus. La douleur l'avait rendu de plomb. Il était moite.

– Comment tu te sens ? l'entendit-il demander.

Se réveiller. Peut-être que si elle posait sa main sur son front, ça l'aiderait. Lui ferait du bien. Apaiserait cette sueur qui dégoulinait sur ses tempes.

Il hocha la tête sans répondre et lui sourit une nouvelle fois.

– T'es brûlant.

Et elle posa sa main sur son front. Fraîche. Légère. Mariette oasis. Il laissa son corps s'imbiber de cette fraîcheur.

– J'ai soif, il dit.

Et ses yeux se refermèrent.

Elle l'aida à prendre une douche. Le savonna, le rinça, l'essuya. Son corps était couvert de bleus. Sous le jet d'eau, presque froid, la vie revint peu à peu en lui. Les choses se remirent à leur place. Et, dans sa tête, les questions se remirent à affluer, comme le sang dans ses veines, et au bout de son sexe quand les doigts savonneux de Mariette glissèrent du ventre à l'aine. Des doigts de fée. Il banda, timidement. Il souhaita que ses doigts s'attardent là, quelques instants encore. Ou plus, peut-être, sûrement même. Mais elle le fit se retourner, sans se soucier de son érection, sans faire de commentaire.

Il raconta tout à Mariette en buvant du café. Il était habillé de neuf. Elle lui avait acheté un pantalon de toile beige, un tee-shirt blanc, large, et même un caleçon.

– Le sang, ça part mal sur les fringues, elle avait dit.

Elle le trouvait bel homme. Même avec cette cocarde violette, presque noire maintenant, sous la paupière.

– Je dois pas être beau à voir.

Elle rit, se leva, disparut, revint avec une grosse paire de lunettes de soleil, et les lui mit sur le nez.

– Voilà. Vous êtes très beau, monsieur !

Elle rit encore, et son rire le gagna. Un instant de joie, encore un, grappillé sur la vie, qui, dehors, attendait impatiente que Diamantis lui revienne. Pour le happer de nouveau. Avec ses questions, ses doutes. Ses lois, et ses règles. Parce qu'on ne peut laisser la vie en plan. Une porte, toujours, doit être ouverte ou fermée. Il se demandait ce qu'il devait faire. Ouvrir la porte, pour comprendre ce qu'il avait laissé derrière lui. Ou tirer la porte derrière lui, pour toujours. Qu'est-ce qu'il voulait ? Il n'en savait plus trop rien. Prendre des coups ? Se faire amocher méchamment ? Buter, peut-être. Amina. Se souvenait-elle seulement de lui ? Vingt ans. Fallait-il retourner sur ses pas. Et pourquoi ? Pour confesser qu'il l'avait fuie, mort de trouille. Et lui dire... Lui dire quoi ? « Bon, je suis désolé, pour tout ça. J'ai ma vie, maintenant. T'as la tienne. » Est-ce qu'il faisait ça pour elle ou pour lui ? Et elle, qu'attendait-il qu'elle lui dise ? Je te pardonne, Diamantis. La peur de la mort, ça ne se raisonne pas. Est-ce que ce n'est pas ça qu'il attendait ? Uniquement cela. Son pardon. Et une fois absous, qu'elle se fasse tirer par des tas de mecs n'était plus son problème.

Non. Les questions se hérissaient dans sa tête.

Aimer engage, il pensait ça. Amina lui avait beaucoup donné. Tout. Son corps et ses rêves. Elle avait cru en lui. Elle lui avait fait confiance. Elle avait posé ses espoirs au creux de son épaule. Ils n'avaient pas fait que baiser. Ils avaient commencé à construire. Avec l'impatience des désirs.

Amina, elle couchait pour la seconde fois de sa vie avec un homme. Elle le lui avait confié sans honte. Le premier qui l'avait baisée – elle avait dit ça comme ça, sans aucune intonation, d'une voix blanche –, il ne comptait pas. Elle s'était refusée à lui en parler. Un jour, peut-être. Sur le bateau qui l'éloignait d'elle, il s'était demandé si ce type, qui l'avait dépucelée, n'était pas son père. Ou son copain parachutiste. Ou un copain du parachutiste.

Non. Il ne pouvait pas. Tourner la page, c'était se résigner à admettre qu'il ne l'avait pas aimée, Amina. Aimer exigeait du courage aussi. Vingt années n'étaient rien, ne changeaient rien. Il n'y avait que la vérité des sentiments. Son amour. Vrai. Faux.

Ses tempes se mirent à battre. Les questions ravivaient sa douleur. Il la sentait remonter sa colonne vertébrale, telle une armée de fourmis. Jusqu'au crâne, elle irait. Ça allait se remettre à cogner, dedans. Il devait se décider.

– Qu'est-ce que tu me conseilles ? il finit par demander à Mariette.

Elle l'examina des pieds à la tête. Sans plus sourire. Avec le plus grand sérieux.

– Tu veux que je te dise ?

En l'écoutant tout à l'heure, elle avait suivi Diamantis dans tout ce qui l'agitait. Il l'avait émue.

C'était un homme fort. Même ses doutes ne le rendaient pas fragile. Il pouvait s'égarer, mais il ne quittait jamais des yeux le cap qu'il s'était fixé. Elle se souvint de ce qu'il lui avait dit, hier, à la pizzeria, quand il avait parlé d'Ulysse. « Animé par le paisible héroïsme de rester à la mesure d'un univers parfaitement humain. »

Diamantis avait quelque chose d'Ulysse. Il semblait vivre pleinement au cœur de son drame. Parce qu'il était foncièrement libre. Et que le drame commençait toujours avec l'affirmation de sa liberté. Elle lui répondit exactement ce qu'il ne voulait pas entendre. Ou ce qu'il ne pouvait plus entendre. Elle le dit avec tout l'amour qu'elle sentait naître pour lui :

– Oublie le passé, Diamantis. Laisse tomber. C'est ça que je pense. Et aussi que tu devrais le quitter, ce bateau. Qu'est-ce que t'en as à foutre, hein ? Si tu veux reprendre la mer, reprends la mer. Mais ne reste plus à bord, à ruminer.

Toute sa tendresse, elle la mit dans ces paroles. Se persuadant, mot à mot, qu'il allait l'écouter, lui dire « oui, tu as raison ». Alors, elle ajouta, parce qu'il fallait aussi que cela soit dit :

– Tu peux venir là. Sans problème. Le temps que tu veux. Laure et moi, on peut s'arranger, ajouta-t-elle, pour qu'il se sente à l'aise. Je peux la prendre avec moi, et te laisser sa chambre.

– Tu as raison, il répondit.

Il savait qu'elle avait raison.

– Oui, tu as raison.

Elle ne le crut pas.

– Mais... faudrait que j'aille à bord. Ils doivent s'inquiéter.

Ses yeux fuirent ceux de Mariette un instant. Mais c'était inutile, pensa-t-il. Il n'avait pas à lui mentir. Il laissa ses yeux replonger dans les siens.

– Je sais pas encore, Mariette. Je sais pas.

– Je vais te conduire, là-bas.

Elle l'amena jusqu'au poste de contrôle.

– Ça ira ? elle demanda en lui ouvrant la porte.

Ils ne s'étaient pas parlé depuis qu'ils étaient montés dans la voiture.

– Ouais... Cinq cents mètres. Je survivrai, essaya-t-il de plaisanter.

Puis il lui prit le bras et l'attira sur le côté.

– Tu vois, c'est celui-là, là-bas, l'*Aldébaran*. Il ressemble à tous les cargos. Ni plus beau ni plus moche. C'est ma seule vraie maison au monde. Celui-là aujourd'hui. Un autre demain...

Il se retourna vers elle. Elle était belle. Ce n'était pas la beauté d'Amina. Ni celle de Melina. Peut-être ne l'aurait-il même pas remarquée dans la rue, Mariette, s'il n'avait pas connu Toinou, s'il n'avait pas, l'autre après-midi, laissé ses yeux se perdre dans les siens. Mais là, devant lui, avec cette émotion qui la gagnait, et son regard qui, malgré tout, ne cillait pas, là, oui, elle était la plus belle femme qu'il avait jamais rencontrée.

Il la prit dans ses bras et enfouit son visage dans ses cheveux. Il retrouva cette odeur qu'il avait respirée toute la nuit sur son oreiller. Une odeur qui lui appartenait, déjà.

– J'ai entendu tout ce que t'as dit, Mariette...

Mais, je sais pas... J'en sais rien. J'ai besoin de... Mais...

Elle ne le regardait plus. Son regard fixait l'*Aldébaran*. Comme s'il pouvait prendre le large. Diamantis s'essaya à plaisanter :

– T'as mes affaires sales en gage, même mon caleçon !

Il se dégagea très vite, l'embrassa furtivement sur les lèvres et se dirigea vers le poste de contrôle. Sans se retourner.

Il montra au vigile sa carte d'accès au port. Le jeune homme le dévisagea. Ses yeux s'arrêtèrent sur les lunettes de soleil de Diamantis. Là où, dessous, naissait la tache violette.

– Diamantis, dit-il.

Diamantis souleva ses lunettes, pour qu'il puisse bien le dévisager.

– Joli, il sourit, puis ajouta : J'ai un message pour vous.

Il lui tendit une petite enveloppe blanche. Sur un bristol, une main malhabile avait écrit : « 14 heures. Je suis aux Flots-Bleus, plage du Prophète. Jusqu'à sept heures. Viens. Amina. » Amina. Son cœur se mit à battre. Amina. Il se retourna et il vit s'éloigner la voiture de Mariette.

Le vigile ne le quittait pas des yeux.

– On vous a donné ça quand ?

– Y a à peine une heure.

– Une femme ? demanda-t-il, curieux.

Juste pour savoir si Amina était venue jusque-là. Il s'en voulait, déjà, de l'avoir ratée.

– Une jeune femme. Arabe, ou quelque chose comme ça.

Le vigile lui fit un clin d'œil, complice.

– Sacrément bien roulée même.

Diamantis fut déçu.

– Merci, fit-il, pensif. Une jeune femme ? redemanda-t-il. Jeune comment ?

– Vingt ans, guère plus. Votre ami, il avait l'air de bien la connaître.

– Mon ami ?

– Le Turc, vous savez. Çui qu'est revenu. Même qu'il est parti avec.

Il était complètement largué, Diamantis.

– Attendez, redites-moi ça, lentement.

17

Loin encore de la Porte de la Félicité

Lalla était plutôt fière d'elle. Bon, elle ne ramenait que Nedim, mais l'autre, ce Diamantis, que Gaby tenait tant à voir, il rappliquerait forcément quand il prendrait connaissance de son mot. Du moins, elle espérait bien que ça se passerait ainsi, Lalla. Elle en doutait un peu, maintenant. Nedim venait de lui confier que Diamantis n'était pas rentré de la nuit.

– A mon avis, tu vois, il s'est dégoté une chouette nana. Si ça s'trouve, tiens, il va encore découcher cette nuit. On s'passera de lui, pas vrai ?

Il jeta un regard à Lalla. De profil, elle était tout aussi excitante que de face. C'était rare. Le profil, c'était essentiel chez une femme. Il en avait connu combien qui, dès qu'elles tournaient la tête, ne laissaient plus voir qu'un pif énorme ou un menton en galoche ? Le profil de Lalla, lui, il était parfait de haut en bas, et Nedim n'en perdait pas une miette. Cette fille, elle méritait mieux que les lumières tamisées des night-clubs.

Il matait ses cuisses surtout. Elle portait une jupe

noire moulante, hyper courte. Le mouvement de ses jambes, quand elle freinait ou débrayait, lui filait des frissons dans le dos. Il brûlait d'envie de poser sa main dessus. Mais il se raisonna. Merde, c'est pas parce qu'elle était venue le chercher qu'il devait se croire tout permis. Plus tard, peut-être. Sûr même. Maintenant, il était persuadé qu'il l'emballerait, Lalla. Et l'autre tordu d'Abdul Aziz, les dominos, cette nuit, il pourrait se les carrer dans le cul.

Ils avaient joué encore trois parties, en buvant du whisky. Nedim avait perdu les trois fois.

– Tu veux pas la fermer un peu, non, lui avait dit Adbul.

Il parlait trop, et ça l'empêchait de se concentrer. Mais bon, parler, c'était dans sa nature, à Nedim. « Si on se parle pas, merde, à quoi ça sert qu'on ait une langue, hein ? », il avait eu envie de lui répondre. Mais il avait fermé sa gueule. Abdul jouait pour gagner et Nedim pour parler. Deux mondes qui ne pouvaient pas se rencontrer. C'est pour ça qu'il devenait jobard, Abdul. Il parlait peu et pensait trop.

– Pourquoi qu'vous vous tirez pas d'ici ? il ne put s'empêcher de lui demander.

Ils débutaient la quatrième partie.

– Parce que, répondit Abdul.

– Et votre femme, elle en pense quoi, qu'vous êtes à glander là ?

– Tu fais chier, Nedim ! Est-ce que je t'en pose des questions, moi ?

– Ben, justement, tiens... Si vous m'en posiez, j'vous dirais dans quelle merde qu'je suis. C'est vrai, quoi ! Merde, j'ai téléphoné à ma mère. Je rentre, j'y ai annoncé. C'est fini, je partirai plus, maman. Vous comprenez ? Alors, maintenant tout le village m'attend. Ma fiancée surtout...

– Nedim, tu aurais pu y être là-bas.

– Ouais, ouais... D'accord. Mais j'y suis pas. Et qu'est-ce qu'je fais maintenant ? J'vous le demande, hein. Vous y croyez pas, quand même, qu'je vais aller ranger votre merdier à la con sur le pont ! Non, mais, putain...

Il avait attrapé la bouteille et rempli leur verre.

– Ecoutez, il avait dit en se penchant au-dessus des dominos, on peut trouver un truc. Dire que j'm'suis fait braquer, par des Arabes, j'sais pas...

– Des Arabes ?

– Ouais, bon, vous m'avez compris. N'importe quoi, on peut inventer ici. Y me refilent un peu de fric, ou le billet de train, et je me casse. Ciao, Nedim. Voilà, putain, c'est pas plus compliqué.

Un billet de train, ses cent dollars, trois ou quatre cents balles qu'il pourrait tirer à Abdul Aziz, en jouant le con intégral, et peut-être même autant à Diamantis en pleurnichant sur son épaule, avec ça, il pouvait rentrer au village sans être trop minable. Il montrerait les dollars à sa mère, à Aysel et à son père, à ses copains. Tout le monde croirait qu'il en a plein les poches. On le prendrait au sérieux. C'était le bon plan.

Abdul, cet enfoiré de dingue, il n'avait pas répondu.

– Joue, il avait juste dit ça. Joue, et ferme-la.

– Où on va ? il demanda à Lalla, quand, sur le Vieux-Port, il la vit s'engager quai de Rive-Neuve et prendre la direction de la Corniche.

– On va retrouver Gaby dans un bar. Hé, t'es pas bavard, aujourd'hui.

Nedim rigola franchement. Pour une fois qu'il se taisait, on le lui reprochait. Une fille, qui plus est ! Un comble. Il aurait tout entendu dans la vie.

– Je peux te prendre une clope ?

Son paquet et son briquet, à Lalla, étaient entre ses cuisses, sur sa jupe.

– Sers-toi, elle dit.

Il banda instantanément. Bien sûr, en reposant le paquet sur la jupe, Nedim ne put empêcher ses doigts de frôler le haut de sa cuisse. Lalla sourit. Ce type, elle pouvait en faire n'importe quoi. Elle comprenait pourquoi Gaby y tenait.

– Si Diamantis est pas là, tu ramènes l'autre, Nedim. Et tu laisses un mot à Diamantis. Pour qu'il nous retrouve.

Lalla n'avait pas posé de question. Elle avait rappliqué à la porte 3A, la jupe à ras la motte, le chemisier légèrement ouvert, tout sourires devant le vigile. Penchée au-dessus de la banque d'accueil pour qu'il puisse mater ses seins le mieux possible, elle expliqua qu'elle désirait parler à Diamantis, un marin de l'*Aldébaran*. C'était plutôt urgent.

– Diamantis, il est second, pas marin. Et il est pas là. A bord, y a qu'un marin. Le capitaine est parti, ça fait un bon bout de temps. Ça concerne l'équipage ?

Lalla avait allumé une cigarette en le regardant fixement. Quand elle tirait sur sa clope, une longue bouffée, comme ça, elle était irrésistible. C'est un type qui le lui avait dit. Elle n'en doutait pas.

– C'est quoi votre prénom ?

– Vincent, répondit-il, troublé.

Ses yeux allaient des lèvres de Lalla à son corsage.

– Bon, Vincent, est-ce que je peux parler à Taksim ? Nedim Taksim.

– Le Turc ?

– C'est ça.

– Ben...

– C'est urgent, Vincent. Puisque Diamantis est pas là...

Il avait verrouillé la barrière d'accès, et il était parti chercher Nedim avec sa R 5 de service.

– Vous dites que je reviens, hein, si quelqu'un se pointe.

– T'inquiète pas, Vincent.

Elle aurait pu faire entrer dix camions pour vider tous les containers du port. Ça la fit sourire, cette idée.

Tout en conduisant, Lalla pensait à Gaby. Depuis que Diamantis s'était amené au Habana, elle n'était plus la même. Plus nerveuse, plus distraite. Lointaine. Et pensive. C'était pas son genre, à Gaby. Les mecs, elle savait les faire craquer, payer, mais froidement. En technicienne. En Nedim, elle avait repéré le parfait pigeon, dès le premier coup d'œil.

Elle avait fait un pas en arrière.

– Ô mon Dieu ! elle avait dit.

– Qu'est-ce qu'y a ? lui avait demandé Lalla.

Gaby s'était laissée tomber sur une chaise, choquée.

– Le type, là. Avec Dug.

Lalla était partie jeter un coup d'œil discret au type en question, puis elle était revenue vers Gaby. Elle tirait furieusement sur une cigarette.

– Qui c'est ?

– Un type que j'ai aimé. Y a longtemps. Il doit même plus se souvenir de moi.

– Et alors ?

– Et alors, et alors... Tu te rends pas compte, Lalla. On lève un connard, et je tombe sur lui. Diamantis.

Non, elle ne se rendait pas compte, Lalla.

– Qu'est-ce qu'y t'a fait, ce type ?

– Ce qu'il m'a fait ?

Les yeux de Gaby s'étaient perdus dans sa mémoire. A cette époque heureuse, et si brève, où elle s'appelait Amina. Elle ne se souvenait, précisément, que d'un seul instant. Quand Diamantis avait soulevé délicatement le sweat-shirt qu'elle portait à même la peau. Ses doigts avaient caressé son ventre avec une telle tendresse qu'elle ne sentait plus son corps. Il l'avait pénétrée après. Une éternité après. Et elle avait su qu'elle lui appartenait pour toujours. Sa vie, depuis, n'avait été que pourriture et saloperie, mais, dans son cœur, elle était restée fidèle à cet instant-là.

– Emmène-moi, elle avait murmuré à l'oreille de Diamantis. Emmène-moi.

Juste avant que son sperme ne l'envahisse.

Gaby avait regardé Lalla, avec plus de tendresse que jamais.

– Appelle Dug.

Gaby n'était pas la gérante du Habana. Mais c'était elle qui faisait tourner la boîte. Avec Lalla. Pour faire craquer les mecs, elles étaient les meilleures. Les trois autres filles qui avaient été placées là ne leur arrivaient pas à la cheville. Sans doute parce que Gaby et Lalla faisaient ça en s'amusant. Sans doute aussi parce que ni l'une ni l'autre ne croyaient en l'homme miracle qui les sortirait de là. Sans doute encore, et surtout, parce qu'elles refusaient de coucher avec les clients.

Dug se souvenait encore de la fois où Lalla avoua à Gaby qu'elle avait suivi un client à l'hôtel. Lalla n'était là que depuis deux mois. Elle s'était ramenée à midi, penaude. Gaby, qui l'hébergeait chez elle, l'attendait, furieuse, au Habana.

– Et il t'a filé combien ?

– Mille.

Non, elle n'était pas fière d'elle, Lalla. Le mec en question, un journaliste parisien, lui avait promis le triple.

– Mille pour une passe ?

– Pour la nuit.

La claque était partie.

– En une nuit, n'importe quelle pute du quartier se fait facile cinq ou six fois plus.

– Il avait promis...

La seconde claque arriva.

– T'encaisses d'abord, il baise après. C'est ça la règle, Lalla. Alors, si tu préfères être pute, va apprendre.

Dug s'était pointé devant Gaby, obéissant comme un chien. A regret, il avait délaissé Diamantis. Son arrogance l'énervait. Il avait envie de se le faire. Mais Dug avait peur de Gaby. Il craignait surtout Ricardo. Le Habana appartenait à Ricardo. Et Gaby aussi.

Ils longèrent la Corniche. Nedim réussit à décoller ses yeux des cuisses de Lalla pour regarder la rade. Surpris par tant de beauté. Le ciel et la mer fondaient l'un dans l'autre, sans qu'on puisse définir exactement la ligne d'horizon.

Nedim n'était jamais venu jusque-là. Marseille, pour lui, s'arrêtait au Vieux-Port et guère plus haut que la moitié de la Canebière. Il n'avait même pas pris la peine d'aller au-delà. Les villes n'existaient pas. Ici ou ailleurs, il ne faisait que les traverser, indifférent. Une ville n'était qu'une somme de bars, de boîtes de nuit et de putes. Les villes qu'il avait aimées étaient celles où il avait pris son pied. Istanbul, seule, existait.

– C'est beau, non ? l'interrogea Lalla.

– Tu connais Istanbul ?

Elle ne connaissait pas. Elle n'avait jamais quitté Marseille. Même Marseille ne lui était pas familière. Elle avait grandi un peu à l'écart de la ville. A Beaumont, un quartier italien, à l'est. Chez sa grand-mère. Rue Tosca. Un village de cités-jardins où chacun faisait pousser des tomates tout en sifflotant les airs d'opéra des rues du quartier. *Lakmé, Aïda, Manon, La Norma*.

– Istanbul, tu verrais, tu craquerais.

Il lui raconta les rues, les avenues. Avec les grondements d'autobus, les klaxons, les coups de frein, le brouhaha des voix humaines, la foule.

– Comme ici, quoi, répliqua Lalla.

– Ici, c'est rien. Hé, dis, tu sais comment on appelait Istanbul avant ?

– Constantinople.

Il fut surpris. Il l'avait oublié, que ça s'appelait Constantinople.

– Ouais, ouais... Mais mieux.

Il regarda Lalla. Là, il la coinçait.

– La Porte de la Félicité.

Constantinople, ça ne lui inspirait rien à Nedim. Mais la Porte de la Félicité, ça, ça lui évoquait plein de bonnes choses. La première fois où il but une bière, fuma une cigarette. La première fois où il alla aux putes. Tout ça. La Porte de la Félicité. Il n'avait jamais trouvé une expression plus belle pour dire aller tirer un coup.

– Ouais, la Porte de la Félicité.

Il rigola en regardant Lalla.

– Qu'est-ce qu'y a de marrant ? elle demanda.

– Rien, rien... Toi, là-bas, tu ferais un malheur.

– Ah oui ? fit-elle évasivement en mettant son clignotant.

Elle tourna à gauche, sur le chemin du Vallon-de-l'Oriol et se mit en quête d'une place où se garer.

Nedim était parti dans une autre histoire. Il embarquait Lalla et il ouvrait une boîte genre le Habana à Istanbul. Rue du Puits, en bas de la rue populeuse Yuksekkaldirim. Lalla, elle apprendrait à d'autres filles comment faire. Et des enculés de nègres comme Dug, on en trouvait partout. Millionnaire vite fait, il serait. Il construirait une superbe maison pour Aysel. Il installerait sa mère avec elle. Pour la surveiller, Aysel. Parce que, bien sûr, il ne serait pas souvent là, au village. Surtout au début, pour que l'affaire démarre. Après, il se trouverait un associé. Ou un gérant. Et s'il lui proposait ça, à

Lalla, d'être gérante ? Une femme, c'est souvent plus honnête qu'un homme.

Quand Lalla trouva enfin à se garer, Nedim avait abandonné cette idée. Il y avait trop d'inconnu dans son plan. Lalla, par exemple. Il n'était pas vraiment persuadé qu'elle décide de le suivre. Ou de le rejoindre. Il avait trouvé une idée plus simple. Piquer la bagnole et les papiers de Lalla puis se tirer le plus vite possible. En trois heures à tout casser, il pouvait être en Italie. Faudrait qu'il s'assure si le plein de la bagnole était fait.

Bon, voyons voir d'abord comment il allait tourner, cet après-midi. Lalla, lui, Gaby et Diamantis, s'il refaisait surface. Parce que, merde, s'il avait la possibilité de tirer cette fille avant, il ne voulait pas s'en priver.

– Tu viens ? elle dit.

Gaby les attendait sur la plage du Prophète. A la terrasse d'un bar. Les Flots-Bleus. Elle buvait un Coca. La plage était noire de monde. Sur le sable comme dans l'eau.

Elle sourit à Nedim.

– Ça va depuis l'autre nuit ?

Cette femme le subjuguait. Elle l'intimidait, le mettait mal à l'aise. Devant elle, il se sentait désarmé, nu.

– Ça va, ça va, il balbutia en s'asseyant à côté d'elle, épuisé tout à coup.

Elle lui sourit encore.

– Tu veux boire quoi ? C'est moi qui offre, ajouta-t-elle en riant.

Ce n'était plus la guerre, il se dit. Tout était rentré dans l'ordre. Grâce à Diamantis. Ce foutu Grec avait dû lui taper dans l'œil, à Gaby. Il ne pouvait s'expliquer les choses autrement. Lui ici, avec les deux filles. Il n'avait pas un sou, il ne savait pas comment il allait quitter cette putain de ville, mais bon, hein, y avait plus malheureux.

– Heu... Pareil, tiens. Un Coca.

– Tu peux prendre un gin, si tu veux, ironisa-t-elle.

– Ouais... C'est peut-être un peu tôt, non ?

Il regarda l'heure.

– Un Coca, alors ?

– Non, une bière, tiens. Finalement, hein.

– Et toi ?

Lalla, assise face à Nedim, était en train de se refaire les lèvres.

– Menthe à l'eau. Tu peux me tenir ça, Nedim ? elle demanda.

Elle lui tendit un petit miroir. Dans le mouvement, ses genoux touchèrent ceux de Nedim. Il trembla légèrement.

– Hé, bouge pas ! elle dit.

Elle rentra son attirail, le regarda avec un petit sourire amusé.

– C'est bien, comme ça ?

– Super, il dit.

– Faut pas nous en vouloir, pour l'autre soir, reprit Gaby. On bosse, quoi. Si on fait pas le chiffre, on dérouille.

– On vous cogne ?

– Comme on te le dit, répliqua Lalla.

Nedim se retourna vers Gaby.

– Mais ça, dit-il en désignant la cicatrice qui partait sous l'œil, ça vient pas de là ? De ton boulot.

Il brûlait de savoir. Comment une femme aussi

belle avait pu mériter d'être marquée ainsi. Il pariait toujours sur le coup de couteau.

– Hein, c'est pas récent ?

De poser la question l'aidait à maintenir Gaby à distance. A l'obliger à changer de ton. Il sentait bien qu'elle le méprisait. Alors, mettre le doigt où ça devait faire mal, ça ne le gênait pas.

– Ouais, c'est une autre histoire.

Nedim n'insista pas.

18

Une parole est une parole, parfois malheureusement

Abdul Aziz sortit du Bijou-Hôtel plus triste qu'il n'y était entré. Plus désemparé encore. La certitude le gagnait que, d'une manière ou d'une autre, il avait épuisé tout le crédit de sa vie. A partir d'aujourd'hui, il n'était plus qu'un perdant. Cette fille, Stella – elle avait dit qu'elle s'appelait Stella –, l'avait pigé.

– C'est pas à moi que tu pensais, hein ? elle lui demanda après, en fumant une cigarette.

Elle était allongée sur le dos, nue. Lascive. Son avant-bras gauche replié sous sa tête. Les cuisses légèrement écartées. Sans pudeur.

– Non, admit-il.

– T'as une femme, quelque part, c'est ça ?

– Ouais, murmura-t-il.

Mais ce n'était pas à Céphée qu'il avait pensé, en baisant Stella, c'était à lui. A sa vie en déglingue. Il avait toujours manqué de courage. Pas dans sa vie professionnelle, ça non. Il se considérait comme un bon capitaine. Aucun des équipages qu'il avait eus sous ses ordres ne pouvait affirmer le contraire. Il s'appliquait à commander dans les règles, et il n'y dérogeait jamais. Même pas pour lui. C'est après que tout se compliquait. Quand il descendait de bateau. Dans le quotidien, les lois de la mer étaient autres que les lois de la terre. Et il se perdait entre les deux.

Ce n'était pas ça. Il le savait. C'était plus grave. Les règles étaient les mêmes, sur terre comme sur mer. Pour tous les hommes, quels qu'ils soient. Tout dépendait du regard que l'on portait sur les autres. Les règles trouvaient leur sens après. Les lois, les codes, les conventions. Lui, il n'accordait aux règles que leur sens initial : une manière de régir les hommes. Il n'avait jamais envisagé les hommes par rapport aux règles. L'homme n'entrait pas dans la loi. Il devait s'y plier. Et dans la hiérarchie sociale, il valait mieux ordonner que plier.

Son père l'avait éduqué ainsi. Dans cette rigidité qui évacue les sentiments. Au profit des bonnes manières. De la politesse obséquieuse. Et de cette vulgarité à considérer les autres comme des obligés, toujours. Une autre manière de voir le monde. Plus réaliste. Plus efficace.

Constantin Takis était de la même trempe que lui. Ils avaient négocié l'évacuation de sa famille à Beyrouth sans faire entrer un seul instant, dans leurs discussions, le drame humain, le drame d'une nation, le drame des communautés de cette nation. Ce n'était qu'une affaire, qu'ils traitaient entre gens de bien. Et le cargo de Constantin Takis n'embarqua que les quatre personnes prévues dans leur accord. Son père et sa mère, et une tante et un oncle. La famille qui lui restait. Mais voilà, son père, dans sa joie de pouvoir fuir, arriva sur le quai accompagné de la famille Rafic. De petits paysans, voisins de leur propriété. C'était grâce à Rafic que ses parents avaient pu fuir le Chouf. Le capitaine du cargo, un certain Calvin, qu'Abdul ne connaissait pas, refusa de les embarquer. Comme dans toutes les bonnes transactions, Abdul Aziz avait négocié au juste prix.

Son père, qu'il appela quelques semaines après, lui apprit que la famille Rafic avait péri sous un bombardement, dans une cave de Beyrouth-Est. Il lui reprocha sévèrement la mort de ces gens. « Sans eux, nous ne serions pas ici, en vie, à Limassol. » Il employa le terme de bassesse à l'égard d'Abdul. « Quel manque d'humanité. Ce n'est pas ainsi que je t'ai élevé, mon fils. » Son père ne lui adressa plus la parole et, sur son lit de mort, lui refusa même son pardon.

Abdul en avait énormément souffert. Il avait sauvé sa famille. Sauvé sa mère, son père. C'était la guerre. Fallait-il aussi qu'il sauve l'humanité ? Pourquoi son père ne voulait-il pas comprendre cela ? Qu'il avait accompli l'essentiel.

– Bien sûr, avait dit Céphée, mais tu n'avais pas pensé aux autres...

Céphée l'avait aidé dans cette période. Son regard sur la vie était tout autre que le sien. Elle prenait les événements tels qu'ils arrivaient, avec fatalisme. En fin de compte ne demeurait que le bonheur d'être, dans l'immédiateté. Une vertu africaine, avait-il souvent songé. Il avait découvert que, par certains aspects, Diamantis fonctionnait de la même manière.

Céphée l'avait déjà aidé, dix ans plus tôt, dans

l'affaire du *Cygnus*. Il était vrai que le marché qu'on lui avait mis entre les mains, après le naufrage organisé par Tex Oil, l'avait profondément écœuré, comme il l'avait raconté, l'autre nuit, à Diamantis. Mais là encore, il avait manqué de courage. Il avait choisi la règle, plutôt que l'exception. Le silence plutôt que la vérité. Il se souvenait de la lettre que lui avaient adressée les parents de Lucio, ce jeune mousse qui avait péri dans le naufrage. Ils l'imploraient de témoigner contre le capitaine, contre la compagnie. Ils affirmaient que des marins seraient prêts à confirmer son témoignage. Mais ils ne pouvaient rien intenter sans lui. Il était second sur le *Cygnus*. Un officier. On l'écouterait, et la plainte serait prise au sérieux.

Il avait demandé son avis à Céphée. « Quoi que tu fasses, lui avait-elle expliqué, je serai toujours de ton côté. Je t'aime, Abdul, et l'amour ne se négocie pas. Mais je ne peux décider à ta place. Chacun doit accomplir ce qu'il doit faire, c'est ça que je crois. Fais ce que tu crois devoir faire. » Il n'avait pas répondu aux parents de Lucio.

Céphée parlait comme son oncle, le sorcier Diouf. Et Abdul ne savait pas entendre ce que le cœur de l'homme disait. Il n'entendait qu'un seul raisonnement. Celui qui lui permettrait de s'élever, de ne pas être un obligé. Plus haut il serait, et mieux il pourrait empêcher les injustices. Capitaine, c'était mieux que second. Avoir de l'argent, mieux que d'en emprunter.

Non, personne, depuis, ne pouvait lui reprocher d'avoir failli à ses choix. Il savait tenir tête aux armateurs sur les salaires des marins, la sécurité, la santé et le confort à bord. Il n'avait jamais harcelé son équipage. Il n'avait jamais abandonné un navire, même dans les pires moments. Il était en règle avec lui-même.

« Mensonge », pensa-t-il.

« Mensonge », pensait-il depuis quelques jours. Il était en règle avec l'ordre de la société, pas avec lui. C'est pour cela qu'il n'arrivait pas à se confier à Diamantis. Il ne lui avait fait confidence que du meilleur de lui. Même quand il s'était laissé aller à lui avouer que Céphée le quittait, que sa vie s'écroulait. L'émotion qu'il lui avait donné à voir n'était que l'émotion de ses mensonges. Son apitoiement sur lui-même. Rien d'autre.

Il aurait fallu, aussi, qu'il s'explique sur cette galère de l'*Aldébaran*. Parce que Abdul Aziz n'avait pas songé à se dédire envers Constantin Takis. Même après le drame de la famille Rafic. Une parole était une parole. Et elle devait être respectée.

Il ne l'ignorait pas, acceptant le commandement de l'*Aldébaran*, il endossait le rôle de leurre. Pour le commerce international. Pour bon nombre d'hommes d'équipage. Que Takis fût un escroc ne le regardait en rien. Du moins dans cette affaire. Il aurait respecté cet accord avec n'importe qui. En conscience. C'était la règle. S'il y dérogeait, ne serait-ce qu'une fois, sa vie, il en était alors persuadé, partirait à vau-l'eau. Il s'était dit ça. Et c'était le contraire qui se produisait.

Il avait pris sa décision sans en dire un mot à Céphée. Il l'avait mise devant le fait accompli. Son départ. Parce qu'une nouvelle fois, il avait manqué de courage. Envers Takis. Envers elle aussi. Surtout.

S'il avait pu répondre à sa question, s'il avait pu affronter la remise en cause de la vie qu'il lui faisait vivre, peut-être aurait-il pu refuser d'honorer la demande crapuleuse de Takis. Céphée avait décidé de le quitter à ce moment-là, précisément.

Aujourd'hui, demander conseil à Diamantis – si cela était encore possible –, l'appeler à l'aide, cela revenait à se foutre à poil devant lui. A ne plus transiger. A ne plus jongler, comme il le faisait à tout moment, avec les valeurs de la vie. Toutes ces choses qui semblaient être au-dessus de ses forces. Car c'était ça, le fond du problème. Il en avait maintenant une conscience aiguë. La vie des hommes ne se négociait pas. L'amitié ne se négociait pas. L'amour non plus.

Céphée, songea-t-il.

Elle avait toujours été de son côté. Pas lui. Il aimait qu'elle l'aime. Mais lui, Céphée, l'aimait-il pour elle-même ? Il n'avait pas toujours été de son côté à elle. Du côté de son amour. Cette fille à ses côtés, Stella, en témoignait cruellement.

– Tu penses à elle, c'est ça ? lui demanda Stella en éteignant sa cigarette.

– Ouais.

Il regardait Stella, comme on regarde un objet. Un bel objet. Stella était une jolie pute. Son corps moite brillait. Elle n'était pas encore usée par les hommes, l'alcool et la drogue.

Elle lui avait avoué avoir vingt et un ans. Elle était originaire d'un petit village, dont il avait déjà oublié le nom, près de Iasi, en Roumanie. Elle avait toujours vécu à la campagne. Son corps s'était épanoui avec les saisons, dans l'effort, les tâches rudes. Il était puissant et musclé. Un peu comme celui de Céphée. Des corps qui ne plieront pas facilement devant l'ingratitude des jours, devant les mauvais coups du sort.

Stella, il l'avait rencontrée à la terrasse des Templiers, un bar, place Cézanne, en haut du cours Julien. Un des nouveaux quartiers un peu branchés de Marseille. Des dockers lui avaient conseillé l'endroit. « C'est plein de filles de l'Est qui traînent. Des Yougos, des Roumaines, des Russes... Tu t'assois, et elles te viennent dessus comme des mouches. Après, tu choisis... Fais gaffe, l'avaient-ils mis en garde, la plupart elles sont camées jusqu'à l'os. »

Son choix s'était porté sur Stella, à cause de son physique. Il n'aimait pas les femmes fragiles. Elles étaient trop passives au lit. Il ne concevait de faire l'amour que dans l'affrontement physique. Stella ne l'avait pas déçu. Elle avait de la force, et suffisamment de haine, pour lui donner le plaisir qu'il espérait.

– Moi, j'ai plus rien à penser, elle dit.

Il n'écoutait pas. Elle lui avait déjà raconté ça. Tout à l'heure, à la terrasse du café. Son père et son frère fusillés par les partisans, après la fuite de Ceaucescu. Son père était le secrétaire du parti du village. Vasil, le chef des miliciens, l'avait violée. Un jeune paysan de son âge, avec qui elle avait grandi, avec qui elle dansait, presque toujours, quand il y avait des fêtes au village, et qui venait souvent rendre service chez elle. Un protégé de son père. « Vasil, il fera un bon communiste, et un bon mari pour toi », ne cessait-il de répéter quand il le voyait. Elle avait toujours refusé de coucher avec lui, parce qu'elle n'était pas sûre de vouloir ça, se faire engrosser par ce foutu traîne-guenilles, qui ne lui offrirait pas plus de bonheur que son père à sa mère. Elle savait que la vie, ailleurs, était plus belle. A Bucarest. Et plus encore dans les pays capitalistes. En Italie, et surtout en France.

Vasil, il avait pris sa revanche ce jour-là. Sur la misère. Sur les communistes. Et sur elle en particulier. Il en avait le droit. Il n'avait rien à craindre. Le Pouvoir, c'était lui aujourd'hui. Plus son père à elle.

Elle avait fait son baluchon et elle était partie pour Bucarest. Là, elle n'y avait plus de honte, ni de remords. Personne ne la connaissait. L'après-Ceaucescu ressemblait à l'avant-Ceaucescu. Ceux qui avaient de l'argent en avaient toujours, et ceux qui en manquaient en manquaient encore plus.

Elle était devenue pute, naturellement. Parce qu'on gagne bien sa vie, et vite. Maintenant elle était là. A Marseille. Depuis six mois. Elle gagnait toujours bien sa vie, mais elle dépensait deux fois plus d'argent pour se loger, se nourrir, s'habiller... Tout ça pour dire qu'elle ne discutait pas ses tarifs. C'était mille francs pour tirer son coup, mais bon, en prenant son temps. Elle était contre les cadences horaires.

Abdul s'était arrêté à l'agence American Express, sur la Canebière. Il avait retiré cinq mille francs de son compte épargne. Sa cagnotte des coups durs. Il n'y avait pas encore touché depuis que l'*Aldébaran* était coincé dans le port. Il proposa deux mille cinq à Stella, et il la gardait tout l'après-midi.

– D'accord, elle avait dit. Mais avant tu m'offres à manger. Je crève la dalle, moi.

Ils mangèrent des entrecôtes grillées, des frites et une salade. De la bière pour elle. Un demi de rosé frais pour lui. Elle parlait autant que Nedim, et il arriva à oublier tous ses problèmes. Au café, il savait tout d'elle. Et il avait une folle envie de la baiser.

Maintenant, il entendait distinctement les rumeurs de la ville. Elles s'engouffraient par la fenêtre ouverte de la chambre. Coups de klaxon. Crissements de freins. Sirènes de police. Voix humaines. Battements d'ailes de pigeons, parfois. La même rumeur que dans tous les ports du monde, qui vous envahit après avoir couché avec une fille inconnue, qu'on ne reverra jamais. La rumeur de la nostalgie. Et qui rappelle que vous n'êtes pas d'ici. Seulement un étranger qui passe.

Un marin perdu.

Stella s'était tournée vers lui. Elle lui caressait la queue avec habileté plus qu'avec tendresse.

– Ça sert à rien de penser, elle dit. On est là, et le reste du monde n'existe pas. Tu crois pas ?

– Tu crois ça ?

Son sexe gonflait entre les doigts de Stella.

– Je crois qu'on est là pour oublier.

Il repensa à Diouf.

– Oublier, lui avait-il dit, je ne crois pas que ce soit nécessaire dans la vie. Je ne crois pas qu'on puisse, d'ailleurs.

– Quel conseil me donnez-vous alors ?

– Je n'ai pas de conseil à vous donner. Ni de destin à prédire.

– Je vous paye pour rien ?

– Quand on paye, c'est jamais pour rien.

Comme avec Stella.

Oublier, oui, il savait qu'il ne pourrait pas. Mais il sentait qu'un certain nombre de choses, logées au tréfonds de lui, des choses qu'il n'avait jamais osé se formuler, qui lui collaient à la peau depuis des années, se détachaient peu à peu de lui, et s'en échappaient.

Il regarda Stella. Ses doigts s'activaient sur sa queue avec une lenteur excitante.

– Tu aimes ?

Il n'avait pas attendu que Stella se réveille. D'ailleurs, peut-être ne dormait-elle pas. Qu'importe. Il l'avait payée. Il l'avait écoutée. Il l'avait baisée. Il ne lui devait rien. Même pas un au revoir.

Il s'était habillé en silence. Il avait jeté un dernier regard sur son corps. Comme on regarde un mort avant que le cercueil ne se ferme. C'était ça. Il fermait le couvercle sur sa vie passée. Il laissait à côté de Stella, là, dans les plis des draps encore humides de sa transpiration, sa vieille peau, son cadavre.

Tout pouvait bien lui arriver maintenant, cela n'avait plus aucune importance. Il descendit le cours Julien jusqu'à la Canebière. « Il ne faut pas désespérer, lui avait encore dit Diouf. L'avenir est un monde qui contient tout. »

19

L'essentiel, c'est ça, s'en tirer, sans casse

Devant la porte de sa cabine, la première chose qu'il vit, ce furent les cafards. Trois énormes cafards noirs. Monstrueux. L'estomac de Diamantis se noua. Les cafards, c'est ce qu'il détestait le plus au monde. « Ça y est, il se dit, les voilà... » L'*Aldébaran* devait en être infesté, et on allait en voir courir partout. Ces saloperies savaient toujours être là où on les attendait le moins. Sous votre assiette. Dans un sac de riz. Ou entre vos draps. Ecœurant.

Il fila un coup de pied rageur dans leur direction. Sans chercher à les écraser. Les écraser, ça il ne pouvait pas. Surtout ceux-là. Le crissement de leur carapace sous son pied lui filait des frissons, et l'envie de vomir.

Il ouvrit la porte précautionneusement. Comme si des milliers de cafards pouvaient lui sauter à la gueule, ou tomber en pluie sur sa tête et ses épaules. Il en eut la chair de poule rien que d'y songer. Mais il n'en vit pas. Il secoua le drap de sa couchette, souleva le matelas, l'oreiller, puis il se déshabilla et s'allongea. Il était épuisé.

Peut-être que si Mariette n'était pas repartie immédiatement, il aurait profité de sa voiture pour aller au rendez-vous que lui avait fixé Amina. Mais ce n'était pas plus mal comme ça. Il avait besoin de repos. Ses muscles meurtris diffusaient dans son corps une douleur lancinante. Il ne sentait plus son corps que par cette douleur. Et il était comme sonné, par la fatigue et les Doliprane.

Dans sa tête, toute pensée semblait avoir été chassée. Il était curieusement vide. Pourtant, il ne ressentait pas le besoin de dormir. Ses yeux restaient ouverts, fixes. C'était une sensation qu'il n'avait connue qu'une fois dans sa vie. Un jour qu'il s'était battu, à poings nus, contre un Irlandais dans un bar de Hanovre. Cet enfoiré dissertait sur l'état de la marine dans le monde en s'empiffrant de Guinness.

– Et s'il fallait établir quelques distinctions, gueulait-il, je dirais que les Haïtiens ont les plus mauvais bateaux, et les Grecs, les pires marins.

Applaudissements, rires et hourras avaient fusé. Diamantis, bourré comme ce n'était plus permis, s'était levé, chancelant, sa bière à la main. Il s'était approché de l'Irlandais et avait tapé sur son épaule. L'autre avait levé vers lui des yeux globuleux jaunâtres. Diamantis avait approché son visage de l'Irlandais.

– Je suis grec, et je t'emmerde. Même mieux, j'encule le trou du cul du monde qui t'a enfanté.

Et il avait vidé le contenu de sa pinte sur le crâne du type.

Il n'avait eu le dessus que durant quelques minutes. Les deux premières. Les autres, il n'avait fait qu'encaisser. Puis il avait pris un pain, sur la tempe gauche, et il était parti s'affaler contre le comptoir. Il était resté là, sans plus aucune envie de bouger, les yeux ouverts. Le bosco et le radio l'avaient ramené à bord. Au petit jour, les yeux fixes, rivés au plafond, il comptait encore les coups.

Maintenant, il se mélangeait les pinceaux entre le nombre de coups de matraque reçus cette nuit et les coups de poing encaissés il y a vingt ans. Il repensa au canon froid du flingue dans sa bouche. Aux menaces qu'on avait proférées contre lui. Celles de cette nuit lui paraissaient plus graves que celles d'il y a vingt ans. Malgré la menace du flingue. Plus graves parce que plus récentes. Approcher Amina restait tout aussi dangereux. Pourquoi ? Elle seule pourrait peut-être le lui expliquer.

L'idée de se faire plomber était loin de le réjouir, mais il avait décidé d'aller jusqu'au bout. Il s'en était fait une raison. Il fallait juste qu'il fasse ça, demander pardon. C'était puéril, peut-être. Mais après, seulement après, il pourrait envisager sa vie autrement. Sans être obligé de courir sans fin les mers du monde. Ce qu'il fuyait depuis – parce qu'il ne faisait que fuir –, c'est ce qui naissait une fois qu'on avait fini de baiser. L'amour. L'amour, et tout ce qui en découlait. L'avenir à construire. La fidélité de l'un à l'autre. La confiance. Comment pouvait-on bâtir un avenir de confiance si on ne prenait pas la peine de demander pardon, un jour, pour toutes les conneries passées ? Pardon à ceux que l'on a blessés. Pardon à ceux qu'on s'engage à aimer.

Avec Melina, tout avait foiré à cause de ça. Il n'avait pas demandé pardon. Et elle ne le lui avait donc pas accordé. Et leur amour avait pris l'eau. Il était persuadé, plus que jamais, que Melina et lui auraient pu vivre heureux. La mer n'était pas un obstacle à leur amour. Le manque de confiance, oui, et cette fuite permanente qu'il appelait son métier. Ou sa vocation, les soirs de dispute.

Il avait toujours des arguments à ses infidélités. Et Ulysse toujours à la bouche, pour avoir le dernier mot. Comme son père. Combien de fois les avaient-ils entendus s'engueuler, sa mère et lui ? Et son père répondre que la « polygynie » appartenait à la Méditerranée, et de claquer la porte pour partir en bordée, une nuit ou une semaine ? Car l'homme méditerranéen, avait lu Diamantis plus tard, croit aussi que sans même naviguer les hommes peuvent se comporter comme des navigateurs.

Melina ne voulait pas du rôle de Pénélope. Si, elle voulait bien, mais aussi être Circé et Calypso ! Et, sans doute, était-elle par la plus grecque même que Diamantis. Ce n'était pas le mariage, sa finalité, mais le plaisir d'aimer. Loin de tout le tralala romantique anglo-saxon. L'amour dont on meurt. L'amour au nom duquel on assassine. Elle aimait, parce que c'était la vie. Amina avait précédé Melina dans l'amour, mais Melina, qu'il connaissait depuis longtemps, existait déjà dans Amina. Elles n'étaient que les deux faces d'un seul amour, qu'il avait brisé. Après vingt ans d'errance, Diamantis cherchait à revenir à son port d'attache. Il avait envie d'aimer. Le pardon d'Amina lui était indispensable.

Il se tourna en économisant ses gestes. Du regard,

il scruta les coins de la cabine qu'il pouvait voir. Il n'aperçut pas de cafards. Il ferma les yeux. Dans son mot, Amina ne faisait pas allusion au message qu'il lui avait laissé hier. Qui était cette fille qui avait déposé l'enveloppe pour lui ? Comment Nedim pouvait-il la connaître ? Et d'où ? Où est-ce qu'il avait traîné ce con-là ? Le Perroquet Bleu. Le Habana. Le Habana, merde ! Amina travaillait au Habana. Elle était une de ces deux filles qui avaient arnaqué Nedim. Amina n'était pas pute, mais entraîneuse. Amina. Nedim n'avait pas parlé d'Amina. C'était quoi, déjà leurs prénoms ? Lalla. Lalla, c'était celle qui le menait par le bout de la queue. Et l'autre. Une vieille, il avait dit. Gaby. Gaby ? Gaby.

Est-ce qu'Amina était au Habana quand il était venu négocier le sac de Nedim ? Pourquoi n'était-elle pas venue vers lui ? Peut-être ne pouvait-elle pas ? Mais qui avait suggéré à Dug de négocier son passeport contre les affaires de Nedim ? Et pourquoi ? Lalla ? Pour quelle raison Lalla aurait-elle fait ça ? Lalla avait-elle cette autorité ? Non. Trop jeune. Amina ? Gaby ? Gaby. C'était peut-être elle, la patronne. Ou Amina. Une vieille, c'était quoi pour Nedim ? Cinquante ans ? Quarante ? Quarante. Gaby. Est-ce que Gaby était Amina ?

C'était ça, non ? Oui, c'était ça.

Il entendit du bruit dans la coursive. Il regarda sa montre. Cinq heures dix. Merde, il s'était endormi. Il se redressa, et il faillit hurler. Il resta assis sur sa couchette. Abdul Aziz apparut.

– Qu'est-ce qui t'est arrivé ? il dit en voyant le visage meurtri de Diamantis.

– Mauvaise rencontre, plaisanta Diamantis.

Abdul éclata de rire.
– Nedim avait parié que tu t'envoyais en l'air.
– Nedim ramène toute la vie à une partie de cul.
– Vouais... Ce serait plus simple si c'était ça. Ça va ?
– Ça pourrait être pire. Et toi ?
– Ça pourrait être pire aussi.
Diamantis réussit à se lever.
– J'ai besoin de boire un truc chaud.
– Du thé ?
– Ouais, du thé.
– Je vais en faire.

Abdul rompit le silence. Diamantis s'était reperdu dans ses pensées. Le thé lui faisait du bien. Son estomac se calmait. Il devait aller là-bas maintenant. Retrouver Amina. Et Nedim, et Lalla. Combien de temps il lui fallait pour se rendre à ce bar ? En bus, au moins une heure. Il pouvait prendre un taxi. Il ne voyait pas où elle était exactement, cette plage du Prophète. Sur la Corniche. Mais c'était long, la Corniche.
– Il faut qu'on parle, toi et moi.
Diamantis leva les yeux vers Abdul. Il avait l'air malade. Ses yeux, noirs, brillaient curieusement. « Il tourne pas rond », constata Diamantis.
– Qu'on parle de quoi ?
– Diamantis... commença-t-il.
– Attends, Abdul. Je sais pas de quoi tu veux parler. Mais... Mais moi, j'ai pas trop le temps, là. J'ai rendez-vous. Et c'est à plus d'une heure d'ici.
Le visage d'Abdul se referma.
– Je croyais qu'on pouvait parler, toi et moi.

Diamantis s'énervait. Maintenant, il voulait y aller le plus rapidement possible, voir Amina. Tirer tout ça au clair. Tirer même un trait sur tout ça. En finir. Avec le passé. Ce passé qui s'insinuait dans tous ses instants. Il voulait vivre de l'autre côté. Changer d'horizon.

– Abdul, de quoi tu veux qu'on parle, merde !

Abdul était paniqué. Il avait préparé une longue confession. Tout dans sa tête était en ordre. Et voilà que Diamantis ne voulait pas l'écouter. Qu'est-ce qu'il avait encore besoin d'aller courir en ville ? Qu'est-ce qu'il pouvait avoir de si important à faire ? De plus important que de l'écouter, lui, qui était au bout du rouleau. Comment ne pouvait-il voir, comprendre ça, qu'il était au bout du rouleau ?

– Je... balbutia-t-il, les yeux baissés sur son bol.

Il releva la tête. « Va te faire foutre, Diamantis », il pensa.

– Ça presse pas, il dit simplement. Quand tu reviendras. Mais... Juste une question, Diamantis. Après je te laisse filer. Pourquoi t'es resté ? Pourquoi tu t'es pas cassé avec les autres ?

– Pourquoi ?

– Ouais.

– Si je le savais.

– Tu veux dire que t'en sais rien ?

– J'avais plus de clopes, ce matin-là. Je suis parti en acheter. Quand je suis revenu, tout était réglé, je crois. Ouais... Il faisait bon. J'ai traîné dans les rues et... voilà. J'ai complètement oublié...

– Te fous pas de moi.

– Et toi tu fais chier ! Y te faut toujours une raison. J'en ai pas. Je suis resté parce que je suis resté.

Point. C'est clair ? Ou tu préfères que je te dise qu'être là ou ailleurs, j'en avais rien à foutre, ce jour-là.

– Plus aujourd'hui ?

– Aujourd'hui pas plus qu'hier. Avec, quand même, une préférence pour aujourd'hui. Parce qu'aujourd'hui, j'en ai ma claque. De ce putain de rafiot plein de cafards et...

– Des cafards ?

– Ben oui, mon vieux, des cafards. Ça grouille partout. Y en a dans ma cabine, et autant dans ma tête. Et je me dis qu'il est temps qu'on se barre, toi et moi.

Abdul se leva.

– En fait, c'est ça, Diamantis. Tu veux te casser.

– Quand j'aurai réglé un ou deux trucs, ouais. C'est ce que je ferai.

Diamantis se leva à son tour. Lentement. Ne pas réveiller la douleur. Le Doliprane qu'il venait d'avaler semblait déjà faire son effet.

– On se cause au retour, si tu veux.

Il s'était radouci pour dire ça.

– On verra.

Diamantis haussa les épaules. Abdul posa sa main sur son bras. Leurs yeux se rencontrèrent.

– Je vais te dire, Abdul. Je suis resté parce que t'es trop con. Un type comme toi, qui se fait piéger par une crapule comme Constantin Takis, j'arrive pas à y croire.

Abdul retira sa main.

– C'est de ça que je voulais te parler.

Diamantis sourit.

– Considère que c'est fait. J'ai pas besoin de

savoir le pourquoi du comment. Je m'en contrefous. On a de l'amitié l'un pour l'autre, je crois. Alors, laisse tomber, Abdul. L'essentiel...

Diamantis posa ses fesses sur la table. La position debout était épuisante.

– Tu te rappelles, reprit-il, la fois où on est entrés à Guayaquil ?

Comment ne pas s'en souvenir ? Autour d'eux, ça grouillait de pirates. Une dizaine de pirogues à moteur. Une centaine de types prêts à l'abordage.

– Pour eux, ce bateau c'est comme un poulet. Quand ils voudront, ils le plumeront, c'est ça que tu avais dit, en distribuant des armes à l'équipage.

– Ouais, répondit Abdul sans comprendre où Diamantis voulait en venir.

– T'as ajouté aussi que si l'armée ne venait pas nous prêter main-forte, on avait toutes les chances d'y laisser notre peau, armés ou pas. « Qu'est-ce qu'on fout avec ça ? » avait demandé Rosario en montrant son fusil à grenaille. « Rien, t'avais répondu. Absolument rien. Ça, c'est juste pour respecter le règlement. Dans une demi-heure, tu laisses tomber ton flingue, et on se tire tous d'ici. On mérite pas de crever pour six mille pièces détachées de téléviseurs en kit, non ? »

– L'armée est arrivée. Et on s'en est tiré. Sans casse.

– Ouais. L'essentiel, c'est ça, Abdul. S'en tirer sans casse. J'ai pas d'explication à te demander. Du genre pourquoi hier t'étais sur ce cargo et prêt à l'abandonner pour rester en vie, et pourquoi aujourd'hui t'es sur ce rafiot et prêt à y rester, quitte à en crever. Tu piges ?

– Et alors ?

– Règle tes histoires, moi, je vais régler les miennes. Après on part faire la fête. Okay ?

– Les miennes, je les ai réglées.

Diamantis le regarda, un triste sourire aux lèvres.

– Je crois pas, Abdul. Je crois pas. Tu tirerais pas une tronche comme ça. Je suis sûr qu'au fond de toi, Abdul, t'as toujours pas admis que Céphée elle t'ait plaqué.

– Qu'est-ce que t'en sais ?

– J'en sais que pas une seule fois t'as parlé des enfants, pas une seule fois t'as parlé de Céphée et des enfants, pas une seule fois t'as parlé d'elle, de toi et des enfants comme d'une famille. Tu n'as parlé que de toi.

– Je t'emmerde, Diamantis.

– Tu vois, Abdul, tu croyais avoir à me parler. Mais tu n'as rien à me dire. Salut.

Quand il arriva plage du Prophète, il était plus de sept heures. Nedim avait bu deux bières, puis il s'était mis au gin. Cela faisait bien longtemps qu'il avait renoncé à l'idée de piquer la bagnole de Lalla pour tracer la route jusqu'en Turquie. Ils se marraient comme de vieux copains, tous les deux. Et Amina n'était plus là.

20

Un rendez-vous avec une peur profonde et sans issue

Oui, c'était une autre histoire, cette cicatrice.

Amina regarda Nedim. Il lui souriait, fier de lui, avec cette cruauté que l'on peut avoir, parfois, quand on a été humilié. Lalla et elle ne l'avaient pas épargné l'autre nuit. Elles se jouaient de lui maintenant encore. C'était la vie. Amina n'avait plus, ni pour la justice ni pour la pitié, le moindre sentiment. Pas plus d'ailleurs qu'elle ne s'apitoyait sur son sort. C'était la vie. La sienne, elle ne l'avait pas choisie. Elle avait simplement décidé de ne plus la subir, le jour où ce salopard de Bruno Schmit l'avait tailladée d'un coup de couteau.

Elle rendit son sourire à Nedim, sans la moindre rancœur. C'était un petit connard, comme elle en avait vu défiler des centaines au Habana. Frimeur, et naïf forcément. Pas méchant. Pas courageux, non plus. Pourtant, jamais elle n'aurait imaginé qu'il puisse oser lui poser la question, sur sa cicatrice. Les autres évitaient. Ils évitaient même que leurs yeux s'attardent à cet endroit de son visage. Sur cette étoile – comme un miroir brisé – qui marquait sa chair. Son regard et ses propos savaient renvoyer celui qui s'y essayait – homme ou femme, peu importe – à ses propres défauts, à ses pires faiblesses.

Amina avait oublié le sang dégoulinant sur sa joue en larmes épaisses et chaudes mais pas le choc de la lame sur l'os, ni le cri qu'il lui avait arraché. Plus que sur sa peau, cela était gravé dans sa mémoire. Depuis ce soir-là, il lui suffisait de fermer les yeux, n'importe quand, pour revivre la seconde où le couteau avait frappé sa joue. L'humiliation pure.

D'un seul mot, elle pouvait stigmatiser, non pas la chair de Nedim, mais sa fierté masculine, cette queue entre les cuisses qu'ils arboraient, tous, comme un signe extérieur de domination. Des mots cruels, elle en avait un plein répertoire. Ils étaient sur sa langue, brûlants.

Lalla épiait Amina, tout en sirotant sa menthe à l'eau. Elle attendait. Elle attendait d'Amina une de ces méchantes phrases qui la laverait, du même coup, des regards obscènes de Nedim.

Amina avala une gorgée de Coca.

– Ouais, elle dit simplement, c'est une autre histoire.

Et Nedim n'insista pas. Sa question posée, il sut qu'il frôlait le pire. La réponse, cinglante, qui l'humilierait. Les mots, il les avait vus se former sur les lèvres d'Amina. Il aurait presque pu les lire. Nedim n'avait pas vraiment réfléchi avant de dire ça, comme toujours. Au fond de lui, il avait pitié d'elle. Pour cette offense qui avait été faite à sa beauté.

Il baissa les yeux, but une gorgée de sa bière, reporta un instant son regard sur les cuisses de Lalla puis se retourna vers Amina.

– C'est une connerie, Amina. Excuse-moi. J'aurais pas dû dire ça.

Sans demander son avis à Lalla, il attrapa son paquet de clopes et s'en alluma une.

Putain, il était mal. Vraiment.

Son père, il l'avait vendue à Bruno Schmit. Pour combien d'argent, elle l'ignorait. Mais il l'avait bel et bien vendue. Elle rentrait du lycée, ce jour-là. Pressée de se mettre au travail. De lire. Le bac était pour bientôt, et, lui semblait-il, plus ce moment approchait moins elle savait de choses. Le bac, elle le voulait. Et aller en fac, et puis être prof. C'est l'avenir qu'elle s'était construit dans sa tête.

La maison était vide et cela la surprit. Sa mère était toujours là quand elle revenait. Elle faisait des ménages le matin, du repassage à domicile l'après-midi. Mais cela ne l'inquiéta pas pour autant. Du linge à livrer ou à aller chercher. Sa mère vivait dans l'urgence des fins de mois.

On était fin mai et déjà il faisait très chaud. Elle but un grand verre d'eau dans la cuisine puis elle décida de prendre une douche. Elle se changerait, et après elle s'attaquerait à nouveau à Balzac. Balzac l'ennuyait. C'était un poseur. Elle préférait Dumas. *La Reine Margot, La San Felice, Le Comte de Monte-Cristo*. Mais Dumas n'était pas au programme...

Schmit, il était là quand elle sortit de la douche. Il lui tendait une serviette en souriant. Elle poussa un cri. Il lui tira deux baffes. Avec violence. Deux baffes qui la laissèrent sans voix.

– Tu vas la fermer, connasse !

Il l'attrapa par le bras et la tira à travers l'appartement.

– Toi et moi, on va se payer du bon temps, il dit. T'es pas contre, j'espère ?

– Lâchez-moi, elle répondit, tremblante. Lâchez-moi, je vous en prie.

La main de Schmit serra son bras plus fortement. Il l'amena devant lui.

– Te lâcher ? Mais t'es à moi, cocotte. T'es à moi. Pour la vie. Je t'ai achetée. Même que j'ai payé rubis sur ongle, sans essayer la marchandise. (Il éclata de rire.) Mais je suis sûr que tu vaux le coup. En plus, t'es pucelle, il paraît.

Il ouvrit la porte de la chambre de ses parents et la poussa vers le lit.

– Non ! elle cria.

Schmit lui aligna plusieurs autres claques.

– Tu cries encore, et je te cogne vraiment.

Amina se mit à sangloter.

– C'est ça, chiale, fit-il en enlevant son pantalon.

Il s'approcha d'elle, sa queue tendue devant lui. Elle n'en avait jamais vu.

– Non... elle sanglota, en se roulant en boule sur le lit.

Il l'attrapa par les cheveux et la tira vers lui, devant sa queue.

– Suce-moi, il dit.

Elle sanglotait. Elle entendit un déclic. Puis elle vit la lame du couteau qu'il tenait à la main. Il posa la lame sur son front. L'acier était froid. Il fit glisser la lame lentement, du front à sa joue, de sa joue à son cou. La lame s'arrêta là. Le long de son cou. Le fil de la lame lui picota la peau.

– Des saloperies d'ta race, j'en ai saigné des tas avec ce couteau. Des Viets aussi. Des enculés aussi sournois que vous autres bougnoules. Mais j'vais t'dire, leurs femmes, elles résistaient pas à ça. Aucune...

La lame du couteau se fit dure sur sa peau. Elle sentit la veine de son cou battre à tout rompre.

– Ces salopes, tu vois, elles ont eu moins de chance que toi. Alors, toi, cocotte...

Il exerça une légère pression sur le manche du couteau, et, instinctivement, le cou d'Amina s'allongea jusqu'à la queue de Schmit. Un réseau de veinules violettes sous la peau transparente. Elle ferma les yeux et ouvrit les lèvres.

– Suce, il dit.

Cette chose dans sa bouche. Ce morceau de chair gonflé de sang. Immonde.

– Tu vois, tu sais faire. Vous savez toutes.

Il la baisa après. Quand elle n'eut plus de larmes. Quand elle fut – pour toujours, croyait-elle – au-delà des larmes, il l'abandonna sur le lit. Il rangea son couteau, puis il se rhabilla. Elle ne fit pas un geste, même pas celui de tirer le drap sur son corps. Elle n'avait plus rien à cacher. Elle n'existait plus. Elle n'était pas morte, non, c'était pire, elle n'était plus rien. Qu'un corps vide de tous sentiments.

Schmit se pencha sur elle.

– A bientôt, il dit en souriant.

Elle n'eut pas la force de lui cracher à la gueule cette pourriture qu'il avait lâchée dans sa bouche.

Elle souhaita sa mort, et elle implora tous les dieux des hommes pour qu'ils l'exaucent. Et Schmit mourut. Plusieurs mois après.

Quand sa mère rentra, Amina finissait de préparer son sac de voyage, convaincue qu'elle ne pourrait plus rien pour elle. Elle n'avait pu la protéger de la putasserie de son père. Elle ne pourrait pas empêcher Schmit de revenir. Sa vie avait basculé. Si elle voulait vivre, il lui fallait partir. Recommencer une autre existence. Elle n'oublierait pas cette souillure. Elle n'oublierait pas la honte. Mais elle croyait à une vie possible entre la souillure et la honte. Parce que, maintenant, elle avait la rage au ventre.

Elle avait pris une douche, une autre. Pour laver chaque parcelle de son corps, les moindres replis de sa peau que Schmit avait caressés, embrassés ou ne serait-ce que touchés, et son sexe enfin, méticuleusement. Son vagin d'abord, qu'elle rinça plusieurs fois, puis son clitoris, les lèvres qui étaient dessous. Jamais elle n'avait fait cela avec autant d'attention. Elle était débarrassée des pudeurs de l'adolescence. Elle termina en glissant un doigt savonneux dans son trou du cul. Schmit, tout en la baisant, y avait introduit son doigt, profondément.

Son sac était dans le salon. Prêt. Les yeux de sa mère étaient fuyants. Elles n'étaient plus mère et fille, mais deux femmes qui n'avaient plus que leur malheur à partager. Sa mère la serra contre elle.

– Moi aussi, je vais partir, elle murmura.

Elles ne se dirent rien d'autre. Pas même au revoir. Plus tard, peut-être, elles pourraient se parler. Aujourd'hui les mots n'avaient plus de sens. Ils étaient vides. Comme l'une et l'autre.

Le soir où, sortant d'une pizzeria avec Diamantis, elle aperçut son père sur le trottoir opposé, elle sut que ce n'était pas un hasard. Le malheur n'était pas loin. Il rôdait encore. Elle s'était dit ça. Elle regarda autour d'elle, prête à voir surgir Schmit. La peur l'envahit. Pas une peur humaine, ordinaire, qui vous attrape, comme ça, dans un moment d'inconscience, ou de faiblesse. Non, une peur profonde et sans issue, irraisonnée, irraisonnable.

Cela faisait des mois qu'elle jouait à cache-cache avec son ancienne vie, évitant tous les lieux où l'on pouvait la retrouver. Elle n'avait pas remis les pieds au lycée et avait vécu deux semaines chez une copine. Une fille plus âgée qu'elle avait connue dans une fête. Myriam. Elle bossait aux Dames de France. C'est elle qui la fit embaucher au magasin. Pour les vacances d'abord.

Mais Marseille est un village. On traîne dans les bars, on va au cinéma, on flâne dans les rues, on prend le bus... Et, forcément, un jour, quelqu'un vous reconnaît et le dit à ceux qui vous cherchent. Parce qu'elle n'en doutait pas, Amina, Schmit la cherchait. Il ne devait pas être le seul. Il avait payé son père, et il en voulait pour son argent. Tout son argent.

La peur, ce soir-là, fut telle qu'elle voulut immédiatement rentrer. Elle ne se sentait pas bien, elle le dit à Diamantis. Sans doute un truc qu'elle avait mangé. Il tenait à la raccompagner. Elle refusa et elle prit un taxi, le premier qui passa, comme une voleuse, la trouille au ventre. « Appelle-moi demain », c'était tout ce qu'elle avait trouvé à bredouiller.

Une fois dans le taxi, presque rassurée, elle s'inquiéta pour Diamantis. Est-ce que Schmit et son père n'allaient pas lui tomber dessus pour lui faire avouer où elle habitait ? Elle n'eut aucune honte de l'avoir abandonné ainsi. Ni même qu'ils puissent lui faire du mal. Elle avait peur, et Diamantis, même si c'était un bonheur de l'avoir rencontré, n'était rien pour elle. Presque rien.

Blottie au fond de son lit, le sentiment de lâcheté l'avait envahie peu à peu. Diamantis n'était pas rien pour elle. Elle le savait. Il était le premier homme qui, par sa manière d'être, lui avait redonné confiance dans la vie. Et elle ne le connaissait que depuis trois jours ! Toute la nuit, elle pria pour qu'il ne lui arrive aucun mal. Elle était prête à renoncer à lui, s'il le fallait, pour qu'il ne tombe pas aux mains de Schmit. Elle resta chez elle le lendemain. Et les deux jours qui suivirent, Diamantis sut lui faire oublier Schmit et sa peur.

Schmit ne la retrouva que neuf jours après le départ de Diamantis. Amina était heureuse comme jamais elle ne l'avait été. Diamantis lui avait écrit, à peine arrivé à Barcelone. Une carte postale dans un très mauvais français. Il lui parlait des Ramblas, qu'il avait descendues en rêvant à elle. Il lui parlait des canaris, des chardonnerets, des perroquets, de toute une multitude d'oiseaux, rouges, verts, bleus, dont il ignorait les noms, des poissons aussi, petits et gros, multicolores, nageant dans des aquariums immenses. Il lui parlait de la statue de Christophe

Colomb sur le port. Il lui parlait d'amour. De son amour pour elle.

Diamantis l'avait appelée aussi. Pour entendre sa voix. Lui dire à son oreille combien elle lui manquait. Lui annoncer qu'il rentrait et « est-ce que... – Oui », elle avait dit. « Oui, oui, oui. Je t'aime. » Et « oui et oui », encore. Ils s'étaient donné rendez-vous dans l'heure qui suivait l'arrivée du bateau. Pour ne pas perdre une seule seconde du bonheur d'être ensemble.

Schmit la coinça rue Pythéas, pas loin du port. Un copain était avec lui. Elle eut le temps d'apercevoir son père, quelques pas en arrière. La première chose qu'elle sentit, ce fut la pointe du couteau dans son dos. Puis l'haleine de Schmit, chargée d'anis. Ils la poussèrent dans l'étroite traverse de la Tour. Là, il la plaqua contre le mur et lui mit le couteau sous la gorge.

– Alors, salope, on se retrouve !

Il joua du couteau. Il aimait ça. Elle sentit la lame effleurer sa joue.

– Tu dis pas bonjour à ton petit Bruno ?

Elle n'avait pas peur. Elle était calme, très calme. Elle pensa à Diamantis qui arrivait demain. Au bonheur qu'il lui avait offert, et qui avait effacé toute sa souffrance. A lui, elle lui avait tout donné en une nuit. Son corps et son âme. Son cœur. Ce qu'elle lui avait donné, personne maintenant ne pouvait plus le lui prendre. Elle était à Diamantis pour toujours. Morte ou vivante.

Et elle balança un violent coup de genoux dans les couilles de Schmit. La douleur le plia en deux. Une seconde trop tard. La lame entailla sa joue, sous l'œil. Elle crut à une égratignure. Elle partit en courant. Fuir encore, fuir. Elle traversa la rue Saint-Saëns sans regarder. Elle entendit des freins crisser. Le capot d'une voiture la souleva légèrement. Elle se sentit tomber. Elle entendit sa tête cogner l'asphalte. Elle se vit plonger dans la nuit. Mourir.

Quand elle ouvrit les yeux, il y avait du monde autour d'elle. Des hommes, une femme. On chuchotait. Elle était dans un lit. Un homme se pencha vers elle.

– Ça va aller, maintenant, il dit.

Elle porta sa main à sa joue. Un énorme pansement la recouvrait.

– J'ai fait ce que j'ai pu, il précisa.

Il lui sourit puis se retourna :

– Ricardo ! il appela.

Un homme s'approcha. Plutôt bel homme. La cinquantaine. Habillé avec chic. Quelqu'un lui avança une chaise et il s'assit.

– Je m'appelle Ricardo. C'est ma voiture que tu as heurtée. Tu n'as rien. A cause du choc, je veux dire. Pour le reste... L'entaille est profonde...

Amina ferma les yeux, les rouvrit, regarda cet homme, puis autour d'elle. La chambre où elle se trouvait, les gens qui étaient là. Le tutoiement lui déplut, il pesait comme une autre menace.

– Je suis où ?

– Chez une amie. Gisèle, viens ici ! ordonna-t-il.

Elle n'aima pas le ton de sa voix.

Gisèle s'approcha. Une petite femme genre poupée Barbie. Robe moulante noire et talons aiguilles. Trop maquillée. Une *cagole*, comme on disait à Marseille. A nouveau, elle regarda Ricardo, mais ne put se faire une idée sur lui.

– Tu vas rester ici quelques jours. Gisèle va s'occuper de toi. Pas vrai, Gisèle ?

– Bien sûr. Vous serez bien, vous verrez.

– J'ai...

Elle n'arrivait pas à parler. Elle s'humecta les lèvres.

– J'ai soif.

Ce n'était pas ça qu'elle voulait dire, mais elle avait vraiment soif.

– Dominique ! ordonna encore Ricardo. Amène un verre et de l'eau !

Elle but lentement.

– J'ai des choses à faire, réussit-elle enfin à dire. Je peux pas rester là.

– Tire-toi ! dit Ricardo à Gisèle.

Puis il se pencha vers elle.

– Ecoute, Amina, me fais pas de baratin. On a appelé ton père, il y a un quart d'heure. Tu t'es tirée de chez toi, il a dit. Et que t'étais qu'une pute qui excitait les hommes. Il m'a parlé d'un de ses potes, Schmit, je crois, que t'as rendu dingue...

Elle n'écouta plus. Ils avaient fouillé dans son sac pour trouver ses papiers. Elle songea à la carte postale de Diamantis. A ce qu'il lui écrivait. Et à ce post-scriptum qu'il avait ajouté. « On revient le vingt-deux. Poste 112. »

– Il est quelle heure ? elle demanda.

– Une heure. Pourquoi ?

Diamantis arrivait ce soir. Elle ferma les yeux sans répondre. D'ici là, elle se serait cassée de là. Elle trouverait un moyen. Elle voulait dormir maintenant. Ici ou n'importe où, elle s'en foutait. Elle n'en pouvait plus. Ce soir...

La voix de Ricardo lui arriva de très loin, comme enrobée de ouate.

– On va s'occuper de ton copain, le marin.

La main de Nedim se posa sur le bras d'Amina. Une main amicale.

– Sincèrement, excuse-moi.

Il regarda à nouveau cette étoile sous l'œil d'Amina, et ses yeux s'emplirent de tendresse pour elle. Elle fut touchée par sa sincérité.

– T'inquiète, Nedim. Je t'en veux pas.

– Ben, à la nôtre, alors ! il fit, rassuré.

Il leva son verre.

– J'aime pas faire de mal aux femmes.

21

A quoi ça sert la vérité ? On se le demande, ici

Amina regarda l'heure. Elle désespérait de voir arriver Diamantis. Ricardo lui avait donné rendez-vous à sept heures et demie au Son des Guitares, place de l'Opéra. « On prendra l'apéritif puis on ira dîner quelque part. » Elle ne pouvait pas se défiler. Déjà, hier soir, il l'avait attendue au Mas pour manger avec un couple d'amis. Mais elle n'avait pas pu se résoudre à les rejoindre. Elle était encore sous le choc d'avoir revu Diamantis.

– Tu voulais pas te baigner ? elle demanda à Lalla.

Elle souhaitait être seule. La présence de Lalla et de Nedim lui pesait. Elle avait besoin de réfléchir, encore. Pas d'entretenir la conversation.

– T'y vas pas, toi ?

Elle haussa les épaules.

– Peut-être... Mais allez-y, vous deux.

Elle regarda Nedim puis Lalla. Il fallait qu'elle comprenne, Lalla, qu'elle souhaitait être seule.

– Hé ! C'est qu'j'ai pas c'qui faut, moi.

– Ils louent des maillots, ici. Je vais t'arranger ça, répliqua Lalla.

Elle se leva et partit à l'intérieur du bar. Nedim ne put s'empêcher de l'accompagner du regard. Il la dévorait des yeux. Putain, peut-être que dans l'eau il pourrait lui mettre la main au cul.

– Tu vas t'abîmer les yeux, plaisanta Amina.

– C'est pas ce qui fait le plus mal ! il répondit. Et c'est gratuit.

Amina sourit. Il y avait quelque chose qu'elle aimait bien dans ce type. Une espèce de sincérité naturelle. Très vite, on ne pouvait plus le détester, même si tout ce qu'il était, tout ce qu'il pensait était insupportable. Elle réduisait trop les hommes à leur saloperie, se dit-elle. Les femmes, pour eux, elles étaient ou baisables ou de sombres connes. C'était ça leur monde. Simpliste, et donc forcément dramatique, mortel. Nedim, c'est sûr, raisonnait ainsi. Mais, s'avoua-t-elle, Diamantis devait avoir de la sympathie pour lui. Sinon pourquoi se serait-il mêlé de ses affaires ? Pourquoi aurait-il pris sur lui ses dettes ?

– C'est ma fille.

Ça lui échappa. Sur ses lèvres, les mots étaient arrivés sans retenue. A cause de cette sincérité qui habitait Nedim, qu'elle ressentait et qui l'émouvait. Depuis combien de temps n'avait-elle pas pris le temps d'écouter un homme autrement qu'avec le seul souci de lui faire claquer le maximum de blé ? Ils racontaient tous les mêmes histoires. Ils mentaient. Ils se mentaient. Aucun n'était capable d'être vrai, ne fût-ce qu'une seconde. Mais peut-être était-ce son boulot qui voulait ça ? Pouvait-on être sincère avec une entraîneuse dans un bar américain ?

Nedim la regarda, ahuri.

– Je t'crois pas, il dit.

Qu'est-ce qu'elle lui racontait ! Lalla, sa fille ? Pourquoi elle lui disait ça ? A lui ? Putain, qu'est-ce qu'il en avait à foutre, de qui elle était la fille, Lalla ? Rien. Fallait pas qu'on l'entraîne dans des histoires comme ça, merde, ça lui brouillait les idées. Y pourrait plus mater Lalla pareil, si l'autre était sa mère. Ça le gênait, quoi.

Il regarda Amina. Il était en colère. Et puis, merde, quand on avait une fille comme ça, on se démerdait pour qu'elle fasse pas le tapin elle aussi ! Bon, c'est vrai, c'étaient pas des putes. Mais quand même ! Tu parles d'une éducation ! Est-ce qu'il ferait ça avec sa fille, lui ? Tiens, si avec Lalla il ouvrait cette boîte à Istanbul ? Sûr que non. Alors, hein, y fallait pas qu'elle lui fasse le coup de la mère et de la fille. Non mais, il était con, mais quand même...

Amina, faussement amicale, tapa sur la cuisse de Nedim.

– Hé ! C'était juste pour voir quelle gueule tu ferais, Nedim. Tu le connais depuis longtemps, Diamantis ? elle enchaîna comme si de rien n'était.

– De ce voyage... Dommage, d'ailleurs.

– Pourquoi ?

– Ben, pour moi, naviguer, tout ça, c'est fini. Je rentre chez moi.

– Et lui ?

– Qu'est-ce que j'en sais ! Y cause pas trop, Diamantis. De lui, j'veux dire.

– Il est marié ?

Diamantis n'arrivait pas, et toutes les questions qu'elle souhaitait lui poser se pressaient dans sa bouche, impatientes, avides de réponses, affluaient dans le désordre des années, du silence qui avait suivi leur rendez-vous manqué au bar du Cap. Combien de fois s'était-elle demandé ce qu'était devenu Diamantis ? Combien de fois s'était-elle surprise à imaginer leur rencontre, par hasard, dans une rue de Marseille, se demandant, toujours, s'ils se reconnaîtraient ?

– J'croyais qu'vous le connaissiez, moi.

Bon, qu'est-ce qu'elle foutait Lalla, avec son maillot ? Il aimait pas trop la tournure que prenait la discussion. Cette femme, à nouveau, elle le mettait mal à l'aise. Elle le dominait. Il avait bien compris qu'elle ne se moquait plus trop de lui, mais c'était pire maintenant qu'elle était sérieuse. Il pouvait plus déconner avec elle, et même avec Lalla, il le sentait. Et merde, Nedim, c'est quoi cette galère, là, avec ces deux femmes, à attendre Diamantis ? C'était pas net, tout ça. De ne pas piger, Nedim, ça l'inquiétait. Il allait prétexter le besoin de pisser, et il se casserait. De toute façon, c'était pas après lui qu'elles en avaient, mais après Diamantis. Alors, il se démerderait, Diamantis. S'il venait. Parce que c'était pas évident qu'il se pointe. Peut-être qu'il en avait pas envie, de les voir, ces filles. Enfin, elle surtout. Amina.

Il se leva.

– Faut qu'j'aille pisser, il s'excusa.

Amina le retint par le bras.

– Nedim, elle dit, t'as pas à avoir peur. Je lui veux pas de mal à ton pote. A toi non plus. Ce qui s'est passé entre nous, l'autre nuit, c'est... C'était autre chose... Du taf, tu comprends. Du taf, rien que ça. Et c'est toi qu'on a rencontré, c'est tout.

– J'ai pas peur, il mentit.

– Ben va pisser, alors.

Lalla sortait du bar. Nedim faillit tomber à la renverse en la voyant. Le maillot blanc qu'elle portait se résumait à un bout de tissu en haut et un autre bout de tissu en bas. Le tout semblait difficilement contenir ce qu'il y avait en haut et en bas. Il pensa à Aysel. Elle devrait en faire des prouesses, toute sa vie, pour lui faire oublier le corps de Lalla. Et pourtant, se força-t-il à reconnaître, c'est Aysel qu'il aimait. Elle lui manquait rien qu'en perdant ses yeux sur les formes de Lalla. Enfin presque. Et, sans doute, parce que Lalla, à cet instant, lui parut à jamais inaccessible.

Elle tendit un slip de bain noir devant elle.

– Tiens, je pense que ton petit cul va rentrer là-dedans.

Elle rit, lui aussi.

« Tire-toi », se redit Nedim. Mais la perspective d'aller se baigner avec Lalla, avec tous les mecs en train de la mater, excitait son orgueil. Ça lui plaisait bien cette idée, qu'on puisse imaginer qu'il se l'envoyait. Et puis quoi, merde, à force de faire comme si, ça se réaliserait peut-être.

Amina les suivit des yeux. Nedim avait pris la main de Lalla pour traverser la plage. Il ne la lâcha que pour entrer dans l'eau. La vie pouvait être aussi simple que ça. Un homme, une femme qui se rencontrent. Sur une plage ou dans un bar, comme elle et Diamantis. Ils se plaisent, ils s'aiment. Et la vie va.

Amina avait le sentiment que Nedim, il ne la laissait pas aussi indifférente que ça, Lalla. Il était plutôt mignon d'ailleurs, elle trouvait. Plutôt sain, finalement. C'est elles qui ne l'étaient pas, saines. A bosser comme elles le faisaient, à racoler ici et là pour ramener du fric au Habana, c'est-à-dire dans la poche de Ricardo.

Elle les perdit de vue une fois dans l'eau. Ricardo. Il avait organisé sa vie. Comme si elle était son esclave. Avec la même liberté que les esclaves. La chaîne était longue, mais il y avait une chaîne, et, au bout, quelqu'un qui la tenait en main. La main ferme, sans pitié, de Ricardo.

Elle n'avait pu s'enfuir de chez Gisèle. Un des hommes, qu'elle avait aperçu dans la nuit, Dominique, était toujours là, dans le salon. Le soir, Ricardo était venu la voir.

– Ton petit ami, le marin, il a renoncé à venir, il lui annonça.

– Je vous crois pas.

– Crois ce que tu veux. Mais tu risques pas de le revoir de sitôt.

– Qu'est-ce que vous lui avez fait ? demanda-t-elle, inquiète.

– Rien de méchant. Peur, c'est tout. Une grosse peur.

Il rit.

– Il s'est même chié dessus.

– Vous n'avez pas le droit.

Il haussa les épaules. Il sortit un étui à cigarettes et lui en tendit une.

– Je vais te dire, Amina, il reprit après lui avoir donné du feu. Tu as plein de choses à apprendre. On en parlera bientôt. Mais souviens-toi d'un truc. Quand t'as heurté ma bagnole, pour toi, c'était moins grave que d'être rechopée par ces types, tu sais, ceux qui te serraient au cul. Avec eux, tu serais pas dans ce lit, mais à trois pieds sous terre. Considère ça, que tu me dois la vie.

Plus tard, elle avait appris qui était Ricardo. Un des hommes importants du milieu marseillais. Un des derniers survivants aussi. Et un homme dangereux donc. Il lui avait laissé le choix. Ou elle devenait sa maîtresse du moment, ou il la mettait sur le trottoir. Rue Curiol, en haut de la Canebière. Ou rue Tapis-Vert, ou rue Thubaneau, près du cours Belzunce. Des quartiers de crouilles, il avait dit. C'est les cadences infernales, dans ces rues.

– Je t'emmerde, elle avait répondu.

Il lui avait tiré une claque, violente, mais sans haine. Froidement.

– Réfléchis.

Elle avait vite réfléchi. D'autant plus vite que Ricardo accepta sa condition. Ne plus être à la merci d'un coup de folie de Schmit. Penser à lui, à son cran d'arrêt, lui filait la nausée. Le savoir dans les rues lui ôtait tout désir de s'y promener.

Un matin, Ricardo lui apporta le journal. La photo de Schmit s'étalait en « une ». Il avait pris deux balles dans le ventre et une dans la tête en rentrant chez lui la veille au soir. « Règlement de comptes », commentait le journal. Amina ne voulut pas lire ce qu'on racontait sur lui. L'important, c'est qu'il était crevé. Comme un chien. Elle avait appris ça en peu de temps, qu'il n'existe ni justice ni pitié. Un moment, elle avait aussi pensé à demander la tête de son père. Mais elle n'avait pu s'y résoudre. Ce n'était qu'un pauvre type, elle lui devait tout son malheur, mais c'était son père. Elle s'assura juste qu'il n'emmerderait plus sa mère.

Amina aida sa mère à refaire sa vie, loin de lui. Convenablement. Et sans plus avoir à travailler comme femme de ménage. Ils l'installèrent dans une petite maison individuelle, à Beaumont, dans ce quartier italien où Ricardo avait des oncles et des cousins. Amina aimait venir la trouver pour prendre un café ou manger un couscous comme elle seule savait le faire. Ricardo ne l'accompagnait jamais. Il la laissait libre de l'intimité avec sa mère. C'était un mois avant qu'elle n'accouche. Qu'elle était enceinte, Amina le cacha le plus longtemps possible à Ricardo. Jusqu'à ce qu'il ne lui soit plus possible d'avorter. Heureusement, elle ne grossit pas très vite.

– C'est le gosse du marin ? il demanda.

– Oui.

Elle s'attendit à recevoir une claque. Mais elle n'arriva pas.

– D'accord, il dit, après un moment de silence. C'est ta mère qui l'élèvera. Je lui donnerai l'argent pour ça.

Lalla avait grandi heureuse, fausse orpheline entourée de tendresse par ses deux « tantes ». Amina, elle, s'abandonna à Ricardo. Avec lui, elle plongea comme en eau profonde, sans y être préparée. Vivre avec lui, elle découvrit cela, revenait à s'aventurer vite, et très loin, dans un monde qui se révélait être aussi dangereux qu'il était fascinant. Etre à Ricardo lui conférait pouvoir et confort. Le respect aussi, et la sécurité. Elle ne risquait plus rien. Sa vie n'avait plus de sens, mais elle se déroulait plus heureuse que des milliers d'autres. Une vie de raison, comme il y avait des mariages de raison. Elle s'y habitua.

Avec le temps, Ricardo se lassa d'elle, de son corps. On se lasse toujours des vies sans amour. Elle vieillissait, lui aussi. Il eut d'autres maîtresses, à Marseille mais aussi sur la Côte d'Azur. Pas mal d'ennuis aussi. On s'affrontait entre gangs. Pour la drogue, la prostitution, les jeux clandestins. Sur le terrain de l'immobilier également, pour les marchés publics, et donc sur le contrôle des hommes politiques.

Ricardo avait choisi la Mafia contre le milieu traditionnel marseillais, affaibli par ses luttes internes. Mais la Mafia n'était pas aussi simplement une *famiglia*. Elle était secouée de rivalités internes. Jean-Louis Fargette, avec qui il s'était allié, s'était fait buter à San Remo. Ricardo commença à vivre comme s'il devait mourir demain. Il revint vers Amina, en vieil amant. Il l'installa sur les hauteurs du Roucas-Blanc. Une jolie petite villa qui regardait vers la mer. Un paradis. Il exigeait seulement qu'elle soit là quand il en avait envie. Une curieuse union s'était tissée entre eux au fil des années. Vingt ans. Une vie.

Il y a deux ans, Ricardo lui parla de Lalla. Il était passé la voir à Beaumont.

– Si tu touches à elle, je te tue.

– Je pourrais, si je le voulais, et que tu me tues après, je m'en fous, Gaby. Un jour ou l'autre, on me flinguera... Non, c'est pas ça. J'ai passé l'âge des gamines. Je veux que tu la prennes avec toi, au Habana. La boîte tourne pas assez... Les filles, c'est rien que des connes. Elles pensent plus à se faire sauter, pour se faire cent sacs de pourboire, qu'à bosser vraiment pour moi.

– Je veux qu'elle suive des études. Ricardo, tu l'avais promis.

– Gaby, elle est nulle à l'école. Tu le sais bien. Elle s'intéresse à rien. Pas comme toi. Elle a qu'une chose en tête : sortir, s'amuser. Un jour, elle va te ramener un de ces petits cons, bons à rien, qui friment cours Julien...

– C'est ma fille, Ricardo.

– Elle en sait rien.

– J'avais l'intention de le lui dire. Et qui était son père. J'ai réfléchi à tout ça.

– Gaby, arrête... Tu me joues quoi, là, hein ? Aime-la, prends soin d'elle, c'est ça le plus important. Le reste... Tu lui apprends, Gaby, et vous relancez la boîte, toutes les deux... Autant pour elle que pour toi, ça va ?

– Je sais pas.

– Tu veux un avenir pour elle. Planque-lui un maximum de blé. C'est ça le meilleur diplôme aujourd'hui. Tu comprends, ou tu veux que je te fasse un exposé sur le chômage, la misère, et tout ça ?

– Faut que j'en parle avec elle. Savoir ce qu'elle en pense.

Ricardo la regarda. Avec le temps, Ricardo découvrait la beauté de cette femme, son intelligence, sa finesse d'esprit. Il l'aimait. Mais ce n'était pas des choses à dire, ni même à penser. S'il n'avait pas été ce qu'il était, un truand, elle et lui peut-être auraient-ils pu vivre heureux, et simplement.

– Elle est d'accord, il dit, le plus platement possible. Elle attend que tu ailles la chercher.

– Salaud ! elle cria. Salaud !

Et elle éclata en sanglots, elle qui n'avait plus pleuré depuis le départ de Diamantis.

Elle aperçut Lalla et Nedim qui sortaient de l'eau. Ils se laissèrent tomber sur le sable, épuisés. Heureux. Oui, on pouvait imaginer qu'ils formaient un couple heureux. Et amoureux. Amina sentit des larmes grossir dans son cœur, et elle ne put les retenir.

En réapparaissant, Diamantis avait balayé le château de cartes qu'était sa vie. Il fallait qu'elle se confie, qu'elle libère ce qui était en elle. Avec qui d'autre pouvait-elle le faire, si ce n'était avec lui. Elle ne croyait pas au hasard, mais au signe du destin. C'était l'heure. L'heure de dire la vérité. Sinon, à quoi elle servirait, la vérité, si elle ne pouvait procurer un peu de bonheur à ceux qui ont souffert ?

22

La Méditerranée, une mer qui nous mène en bateau

Sur la Corniche, les voitures roulaient au pas, pare-chocs contre pare-chocs. Diamantis avait oublié ça – mais l'avait-il vraiment su ? –, cette ruée des Marseillais, les soirs d'été, vers les plages. Certains y allaient juste pour prendre un verre en terrasse, d'autres pour manger en bord de mer. Sortie familiale, balade d'amoureux, rendez-vous de copains. D'où que l'on vînt de la ville, on se trouvait coincé, à un moment ou à un autre, sur la Corniche qui longe la rade ou sur l'avenue du Prado, perpendiculaire aux plages.

Un coude appuyé sur la fenêtre ouverte, il essaya d'imaginer l'ancienne route qui longeait la mer, seulement desservie par un tramway, comme le lui avait raconté Rossana, la femme de Toinou. Un souvenir qui appartenait au bonheur de son enfance. Elle ne l'avait pris qu'une fois, le tramway.

– Mes parents, ç'a été ça, leur voyage de noces, prendre le tramway et faire le tour de la Corniche.

C'était pas Venise, mais c'était aussi beau. Je crois qu'ils étaient jamais allés aussi loin de leur vie !

Marseille était éternelle pour ça. Elle était tissée d'évocations et d'anecdotes qui se transmettaient de père en fils, tel un héritage. Marseille avait une histoire dans ses hommes, pas dans ses pierres. Diamantis s'imagina vivre là pour toujours. Avec Mariette, blottie contre lui, lui racontant, à son tour, ses souvenirs d'enfance, augmentés de ceux de Toinou et Rossana.

– On était à l'Union nautique du canal de la Douane, lui avait raconté Toinou, un midi, tout en mangeant des rougets grillés. L'été, on partait à plusieurs familles, chacune dans sa barcasse, vers les Martigues. Le premier qui arrivait, il réservait la place aux autres. On pêchait, on plongeait pour ramasser les moules et les oursins... On avait tout...

Il pourrait avoir sa barque ici aussi, se dit Diamantis. Mikis pourrait venir. Ils iraient à la pêche au large des îles du Frioul. A la pêche au thon. Ils aimaient ça, tous les deux. A Psará, ils poussaient souvent jusqu'à l'extrême pointe orientale de l'île, un endroit qu'ils appelaient le « Trou du mérou ». Ils pêchaient au gros plomb et appâtaient avec de petits harengs. Ils arrivaient à sortir des pièces de treize ou quatorze kilos.

– Vous pêchez ? il demanda au chauffeur de taxi.

– Y a plus rien, ici, il répondit, bougon. Y a plus de poissons, y a plus de pêcheurs. Y a que des voitures et des cons d'automobilistes.

Et il donna un coup de klaxon rageur, parce que la Fiat, devant lui, n'avait pas roulé les vingt centimètres qui s'étaient dégagés devant elle. Il passa sa tête par la fenêtre :

– Oh ! Tu te bouges ! Je travaille, moi !

Diamantis ne vit pas la tête du conducteur de la Fiat. Il l'entendit seulement répliquer :

– Et ta sœur, elle fait quoi ?

– Enfoiré ! dit le taxi.

Il klaxonna encore un coup, long. Tout le monde se mit à klaxonner. Dix minutes d'exubérance. Puis chacun dans sa voiture recommença à maugréer contre tous ceux qui, comme eux, avaient hâte d'être au bord de la mer.

Diamantis laissa ses yeux flotter sur la surface de l'eau. Il cherchait tous les moyens pour ne pas penser à sa rencontre avec Amina. Il se souvint de quelques réflexions qu'il avait notées, récemment, dans son carnet. A propos de l'indigence du vocabulaire concernant la mer. Seuls les Grecs possédaient plusieurs mots pour la nommer. *Hals*, le sel, la mer en tant que matière. *Pelagos*, l'étendue d'eau, la mer en tant que vision, spectacle. *Pontos*, la mer espace et voie. *Thalassa*, la mer en tant qu'événement. *Kolpos*, l'espace maritime qui embrase le rivage, le golfe ou la baie...

Ce qui défilait devant ses yeux, un peu plus rapidement maintenant, c'étaient tous ces termes à la fois. La mer dans toutes ses définitions, et la Méditerranée dans toutes ses appellations. Toujours au-delà de ce qu'elle donnait à voir. Toujours plus ancienne. Toujours plus réelle. Par-delà les mythes, sans cesse. *Al-bahr al-rum*. Le nom égyptien lui revint en mémoire. Et il se souvint que, pour les

Arabes, cette mer n'était ni bleue ni noire, mais *blanche*.

Al-bahr al-abyad.

« Cette mer nous mène en bateau », il pensa.

– Vous y êtes, dit le chauffeur de taxi.

Nedim avait raconté tous ses voyages à Lalla. Il évoquait maintenant une aventure au large de Singapour, lorsque les navires avancent au ralenti dans l'étroite passe, entre Raffles Lighthouse et Buffalo Rock. L'un et l'autre étaient restés en maillot de bain. Lalla avait accepté de prendre, elle aussi, un gin tonic. Pour accompagner Nedim.

– Tu vois, c'est comme si t'avançais à un péage, mais que le péage il était tenu par des pirates.

– Des pirates ?

Lalla éclata de rire. Des pirates, ça n'existait plus aujourd'hui.

– Mais si, mais si. Putain, Lalla, y en a plein partout. En Asie, en Amérique du Sud. Des milliers.

Elle riait de plus belle.

– Arrête, Nedim, c'est trop !

Le rire de Lalla le gagnait. Mais il voulait quand même lui raconter les pirates. Comment, cette nuit-là, ils s'étaient glissés sous la poupe, à bord de leurs longues embarcations. A l'aube, ils n'avaient pas vu revenir Ziem, un marin parti éteindre les feux. Lui et Haïni, un autre marin, ils le retrouvèrent ligoté au grand mât.

Les pirates avaient pris le navire à l'abordage.

– Une vingtaine, ils étaient. Putain, on en menait pas large et... merde, Lalla, arrête de rire...

– Et y t'ont ficelé aussi ?

– Y en a un qui m'a mis sa hache sous la gorge... Une hache...

Il fit le geste et Lalla fut prise de fou rire. Tous les clients les regardaient, avec l'envie de partager cette rigolade.

– C'est vrai, répétait Nedim.

Lalla approcha son visage de Nedim et l'embrassa sur le front.

– Je t'adore, elle dit. T'es vraiment trop.

– Je vous dérange ? demanda Diamantis.

– Oh ! T'es là, fit Nedim tout à son histoire et pas du tout surpris de voir surgir Diamantis. Dis-lui, toi, que c'est vrai, les pirates.

Nedim ne remarqua pas la tache – jaune moutarde maintenant – qui s'étalait sous l'œil de Diamantis. Même masquée par les larges lunettes de soleil de Mariette, on ne pouvait pourtant que la voir.

Nedim se tourna vers Lalla.

– C'est Diamantis, y va te le dire, lui.

Diamantis tendit sa main à Lalla, qui riait encore.

– Bonjour.

– Moi, c'est Lalla, dit-elle. On s'est entrevus, hier, au Habana.

Elle ne dit rien de son coquard. Par politesse. Diamantis s'assit en face d'eux.

– T'arrives trop tard, vieux. Gaby, elle a pas pu rester. Oh, putain ! T'as quoi sous l'œil ?

– J'ai raté une marche, il plaisanta.

– Déconne pas !

Nedim se tourna vers Lalla, complice.

– Histoire de femme, à coup sûr.

Puis il regarda de nouveau Diamantis.

– Raconte. Tu niquais la femme, le mari est

revenu plus tôt qu'prévu. Il était grand, costaud, et il t'a flanqué la raclée.

– Exactement ça. Sans la femme, et sans le mari. Juste la baston, dans la rue, en rentrant cette nuit.

Nedim siffla entre ses dents. Mais rien ne lui échappait dans ce genre d'histoire.

– Et t'as dormi où, après ?

Diamantis sourit.

– Chez la pharmacienne, pardi.

Nedim rit puis lui fit un clin d'œil.

– Ouais, la pharmacienne, hein...

– Et alors, Amina ? le coupa Diamantis, avant qu'il ne se lance dans des considérations douteuses.

– Amina ? interrogea Nedim.

– Gaby, dit Lalla. Gaby, c'est son nom pour le travail. Je t'avais dit, au Habana.

– Ah ouais, ouais... Je préfère Amina, précisa Nedim. Ça lui va mieux, je trouve. Et c'est plus joli. Gaby...

– Amina a dû repartir, précisa Lalla à Diamantis. Je vais vous expliquer... Mais, vous prenez un verre ?

– C'est elle qui offre, précisa Nedim. Eh, dis ! j'ai pas touché à ma cagnotte.

– Je veux bien, dit Diamantis à Lalla. Et on fait quoi alors ?

– On va faire la fête, merde !

Nedim posa sa main sur celle de Lalla.

– En tout cas, nous, on s'quitte pas, hein ? Puis j'y ai promis d'lui faire visiter le bateau. Elle en a jamais vu, t'imagines. On va s'acheter des trucs pour bouffer à bord. Plein de trucs. Ça te dit ?

– On travaille pas aujourd'hui. C'est jour de fermeture. Alors... Amina, elle... C'était pas prévu, mais... elle doit manger avec Ricardo. Mais...

Elle regarda Nedim.

– Comme on va visiter le bateau, elle... Elle nous rejoint dès qu'elle peut. C'est ce qu'elle a dit.

– Ouais, elle nous fait demander au poste. Et tu vas la chercher. T'es d'accord, dis ? En attendant, on se prend l'apéro, tranquilles. Comme des pachas. C'est pas beau, ici ?

D'un geste large, Nedim montra la mer.

Devant eux le soleil se couchait sur l'Estaque, illuminant de ses derniers rayons la forteresse du château d'If. Amina. Diamantis se rappela soudain *Le Comte de Monte-Cristo*. Le roman préféré d'Amina. Elle l'avait emmené visiter l'île, le cachot où Dantès passa quatorze ans de sa vie. Elle lui avait lu le passage où Dantès est arrêté, alors qu'il se prépare à épouser la belle Mercédès.

– C'est le grand roman de l'injustice, elle avait dit. Des haines et du mépris, de la jalousie, de la lâcheté.

Comment avait-il pu oublier cela ? Le roman, elle le lui avait offert. Pour lire sur le bateau. Il l'avait dévoré, et aimé lui aussi. Il pouvait même dire qu'il avait appris à lire le français avec Alexandre Dumas. Page après page. Toutes les images du premier chapitre lui revinrent en mémoire. L'entrée dans le port de Marseille du trois-mâts, le *Pharaon*, venant de Smyrne, Trieste et Naples.

– Je sais pas si Abdul va apprécier, dit Diamantis.

– C'est votre capitaine ?

– Ouais. Il est fou mais pas méchant, affirma Nedim. Y va pas refuser ça, de faire la fête avec nous, merde ! Lui aussi, ça lui pèse cette vie. Non ? Tu crois pas ?

– Ouais, répondit Diamantis, pensif.

Mais ce n'était pas Abdul qui l'inquiétait. Il y avait bien des choses qu'il n'avait pas encore éclaircies. Amina avait-elle eu ou non connaissance de son message ? Qui étaient les types qui l'avaient tabassé ? Etaient-ils liés à ce Ricardo ? Ricardo était-il le mec qui bouffait hier soir au Mas ?

– Qui est Ricardo ? demanda-t-il à Lalla.

– C'est... C'est le patron du Habana. Le mec pour qui on bosse, quoi.

Lalla était embarrassée, maintenant. Elle ne savait plus ce qu'elle devait dire ou taire. Amina ne lui avait donné aucune consigne. Bof, elle songea, ça l'engageait à rien de parler de Ricardo. Elle était pas obligée de lui raconter qu'il payait tout, Ricardo, et qu'il s'envoyait Amina quand ça lui chantait. Peut-être que c'était ça qu'il avait dans la tête, ce soir, Ricardo. Non. Amina lui avait dit qu'il l'avait juste invitée à manger. Quand il voulait baiser, il commandait le repas chez un traiteur et le faisait livrer chez Amina. Il y avait toujours du champagne, pour ces moments-là. Elle lui avait raconté ça, Amina. La belle vie, elle pensait.

– Je savais pas, moi, dit Nedim, que tu la connaissais, Gaby ?... Heu, enfin, Amina.

– Et moi, je savais pas que tu la rencontrerais. Je savais pas non plus qu'elle travaillait au Habana, tu vois. C'est une coïncidence. T'es le trait d'union, dit-il gentiment.

Diamantis se garda de dire qu'Amina, il la recherchait dans Marseille. Il ne raconta rien de ça. Ni bien sûr que sa baston était liée à elle.

Lalla observait Diamantis. Ce type qu'Amina avait connu il y a longtemps. Elle avait dû sacrément l'aimer pour avoir été autant secouée quand elle l'avait aperçu hier. Elle comprenait son désir de le revoir. Ce type, rien qu'en quelques mots, elle devinait qu'il était bon. « C'est mon ami », lui avait dit Nedim. Avec fierté, il avait dit ça. Elle essaya d'imaginer Diamantis jeune, plus jeune. Amina et lui. Elle trouvait que ça collait bien, dans sa tête, eux deux.

– Il ressemble à quoi, Ricardo ?

Les yeux de Diamantis trouvèrent ceux de Lalla. Des yeux doux, mais déterminés.

– Ricardo...

L'homme qu'elle lui décrivit correspondait à l'image de celui qu'il avait vu, de dos, au Mas. Son visage semblait tel qu'il se l'imaginait. Lalla décrivait bien. Avec juste une pointe de haine pour montrer combien elle n'aimait pas cet homme. Un truand. L'homme, se dit Diamantis, qui l'avait fait tabasser deux fois. Tabassé et humilié. Qui avait brisé leur amour, à Amina et lui. Ricardo.

– Tu le connais ? l'interrompit Nedim.

– C'est son mari ? questionna Diamantis.

– Son mari ?

Lalla rit, doucement.

– Non, non... Ils... Ils ont vécu ensemble il y a longtemps. Mais Ricardo, c'est pas le genre fidèle, vous voyez. Bon, maintenant, c'est plus pareil, il...

« Bon sang, qu'est-ce qu'il faut que je raconte, moi ? elle se demanda. Pourquoi il me pose toutes ces questions ? Pourquoi il attend pas qu'Amina lui raconte ? » Qu'est-ce qu'elle en savait, elle, de ce qu'elle voulait qu'il sache ou pas, Diamantis.

– Il s'est occupé de moi quand j'étais petite. Lui et Amina. Et la mère d'Amina, aussi. C'est elle qui m'a élevée, la mère d'Amina.

– T'avais pas de parents ? demanda Nedim.

Lalla était de plus en plus perdue. Qu'est-ce qu'elle avait à déballer tout ça ? Elle sentait les yeux de Diamantis toujours sur elle. Il ne la matait pas. Il la regardait, elle, comme pour lire dans son cœur.

– Non. Amina, elle a dit...

Diamantis sentit le malaise de Lalla grandir.

– On est vraiment indiscrets. Je suis désolé, Lalla. Ça se demande pas, ces choses-là.

Nedim regarda Diamantis. Il avait raison. Il se tourna vers Lalla, lui tapota la main.

– 'Scuse-nous.

Nedim avait envie de la prendre dans ses bras, de la consoler, de la dorloter, de lui inventer une famille, de lui prêter la sienne. Il avait envie de l'aimer, pas de la sauter, non, de l'aimer, avec tendresse, lentement, oui, avec beaucoup de tendresse, même qu'il commencerait pas par lui mettre sa queue dedans, non, il la caresserait, la couvrirait de baisers, après oui, après il viendrait en elle, quand il sentirait son désir épouser le sien, quand elle sentirait son désir devenir le sien, l'un l'autre... « Putain, Nedim, il se dit, mais t'es amoureux ! »

Nedim et Lalla se regardèrent au même instant, et ils se sourirent. Diamantis surprit leur complicité et s'aperçut aussi que la jambe de Lalla était collée à celle de Nedim.

– Est-ce que vous savez... reprit Diamantis.

– Hé ! Tu peux la tutoyer, le coupa Nedim. T'as vu comment qu'elle est ? Ça pourrait être ta fille !

Le sang ne fit qu'un tour dans les veines de Diamantis. Sa tête se mit à tourner. Il se sentit mal. Un vertige. Lalla. Non, ce n'était pas possible, pas possible, pas possible. Lalla, sa fille...

– Oh ! Ça va pas ? demanda Nedim.

Sa voix lui paraissait loin, très loin.

– C'est les coups, il balbutia. L'estomac... Ça va aller...

– Oh ! Diamantis.

Nedim était trop loin, trop loin.

– Ne-dim...

La tête de Diamantis roula sur ses épaules, de droite à gauche.

Il était dans les pommes.

Immensément loin.

23

On n'échappe pas aux ennuis, si c'est eux qui vous entraînent

Des cafards, des cafards. Abdul Aziz avait arpenté l'*Aldébaran*, les yeux baissés, attentif à la moindre carapace noire qui oserait se glisser le long de la coursive. Il avait minutieusement examiné la salle commune, la cuisine, puis sa cabine, mais en vain. Des cafards, il n'en avait vu aucun. Où diable Diamantis en avait-il vu ? Dans ses cauchemars, sans doute. Des cafards, quel con ! Qu'ils se montrent, s'il y en avait ! Il les exterminerait. Sans pitié. Il était prêt à y passer la nuit, s'il le fallait. Ces saloperies de bestioles ne lui faisaient pas peur. Il avait grandi avec. Elles appartenaient à son univers.

Il retourna dans la salle commune et se servit un grand verre de whisky. Il avait acheté une autre bouteille, avant de revenir sur l'*Aldébaran*. Du bon. De l'Oban. Un pur malt. Autre chose que cette saleté que Diamantis avait ramenée. A peine buvable avec du Perrier ou du Coca. Il s'était dit que ce serait mieux pour discuter avec Diamantis, un bon whisky.

Quelques verres, si on n'y regarde pas, ça délie la langue. Mais cet enfoiré avait refusé de discuter avec lui. Il avala une grande lampée, puis, son verre à la main, il examina à nouveau la cuisine, sans apercevoir de cafards. Il vida son verre, le posa, attrapa la bouteille et repartit dans la coursive.

Chez lui, l'arrière-boutique en était infestée, de cafards. Sa mère multipliait les produits, inutilement. C'était efficace un mois ou deux, et encore. On en trouvait des colonnes entières, crevés, les pattes en l'air. Puis ils réapparaissaient, toujours aussi nombreux. Il était parti en guerre contre eux. Il avait quoi, sept, huit ans. La croisade contre les chevaliers noirs ! Il y passait des heures. Il avait mis au point un piège. Quand il en avait repéré deux ou trois, il les encerclait avec quatre vieilles briques, les arrosait de quelques gouttes d'essence à briquet, et lâchait une allumette sur eux. Il fallait faire vite. Leur carapace craquait comme du bois mort, et il les voyait se tordre, se recroqueviller.

Les cafards, cela lui avait valu sa plus belle fessée. Il pouvait mettre le feu, comme ça, avait crié sa mère. L'arrière-boutique était remplie de cartons, de papiers, de tissus. Elle lui expliqua tous les risques. Et puis aussi que c'était cruel, de faire ça. Les cafards, on pouvait les tuer, mais normalement. Avec des produits. Elle en avait peur, des cafards, c'était pour ça. La plupart des gens en ont peur. Des cafards, des blattes, des souris, des rats. Et des araignées, des fourmis, des serpents, des scorpions, des salamandres, et même des lézards. Lui non.

Il but une lampée de whisky à même la bouteille, puis il se rendit dans la timonerie. La crasse gagnait.

Les parois et les vitres. Elle gagnait comme les cafards et toutes ces autres saloperies inimaginables. Comme la rouille. Le génie humain n'était rien. Vanité. L'homme manquait de détermination, d'application, de persévérance. Il baissait les bras un jour, un seul jour, et, le lendemain, les cafards et la rouille avaient progressé. Il n'y avait pas de victoire. Les cafards et la rouille. Et les rats. Ils gangrenaient la vie. La vie et l'amour. Perdant.

Il avala une nouvelle rasade de whisky.

– Bâbord, 20 ! il gueula, en regardant fixement devant lui.

Des voix remontèrent jusqu'à lui.

– Par le milieu.

– Par le milieu.

– Grand ralenti.

Ils pénétraient dans le canal de Panamá. Son premier commandement. L'*Eridan*. Cap sud, puis cap est, afin de gagner le Pacifique. D'une écluse à l'autre, de balise en balise. Avant de prendre le bateau, il avait étudié le canal comme un lycéen. Les noms des écluses. Gatun Lake. Pedro Miguel. Miraflores. Longueur, largeur, profondeur. Il en avait appris tous les risques. Lu tout ce qui avait été écrit. Et il y était maintenant, devant le canal de Panamá.

Il se présentait fièrement à l'entrée, dans un convoi de soixante-dix navires. On l'avait mis en garde : « Ce n'est pas un coin pour débutants. Ce n'est pas un coin pour les maladroits. Impossible de passer là-dedans avec un équipage inexpérimenté... Pas même se contenter d'un second pour couper les feux, les relancer, vérifier l'eau des chaudières, vérifier la pression des instruments ; tout ça, c'est affaire d'expérience... »

Il portait son uniforme avec épaulettes, voulant affirmer par là qu'il ne laisserait à personne la direction de la manœuvre. Mais quand il arriva dans la timonerie, les pilotes avaient déjà pris l'entière direction des opérations.

Abdul en avait reçu l'ordre, de sa compagnie, une heure avant. Ordre de récupérer les pilotes, dépêchés sur place, et de leur céder la conduite de la traversée.

– J'en suis capable, avait-il fait répondre.

Nul n'en doutait. Mais les pilotes étaient tout spécialement formés pour ça, aux Etats-Unis. La traversée du canal. « Vous pouvez imaginer plus d'ennuis que vous ne pourrez en résoudre, lui avait-on encore dit. On n'échappe pas aux ennuis si ce sont eux qui vous entraînent. »

– Bâbord, 20, fit le pilote.

– Bâbord, 20, répéta le timonier.

– Bâbord toute.

– Bâbord toute.

Le quartier-maître, à la barre, avait répété l'ordre, et lui, humilié, et comme s'il lui fallait participer un tant soit peu, le répéta aussi, immobile, silencieux, derrière le pilote. Ils franchirent Gatun Lake sous la pleine lune. L'*Eridan* faisait son chemin dans un dédale d'îles innombrables. Les étoiles vertes à lumière constante, la ligne de balise. Les étoiles vertes scintillantes, les bouées.

– En vérité, y a plus de canal, lui dit le pilote. Que de la merde.

– Comment ça ? il lui demanda.

– De la merde et des ordures. Ils jettent tout dedans. Des barils, des déchets. Le canal va disparaître. La jungle gagne.

Abdul s'envoya deux longues rasades de whisky.

Il aurait pu conduire l'*Eridan*. Il aurait pu passer. Affirmer son autorité. S'affirmer. Capitaine sans commandement. Marins inexpérimentés. Navires sans armateurs. La jungle gagne. Les cafards et les rats. La rouille.

– A tribord toute ! il gueula.

Cette voix qui n'était pas la sienne.

– A tribord toute.

– En arrière doucement.

Il but encore. Puis il entendit des voix. Pas celles des pilotes. Ni celle du timonier. Des voix connues. Diamantis. Nedim. Et une voix de femme. Une femme à bord ! Nom de Dieu, il n'avait jamais autorisé ça, une femme à bord.

Il y en avait eu une qui avait réussi à s'introduire sur le bateau. Une métisse. C'était où ? A Calléo. Elle avait dû soudoyer les employés du port. Ou baiser avec l'un d'eux. Le chef du quai, peut-être. Non, ce n'était pas à Calléo. Il s'assit sur une marche, à l'entrée de la timonerie. Elle avait un regard à faire bander un mort. Buenaventura. Voilà, c'était là. A Buenaventura, la perle du Pacifique.

Il rit. Nedim avait raté ça, Buenaventura. Le Bamboo Bar. Des femmes magnifiques. Les marins, les poches bourrées de préservatifs, impatients de s'élancer dans les ruelles étroites. Jusqu'au Bamboo Bar. Le paradis de la femme. Elle ne portait qu'un maillot de bain couleur pistache. Mince et plutôt grande. Plus bandante qu'un numéro spécial de *Penthouse*. Elle déambulait nonchalamment sur le pont.

– Je suis là pour vous satisfaire, elle dit dans un mauvais anglais.

Elle lui balança un sourire mortel, puis elle laissa glisser ses yeux jusqu'à son entrejambe. Sa queue se dressa, obéissante, à l'invitation. Il ne pouvait s'empêcher de bander. Autour de lui, l'équipage se rassemblait. La nouvelle s'était propagée comme une traînée de poudre. Les hommes faisaient cercle autour d'eux. D'elle. Aucun ne disait mot. Leur queue levée, au garde-à-vous. Chacun prêt à enfiler la dame qui proposait ses services pour toute la durée de leur séjour. Moyennant quelques dollars, bien sûr. Cash, cela allait de soi.

Il fit appeler les flics.

Pas de femme à bord pendant les escales. C'était la règle.

La nuit suivante, elle était au Bamboo Bar. Sur le bas de son maillot de bain, elle avait enfilé un short en soie, orange fluo. Elle passait de main en main, de verre en verre. Grappillant dix dollars par-ci, dix dollars par-là, pour une main posée sur son cul, sur ses seins, pour un baiser furtif. Une anguille. Il se demanda qui alignerait le plus de dollars pour l'embarquer.

A un moment, elle émergea d'un nuage de fumée. Elle était devant lui, un verre à la main. La musique était assourdissante. Elle posa une main sur sa hanche, se cambra, leva son verre vers lui et but.

– Dommage, elle dit, et elle lui tourna le dos.

Il la rattrapa par le poignet.

– Dommage quoi ?

Elle planta ses yeux dans les siens, comme la veille sur le bateau. Il ne lâcha pas son poignet. Il ne baissa pas les yeux.

– Cent dollars, il proposa.

La tenant toujours par le poignet, il la tira hors du bar, sans se soucier des regards et des commentaires de son équipage.

Cent dollars. Il avait baisé pour cent dollars un corps inerte, froid. Elle n'avait même pas simulé le plaisir, comme n'importe quelle pute, pas eu un seul geste, un seul mot tendres, ni même ne s'était fendue d'un vrai sourire. Elle avait remis son maillot de bain, enfilé son short, et l'avait gratifié d'un mauvais regard.

– Dommage, elle avait redit.

Il n'avait pu l'oublier. Hélène, elle s'appelait.

– Adbul !

La voix de Diamantis sur le pont. Il approcha le goulot contre ses lèvres et laissa le whisky glisser dans sa gorge. Puis il posa la bouteille, près de la porte de la timonerie. Il les vit alors. Deux cafards. Des gros. Ils ne bougeaient pas. Ils devaient le sentir. Il attrapa la bouteille par le goulot, la souleva lentement, la déplaça parallèlement au sol, jusqu'au-dessus des cafards. Il abattit le cul de la bouteille sur eux. Leur carapace craqua.

– Saloperie, il marmonna.

Il laissa la bouteille sur eux et se leva en s'aidant d'une main. L'*Aldébaran* tanguait méchamment. Il se tint un instant contre la porte puis respira un grand coup. Il trouva qu'il faisait soudain très chaud.

– Abdul !

Il s'avança d'un pas mal assuré en direction de la voix de Diamantis.

– Suis là, dit Abdul.

Il ne reconnut pas sa voix. Elle semblait aussi épaisse que sa langue était lourde.

Diamantis le rejoignit sur la passerelle. Abdul s'y était accoudé, le regard tourné vers le large. Il avait allumé un meccarillos.

– Ah ! T'es là.

– On finit toujours par aimer son bateau, tu crois pas ?

Il parla lentement, en articulant chaque mot.

– N'importe quel vieux baquet rouillé devient un objet d'affection. Même cet *Aldébaran*. Non ?

– Tu as bu ?

– Il y a une femme à bord, Diamantis ?

– Ouais, répondit-il, gêné, même si à cet instant l'opinion d'Abdul lui importait peu.

– Pas de femme à bord. C'est interdit. C'est écrit dans le règlement. Tu as oublié le règlement.

– Abdul...

– C'est toi ou c'est lui qui l'a ramassée ? Parce que c'est une pute, je pense.

– C'est lui et moi. On l'a pas amenée pour baiser. C'est toute une histoire. Faut qu'on en parle.

Abdul éclata de rire. Un rire haut, sonore. Il était soûl.

– Ah ! Tu veux parler, maintenant. Tu veux parler, mais quand ça t'arrange, Diamantis. Moi, je voulais te parler, tout à l'heure. Mais, t'avais pas le temps. T'étais pressé. De rejoindre cette pute, peut-être.

– C'est pas une pute...

Il ne pouvait lui laisser dire ça. Ce n'était pas une pute. Et elle pouvait être sa fille. Il ne pouvait s'enlever ça de sa tête. Et même si ce n'était pas vrai, rien ne l'autorisait à être vulgaire et méprisant envers Lalla.

– Abdul, écoute-moi...

– J'ai rien à écouter. J'ai rien à te dire.

Il se redressa. Ça tournait toujours autour de lui. Il transpirait à grosses gouttes. L'air, humide, se mélangeait en lui avec les vapeurs d'alcool.

– Elle est où maintenant, cette fille ?

– Avec Nedim. Dans la salle commune. On a amené de quoi manger et boire. Une petite fête. On va lui faire visiter le bateau. Elle n'est jamais montée sur un bateau.

Diamantis ne se reconnaissait pas. Il débitait les phrases comme Nedim. Les mêmes mots. Une petite fête. Quels cons, ils faisaient, Nedim et lui. Il n'aurait jamais dû laisser s'organiser ça, laisser faire, accepter. C'était contraire au règlement. C'était surtout contraire aux principes d'Abdul. Il le connaissait pourtant ! Et merde !

– Une petite fête, tu dis ?

Il posa sa main sur l'épaule de Diamantis. Plus pour prendre appui que par affection.

– Une petite fête. Pourquoi pas, après tout ? Pourquoi pas. C'est tellement invivable et lugubre un bateau amarré, immobile. Alors, pourquoi pas, hein. Une petite fête...

– Après, elle repartira, précisa Diamantis.

– Oui, bien sûr.

Il retint encore Diamantis par l'épaule et se pencha vers lui.

– Je les ai vus, il murmura. Les cafards.

Et il éclata de rire. L'haleine d'Abdul, chargée d'alcool, enveloppa Diamantis. Merde ! se dit Diamantis, il est vraiment bourré. C'était la première fois qu'il le voyait comme ça. Ça lui fit mal. Leur amitié, il le pressentait, s'achevait dans cette cuite. Mais pas seulement leur amitié. Tout. Tout s'achevait sur l'*Aldébaran*. Il devait le lui dire.

– Abdul, je vais te le dire, pourquoi je me casse.

Abdul rit encore, toujours accroché à l'épaule de Diamantis.

– Je le sais, je le sais. Pour la même raison que, moi, je reste. On a perdu tout ce qui nous servait plus à rien !

Et il continua à rire.

– C'est ça, mon vieux, la vérité.

Puis il devint sérieux et regarda Diamantis.

– Tu vois, il dit, en montrant le large. On a navigué toute la vie, et quoi ? On a rien trouvé. Ni de ce côté de l'horizon. Ni de l'autre. Rien. Alors ?

– Il n'y a rien à trouver, c'est ça la vérité, Abdul. Rien à chercher. Rien à trouver. Et rien à prouver.

– T'es trop philosophe, Diamantis. Non, il faut répondre aux questions de la vie. Les résoudre. Parce qu'elles nous sont posées, à nous les hommes. Et c'est ça qu'on est, non, des hommes ?

Diamantis était gagné par le désir d'alcool, lui aussi. Il avait envie de boire. Oui, de boire. De boire et de faire la fête. De coucher avec une femme. Il repensa au visage rond de Mariette. A son sourire. A son corps tout en plaines et collines. A la paix qui flottait dans son appartement. Cette douceur de vivre... La vie. La vraie vie, peut-être.

– C'est du pipeau tout ça, Abdul. Des conneries. Qu'est-ce que ça veut dire résoudre ? Hein ? Il n'y a de solution à rien. Jamais.

– Ah ouais. On va aller trinquer à ça, tiens.

Il lâcha l'épaule de Diamantis. Ça allait mieux maintenant. Il le sentait. Il le regarda à nouveau, avec un sentiment de pitié cette fois. Un homme qui a peur des cafards, il se dit.

– Elle s'appelle comment, cette fille ?

– Lalla.

– Lalla. Arabe, hein ?

– Marocaine.

Il quitta Diamantis pour passer dans sa cabine. Une fête, c'était ça, hein ? Il allait leur montrer. Il sortit son uniforme d'été et commença à s'habiller. Lalla, dans son esprit, se mettait de plus en plus à ressembler à Hélène. Il n'y avait que lui qui pouvait le dire, si elle lui ressemblait vraiment. Mais il ne le dit pas. Il sut seulement, en lui serrant la main, qu'elle avait le même regard.

24

Chacun porte en soi une part de malheur

– « Si... »

Abdul Aziz se racla la gorge puis il reprit sa lecture : « Si en posant la main sur le bastingage... »

– C'est quoi, le bastingage ? interrogea Lalla.

– Le garde-corps sur le bateau, répondit Diamantis.

Elle regarda Nedim.

– Comme une rampe, si tu veux. Pour t'empêcher de basculer par-dessus bord.

– Ah oui.

– Je peux reprendre ? demanda Abdul. Bon. « Si en posant la main sur le bastingage, vous ressentez comme le contact d'une chose vivante qui répond à votre toucher léger, une chose que vous éprouvez réellement, alors vous vous trouvez dans les dispositions idéales pour devenir un authentique spécialiste de la navigation. »

Il leva les yeux du livre, regarda Lalla et reprit :

– « Si vous en avez le talent, si votre jugement est

sain, si vous avez le coup d'œil pour apprécier les distances, si vous êtes d'un naturel plutôt calme, non émotif... »

Il referma le livre. *Manuel de l'officier de marine*, du capitaine H.A.V. Pflugk. Un ouvrage dont il ne se séparait pas. Il l'avait déniché chez un bouquiniste londonien, il y avait bien une quinzaine d'années. Sans doute les considérations pouvaient paraître un peu vieillottes aujourd'hui, mais elles lui convenaient. Elles étaient justes.

– Voilà, il dit. Moi, c'est ce que j'ai ressenti quand je suis monté sur le premier bateau de ma vie. L'*Espérance*. Je t'ai déjà raconté, hein, Diamantis.

Ils avaient déballé sur la table tout ce qu'ils avaient acheté avant de venir. Chez plusieurs traiteurs et épiciers de la rue d'Aubagne. Du haut en bas, la rue la plus cosmopolite de Marseille. Des croquettes de morue, une salade de poivrons rouges, des briquats à la viande, des beignets de cervelle de veau, de la chakchouka, des bricks au poisson, une salade de fèves, du caviar d'aubergine, des feuilletés au fromage, du taboulé, des concombres au yogourt, de la piperade, des feuilles de vigne farcies, des calmars à la sauce de Thessalonique, de la moussaka. Et, bien sûr, des olives vertes et noires, des amandes, des noix de cajou, des pistaches grillées, et de la crème de pois chiches. Plusieurs bouteilles de vin aussi. Du blanc de Cassis, du rosé de Bandol et quelques bouteilles de rouge italien, du Lacrima-christi, dont raffolait Diamantis.

Ainsi à table, ils se retrouvaient, non pas chez eux, mais entre eux. D'un même pays. La Méditerranée. Oubliant qui ils étaient, pourquoi ils étaient là, sur ce bateau, une nuit d'été à Marseille, par ce hasard qui fait que les exils, même en se croisant sans cesse, convergent en un lieu où, finalement, bonheur et malheur s'estompent. Le bout du monde était là. Sur l'*Aldébaran*.

Diamantis avait d'abord alimenté la discussion, en tout début de repas. Nedim l'avait lancé.

– T'imagines, il avait dit en riant à Lalla. Moi, j'suis turc, et lui, grec. On se déteste, mais alors, je t'dis pas ! M'asseoir à la table d'un Grec ! Moi ? Jamais. D'ailleurs, nos feuilles de vigne farcies, elles sont meilleures !

– Ben, celles-là, mon vieux, tu te fous le doigt dans l'œil, elles sont libanaises, coupa Abdul. Ça se sent, au goût.

– Et en plus, c'est vrai, rigola Diamantis.

Diamantis avait parlé de ce qui lui tenait le plus à cœur. La Méditerranée. Pour lui, cette mer était orientale et occidentale. Mais elle était une. Unique.

– Unique, d'accord ? L'Orient, l'Occident, c'est... c'est une mystification. Notre pays, nos racines, notre culture, tout ça est là, sur cette mer, en elle. Vous me suivez ? il demanda en regardant tour à tour Nedim, Lalla et Abdul.

Ils hochèrent la tête, mais, dans leurs yeux, Diamantis comprit que, pour eux, tout cela restait confus. Pour lui aussi, d'ailleurs. C'était clair dans son esprit, mais plus du tout quand il le formulait. C'est la première fois qu'il s'y risquait. Jusqu'alors, toutes ces choses appartenaient à son univers. Cela s'agitait dans sa tête. Parfois, il essayait de saisir au vol une de ses pensées et la notait, tant bien que mal, dans un de ses carnets.

Il avala une longue gorgée de vin blanc. Pour s'aider à éclaircir ses idées. Le vin était en cela irremplaçable. Ses senteurs, qui se propageaient en lui, donnaient de la chair à ses propos abstraits. A dire vrai, il était dans un état euphorique proche de l'ivresse. Il n'était pas le seul, d'ailleurs.

Abdul, depuis qu'il les avait rejoints, naviguait à vue dans les brouillards d'alcool. Quand son verre était vide, il le remplissait, sans même resservir les autres. Il buvait avec application. Avec la même détermination que s'il commandait un navire. Froidement. Il était raide. Raide dans sa tête comme dans son corps. Il se tenait bien droit sur sa chaise et s'appliquait à contrôler chacun de ses gestes. Il avait quelque chose d'un automate.

Nedim avait pas mal ingurgité aussi, mais moins que Diamantis, moins qu'Abdul surtout. Il avait pigé tout de suite qu'Abdul était déjà bourré quand il les avait retrouvés dans la salle commune. L'uniforme, c'était un signe ! La présence de Lalla empêchait Nedim de passer de l'autre côté, de rejoindre Diamantis et Abdul dans l'ivresse. Il ne voulait pas se retrouver ivre mort au bout de la nuit. Des cuites, il en avait pris. Partout où il était allé. Et cela se terminait toujours de la même manière. Ou par une bagarre. Ou en baisant une pute. Sans se rappeler avec qui, ni pourquoi, il s'était battu. Sans se rappeler comment était la fille, ni de combien elle l'avait arnaqué. La seule chose qu'il savait, Nedim, c'est qu'à un moment ou à un autre, il se trouvait appuyé contre un mur, en train de dégobiller tripes et boyaux. Et ça, ce n'était pas un spectacle qu'il voulait offrir à Lalla.

Il glissa délicatement sa main sur la cuisse de Lalla, sous la table. Elle posa sa main sur la sienne. Leurs doigts se mêlèrent. Elle se tourna vers lui, lui sourit, puis elle retira sa main de la sienne, lui de sa cuisse.

D'eux quatre, Lalla était sans doute la plus lucide. Elle ne comprenait pas trop ce qui se passait depuis ce moment où Amina l'avait envoyée chercher Diamantis. Cependant, elle n'essayait pas de comprendre. Elle se laissait mener par les événements. Diamantis et Abdul Aziz la fascinaient. Bien sûr, ils commençaient à être bourrés, mais elle découvrait des hommes comme elle n'en avait jamais rencontré. Ils étaient portés par leur vie. Avec une force, une spontanéité, une vérité qu'elle ignorait. Ils étaient différents de Ricardo et de ses hommes. Différents des clients qu'elle fréquentait tous les soirs. Elle ne connaissait rien aux hommes, elle se disait ça quand la main de Nedim vint caresser sa cuisse.

Et lui ? pensa-t-elle. Elle ne comprenait pas plus. Enfin si, elle ne s'était pas caché que, depuis l'instant où il l'avait prise dans ses bras pour danser, le courant était passé. Bien passé. Fort. Plus que la simple excitation charnelle que fait naître la salsa. Est-ce qu'on pouvait dire ça, qu'on se sentait proche d'un type, au premier regard, au premier contact de sa main sur la sienne ? S'il n'y avait pas eu Amina, elle se serait laissé embarquer par Nedim, au Habana. Pour n'importe quel hôtel. Il s'en était fallu de peu pour qu'elle dise oui, quand Nedim le lui avait proposé. Juste pour sentir son corps se laisser emporter par le sien. Les seules fois où elle avait couché – et elle pouvait les compter sur les doigts d'une main –, elle avait été déçue. Les hommes prenaient, ils ne lui donnaient jamais rien. Après, elle se sentait curieusement vide. Comme s'ils la foutaient à blanc.

Amina avait ramené Nedim au rang des connards à plumer. Elle avait exagérément poussé à la consommation. Presque par méchanceté. Peut-être parce qu'il dansait bien. Ou parce qu'elle et lui, ils allaient bien ensemble. Quelque chose comme ça. Comme une vieille jalousie. Ou une blessure mal guérie. Elle s'était dit ça, Lalla, plus tard, dans son lit, en repensant à Nedim. Et elle s'était demandé, encore une fois, pourquoi Amina avait agi ainsi. Nedim n'était ni mieux ni pire qu'un autre. Plus largué, sans doute. D'un simple coup d'œil, l'une et l'autre avaient estimé le fric qu'elles pourraient lui faire cracher. « Tu devrais le brancher, ce type, avait dit Amina en désignant Nedim en train de danser seul. Celui-là, c'est un vrai marin perdu. »

L'attention de Lalla se reporta sur Diamantis. Elle ne comprenait pas trop ce qu'il racontait. Ni où il voulait en venir. Cependant, elle sentait que, dans le fond, ce qu'il disait était juste.

– Bon, on va dire, tiens, que la Méditerranée, c'est notre corps. D'accord. Ben, on a deux yeux pour voir correctement, deux oreilles pour bien entendre, deux narines pour mieux sentir, deux lèvres pour parler...

– Deux bras, deux jambes... dit ironiquement Abdul.

– Exactement.

– Et un sexe... lança Nedim.

– Bravo, rétorqua Diamantis. S'il en fallait un pour se soucier de ça, c'est bien toi.

– Attends, attends, il dit, sérieux comme jamais il ne l'avait été. Je pensais pas... Juste faire remarquer qu'on a qu'un sexe, pas deux, et...

Il chercha ses mots. Il pigeait l'explication de Diamantis. Ça lui plaisait bien, même. Il pensait que tout ça était fondé.

– Et ce corps, ben, il est quoi ? Homme ou femme ? Parce qu'on dit la mer...

– La Méditerranée est androgyne.

– Androgyne ? interrogea Lalla.

Elle croyait savoir ce que ça voulait dire, mais elle n'en était pas vraiment sûre. Quitte à paraître idiote, elle voulut en avoir le cœur net.

– Qui tient des deux sexes, affirma Abdul.

Il le dit sans gentillesse. Cette fille était exactement ce qu'elle paraissait être, une pauvre conne. Baisable, sacrément baisable, même, mais nulle à en mourir. Il finit son verre, d'un trait, puis il se resservit. Il s'était maintenant mis au rouge, alors que les autres traînaient encore au rosé.

Cette fille-là était de la même trempe que Hélène. Leur cul leur servait d'intelligence. Et avec, elles pouvaient se permettre de vous humilier. Nedim n'était qu'un pauvre type. Il ne comprenait pas ça. Lalla, plus il la regardait, plus elle ressemblait à Hélène. Il l'entendait encore dire : « Dommage » dans son pauvre anglais de pauvre fille.

Lalla surprit le regard que lui jeta Abdul. Un regard dur. Cet homme ne l'aimait pas. Dans ses yeux brillait une espèce de haine, une haine contre elle. Personne ne l'avait encore regardée comme ça.

Elle ignorait pourquoi, mais tous ses sens se mirent en alerte.

– La Méditerranée est neutre dans les langues slaves, et en latin. Elle est au masculin en italien. Au féminin en français. Tour à tour masculine et féminine en espagnol. Elle possède deux noms masculins en arabe. Et le grec, dans ses multiples désignations, lui donne tous les genres.

– Pourquoi ça ? demanda Lalla.

– Je sais pas. Ça tient peut-être de la partialité de chacun, vis-à-vis de sa propre mer. J'en sais vraiment rien. Mais je crois ça, que la Méditerranée c'est comme un corps qui nous habite. Et que ce que fait notre main droite, notre main gauche peut pas l'ignorer.

Il s'arrêta soudain. Pensif. L'alcool lui faisait perdre le fil de sa pensée. D'où était-il parti pour raconter tout cela ? Que voulait-il expliquer, démontrer ?

– Je sais plus ce que je voulais dire.

– Tu parlais de *L'Odyssée*. *L'Odyssée* d'Homère, dit Nedim.

– D'Ulysse, précisa Abdul.

– Oui... En fait, *L'Odyssée* n'a cessé de se raconter d'une taverne à l'autre, de bar en bar... Et Ulysse vit toujours parmi nous. C'est dans les histoires qu'on raconte à présent, aujourd'hui je veux dire, que réside son éternelle jeunesse. Si on a un avenir en Méditerranée, il est de ce côté-là.

Il s'arrêta une nouvelle fois. Ce n'était pas encore ça, ce qu'il voulait dire. C'était une chose plus précise.

– La Méditerranée... ce sont des routes. Des routes de mer et de terre. Liées ensemble. Des routes, autant dire des villes. Les grandes, les petites. Elles se tiennent toutes par la main. Le Caire et Marseille, Gênes et Beyrouth, Istanbul et Tanger, Tunis et Naples, Barcelone et Alexandrie, Palerme et...

Il trouva enfin la pensée qui le taraudait, et les mots pour l'exprimer.

– En vérité, il faut une raison personnelle pour naviguer sur la Méditerranée.

C'était ça. Il avait trouvé. Une raison personnelle.

Abdul le dévisagea. Diamantis délirait complètement. Une raison personnelle. N'importe quoi. Non, il ne délirait pas. Il racontait n'importe quoi. Pour qu'on l'écoute. Il voulait captiver. Etre au centre. Il monopolisait la parole depuis le début du repas. Et lui, Abdul, il était réduit à la figuration. Tout ce que disait Diamantis n'était pas faux. Mais bon, il était le capitaine, merde. Il avait aussi son mot à dire.

– Moi, il commença...

Les mots avaient du mal à venir.

– Moi... Pour moi, oui, pour moi, la Méditerranée... La mer... Pour moi, c'est ailleurs seulement qu'elle est belle, la mer. Une fois passé Gibraltar. L'océan...

– Et c'est quoi votre raison personnelle ? demanda Lalla à Diamantis.

– Me trouver, je crois.

Il songeait à une expression de son père. « Tout est ambivalent dans l'âme de l'homme, il disait. Mais les doubles valeurs cherchent à se trouver un lieu pur où les contraires sont un. »

– Ou, plus exactement, rassembler en moi tout ça... On se perd à pas savoir qui on est.

– L'océan, coupa Abdul, en élevant la voix.

Il ne savait pas ce qu'il voulait raconter. Il voulait simplement reprendre le devant de la scène. Bon sang ! c'était quoi ici ? L'anarchie ! Il commandait ce bateau. Il en avait commandé des tas d'autres. On se devait de l'écouter ! Raconter ce qu'était la mer. La vraie. Ce qu'était l'aventure. Pas celle, minable, de cet Ulysse empêtré dans les fils que la Méditerranée, cette putain d'araignée, tissait autour des hommes. C'était Pénélope, la putain d'araignée. Elle lui avait mis le fil à la patte, à ce minable. Le fil qui le ramènerait à la maison, quand elle l'aurait décidé. Dans les bras de Circé, dans le lit de Calypso, Ulysse était lié à Pénélope. A son train-train familial. A la vie domestique. L'océan libérait des femmes araignées. De Pénélope. De Pénélope et de Céphée.

L'océan, l'aventure.

– C'est ailleurs seulement qu'elle est belle, la mer, il répéta en haussant la voix.

Il y avait d'autres cargos. L'*Aldébaran* n'était pas une fin. C'était un commencement. Le recommencement. Sa vie était devant lui. Et il n'autoriserait jamais aucune femme à lui dicter son avenir, ni aucune pute à dire « dommage ». Et cette Lalla, elle n'avait pas intérêt à ouvrir sa belle gueule.

Elle le regardait. Qu'est-ce qui faisait autant souffrir cet homme ? elle se demanda. Elle le regardait avec tendresse, pour ce mal qu'il portait en lui, et qu'elle ignorait. Mais elle savait que chacun portait en soi une part de malheur. Eux quatre comme le reste du monde.

Mais ce n'est pas ça qui lui faisait peur dans la vie, à Lalla, c'était l'incapacité à apprivoiser le malheur. Cette incapacité, pour elle, résidait dans le fait qu'elle n'arrivait pas à mettre un visage sur les mots mère et père. Le vertige la prenait quand elle laissait ses pensées flotter de ce côté-là. Qu'est-ce qu'Abdul ne possédait pas ? Ou qu'est-ce qu'il avait perdu ? Pour être largué si loin dans la tristesse ? Elle aurait voulu qu'il lui parle gentiment, avec un sourire, un petit sourire. Depuis qu'il était arrivé, fringué comme une marionnette dans son uniforme, il ne lui avait pas encore souri une seule fois.

Abdul, il n'avait souri à personne.

Qu'est-ce qu'elle avait à lui rouler des yeux comme ça, Lalla ? Il ne supportait pas son regard. Comme si elle cherchait à s'insinuer dans ses pensées, dans son cœur. S'il baissait la garde, il savait qu'elle le dominerait, que son regard, alors, ressemblerait vraiment à celui de Hélène. Et lui, il brûlerait de désir. Sa queue se dresserait sans qu'il puisse la contrôler. Il ne serait plus qu'un chien habité par la seule envie de baiser. Un chien en train de s'accoupler était la chose la plus dégoûtante qu'il pût imaginer. Il avait horreur des chiens. Et des chiennes aussi. Il eut une pensée pour Céphée, qu'il aimait prendre en levrette. Une dernière pensée. La dernière. Où pouvait-elle être en ce moment ? Avec qui ? En train de se faire prendre, comme une chienne qu'elle était, sans doute.

Il avala une longue gorgée de vin et se lança dans les brouillards froids de l'océan. Racontant plus pour lui-même que pour les autres. Juste pour se persuader que c'était bien là, au large de toutes les côtes, qu'était sa raison de vivre. Dans cet instant, froid, où l'aube se lève et qu'il faut faire face aux grandes houles du Pacifique, profondes et larges.

Dans cet instant où l'on entend le navire grincer comme un trois-mâts dans une calme mer équatoriale. Dans cet instant où chaque marin se dit qu'il préférerait être n'importe où ailleurs dans le monde, mais pas là.

– Qui a déjà vu un arc-en-ciel sous la lune ? interrogea-t-il.

Son regard ignora Lalla, s'attarda à peine sur Nedim, se posa sur Diamantis, avec la supériorité d'un capitaine sur son second.

– Non, jamais, avoua Diamantis.

– Ouais, c'est bien ce que je pensais. C'est pas en Méditerranée qu'on verrait ça.

– Et c'est beau ? demanda Lalla.

– Ouais, tu peux pas savoir.

Touché, il se dit. Et il se dit encore que ça y était, il avait repris le contrôle du navire. Il était, enfin, redevenu le capitaine de l'*Aldébaran*. Seul maître à bord.

25

Tout est silence et chaleur, et tout pourrit, moisit, pousse et meurt

C'est la chaleur qui les avait fait bouger. La salle commune était devenue irrespirable. La fumée des cigarettes collait à leur peau moite. Leurs yeux commençaient à piquer. Lalla avait proposé de visiter le navire.

– Hé ! Elle est venue pour ça, non ? avait rigolé Nedim.

Abdul les avait rassasiés d'histoires. Chacun devait le reconnaître, il savait les raconter. On le sentait vibrer comme ses navires face aux vagues de l'océan. Mais il n'en avait pas vraiment fini avec ses années de mer. Il proposa de poursuivre sur le pont.

Ils y descendirent tant bien que mal. Surtout Abdul. Tous ses gestes étaient ralentis par l'alcool. Il titubait légèrement. Cependant il se tenait bien droit, les épaules en arrière, la tête levée, comme le lui avait enseigné son père.

Il n'y avait pas le moindre souffle d'air, et, même si la température devait frôler les trente degrés, ils prirent plaisir à respirer. Seul Diamantis ne les avait pas suivis. Il avait voulu avaler un bol de café soluble. L'alcool le rendait nerveux. Il se sentait anxieux. Il était minuit vingt, et Amina n'était toujours pas arrivée. Il eut le pressentiment qu'elle ne viendrait pas. Qu'elle ne viendrait plus. Qu'elle en était empêchée. Retenue. Quand il eut fini son bol de Nescafé, il était dégrisé.

Et triste.

Il n'en pouvait plus de rester là à attendre. Amina, il avait évité d'y penser toutes ces heures. Le repas l'y avait aidé. Mais maintenant, il n'avait qu'une hâte, la retrouver. Etre devant elle. Il descendit rejoindre les autres sur le pont.

Parti comme il l'était, à raconter ses voyages, Abdul ne savait plus s'arrêter. Il ne savait même plus ce qui était vrai ou pas. Mais ce n'était plus là l'essentiel. Ses histoires étaient devenues des modèles de réalité. D'une anecdote à l'autre, il cherchait sa vérité.

Ils s'étaient assis à même le pont. Lalla sur des cordages, que Nedim avait recouverts de sa chemise afin qu'elle ne se salisse pas. Il s'était calé contre elle, sa tête reposant sur sa cuisse. D'un geste furtif, presque timide, Lalla avait caressé l'épaule nue de Nedim. Elle avait senti ses frissons. Abdul était face à eux, sur une vieille caisse. Il les dominait légèrement. A côté de lui, il avait posé une bouteille de vin rouge.

– L'air était immobile, un peu comme ce soir, et il faisait aussi chaud. Le plus profond des silences régnait autour de nous. Ceux qui croient que les marécages et les jungles d'Afrique sont pleins de vies et de cris se trompent. Tout est silence et chaleur. Tout pourrit et moisit, pousse et meurt...

Abdul avait déserté l'océan pour les abords poisseux, humides, puants et jaunâtres du fleuve Niger. Il venait d'y engager le *Ciudad de Manizales*, qu'il commandait depuis six mois, le long des côtes de l'Afrique de l'Ouest. Il remplit son verre, puis celui de Lalla et de Nedim. Ils trinquèrent. Le regard d'Abdul resta accroché à celui de Lalla. Elle semblait suspendue à ses récits comme Céphée pouvait l'être, la nuit, sur leur terrasse de Dakar.

Abdul oublia complètement Nedim, et il se concentra sur Lalla. Il racontait pour elle. Pour la séduire. Puis, comme Céphée, évidemment, elle viendrait ensuite calmer l'amertume de ses mois de navigation. Et il imagina le corps de Lalla se glisser contre le sien, l'épouser. Il songea à ses fesses, contre son ventre, ses fesses qu'il écarterait pour mieux la posséder. Elle aimerait ça. Comme Céphée. Il se laissa aller à bander avec plaisir.

– L'ancre s'enfonça lentement dans l'eau paresseuse et boueuse, et l'étrave pointa dans la direction du courant...

– Donne-moi le téléphone d'Amina, demanda Diamantis à Lalla. Je vais l'appeler.

Il s'était glissé près d'elle en silence.

– Qu'est-ce qu'y a ? demanda Nedim.

– Rien, rien. Sauf qu'Amina est toujours pas là. Ça m'inquiète un peu.

Lalla regarda Diamantis, et elle réalisa soudainement qu'il devait être très tard. A écouter les histoires d'Abdul, elle en avait oublié jusqu'à Amina. Elle était bien, là, avec ces hommes. Avec Nedim qui veillait sur elle, sa tête, brûlante, sur ses cuisses. Elle revint sur cette terre. Inquiète.

– Mon Dieu ! elle fit en regardant sa montre. Qu'est-ce qu'il lui est arrivé ?

– T'inquiète. Elle a peut-être pas trouvé, ou le vigile n'a pas voulu venir nous chercher.

N'importe quoi. Il ne voulait pas l'inquiéter. D'ailleurs, fallait-il s'inquiéter de quoi que ce soit ? Amina passait la soirée avec Ricardo. Peut-être avait-il voulu rester avec elle ? Ou bien, fatiguée, elle avait décidé de repousser à plus tard leur rencontre ? N'importe quoi encore. Amina voulait le retrouver sans tarder. Lalla, elle avait dit ça à Diamantis.

– Je vais aller jusqu'au poste pour l'appeler. T'es d'accord ?

Elle fit oui de la tête.

– Je viens avec toi.

– Non, reste.

– Prends sa voiture, fit Nedim. Tu vas pas y aller à vélo, putain, à cette heure.

– Il a raison, elle dit. Les clés et les papiers sont dans mon sac.

Abdul les observait, mécontent, en buvant.

– Excuse-moi, Abdul, dit Diamantis.

Et il les laissa.

Diamantis s'arrêta derrière le poste de contrôle. Il réveilla le vigile.

– Fais chier ! il dit.

– J'ai besoin de téléphoner.

Il décrocha à la cinquième sonnerie.

– Ouais.

La voix de Ricardo était lasse, traînante.

– Je suis Diamantis.
– Je pensais que vous appelleriez.
– Passez-moi Amina.
– Ecoutez, il dit, après un bref silence. Le mieux, je crois, c'est que vous veniez jusqu'ici. Faut qu'on parle, vous et moi.
– C'est à elle que je veux parler.
– Venez, c'est mieux, il répéta, comme épuisé.
Il lui donna l'adresse et raccrocha sans que Diamantis puisse ajouter un mot.

Il roula lentement le long du port désert, prit le tunnel qui traverse le Vieux-Port, ressortit devant l'ancien bassin de carénage, face à la vieille abbaye de Saint-Victor, puis se dirigea vers la Corniche. Jusqu'à la plage du Prophète, il se rappelait. Après...

Dans la boîte à gants, il trouva un plan de Marseille. Au-dessus de la plage, avait précisé Ricardo. La traverse Nicolas. Il la repéra sur la carte. Au milieu d'un dédale de ruelles. Il allait s'y perdre, en voiture. Il se gara en bas du chemin de l'Oriol et grimpa la montée de Roubion. Une volée de marches, la traverse Nicolas était là. Des chiens aboyèrent, ici et là, déchirant le silence du quartier.

La maison d'Amina était une petite villa protégée par un jardin. La seule de toute la rue où les fenêtres étaient allumées. Il poussa la grille, traversa le jardin. L'odeur des pins embaumait. La porte d'entrée était ouverte. Il entra. Sans se poser une seule question.

Diamantis aperçut Ricardo. Il était assis sur une chaise dans le salon. Il était en chemise blanche, manches courtes. Le col ouvert, sur une cravate bleue à pois blancs desserrée. Il buvait un whisky. Il tourna la tête vers Diamantis, mais sans se lever. Il faisait plus vieux que Diamantis ne se l'était imaginé. Il avait l'air complètement vanné.

– Entrez.

– Où est-elle ? Où est Amina ?

– Il faut que je vous parle, il dit. Asseyez-vous.

– Je préfère rester debout.

Soudain Diamantis réalisa que les hommes de Ricardo pouvaient lui tomber dessus, le rouer de coups, lui mettre le canon d'un flingue dans la bouche, le tuer. Tout son corps se raidit. Se mit en alerte.

Il regarda autour de lui.

– Ne craignez rien, dit Ricardo. Asseyez-vous.

– De vous, je peux craindre le pire.

– Ouais... tout ça... fit-il en balayant d'un large geste de la main l'espace devant lui.

– Le pire, reprit Ricardo, c'est jamais ce qu'on croit.

La sueur perlait sur les tempes de Diamantis. Cet homme lui faisait froid dans le dos.

– Où elle est ? redemanda-t-il.

– Là-haut.

Diamantis tourna le dos à Ricardo et partit vers l'étage.

– Revenez ici ! lui ordonna-t-il.

Il se retourna. Ricardo s'était levé et braquait sur lui un pistolet au canon étrangement long. Un silencieux, réalisa Diamantis.

– Servez-vous un verre, et asseyez-vous.

– Je n'ai pas soif.

– Comme vous voulez.

Du canon du pistolet il lui désigna un fauteuil.

Une de ces choses molles dont Diamantis avait horreur. Il s'y enfonça à contrecœur. Ricardo se rassit face à lui, sur la chaise.

– Je vais vous raconter, il commença.

Et il lui raconta, dans les moindres détails. La vie d'Amina. La sienne. Et celle de Lalla.

– C'est votre fille. Vous le saviez ?

Diamantis ne broncha pas. Il était sonné. Depuis la remarque de Nedim à la terrasse du bar, il n'avait cessé de ruminer cette hypothèse, pour l'éloigner chaque fois. Il avait fait et refait les calculs, interrogé Lalla sur son âge. Il avait admis que c'était plausible. Mais, justement, ça ne pouvait être vrai.

– Non, il balbutia. Non. Je peux me servir un verre ?

– Comme vous voulez, redit Ricardo.

Diamantis se servit copieusement. L'odeur du whisky lui déplut. Mais il avait besoin d'un remontant. Il avait voulu revenir sur ses pas, se mettre en règle avec son passé. Il y était. Mais ce n'était pas le passé qui, d'abord, lui remontait à la gorge, mais le présent. Lalla, sa fille. Cette fille que, pourquoi pas, en d'autres circonstances, il aurait pu séduire et baiser. Comme sans doute y songeait Nedim.

Il les revit tous les deux, l'un contre l'autre, sur le pont de l'*Aldébaran*. Il revit au même moment les regards d'Abdul sur Lalla, et un frisson le parcourut. Il fallait qu'il retourne là-bas, très vite.

Il ne se rassit pas.

– Elle n'en sait rien, bien sûr, dit Diamantis.

– Amina voulait vous l'annoncer ce soir. Et l'avouer également à Lalla. Elle voulait tout arrêter, le Habana, cette vie. Partir, avec Lalla, si, bien sûr, elle le souhaitait. Me quitter aussi...

Diamantis n'écoutait plus Ricardo. Il n'entendait plus rien. Il s'était immobilisé dans l'emploi du passé pour parler d'Amina, et le froid le gagnait sous la transpiration qui trempait son corps. Il voulait courir là-haut. Voir Amina. Son estomac s'était noué. Et cela n'avait rien à voir avec le whisky.

– Vous pouvez pas comprendre. J'avais besoin d'elle. Ma vie, elle est au bout du rouleau. C'est maintenant que j'avais besoin d'elle. Maintenant. Mais elle voulait rien entendre. Vous avez débarqué au Mas avec votre gueule enfarinée et vos remords... Comment vous avez su qu'elle travaillait au Habana ?

Diamantis ne répondit pas. Tout ça n'avait plus de sens.

– Je l'ai aimée, Diamantis.

Ils se regardèrent. Tout se brouillait dans les yeux de Ricardo. Des larmes se mirent à couler. Il jeta son arme sur le fauteuil.

– Je l'ai tuée. Elle est là-haut.

Amina était étendue sur le sol. Le sang, autour d'elle, avait déjà noirci. Ses yeux morts fixaient Diamantis. Il fit un pas et s'agenouilla près d'elle. Il approcha la main de son visage, mais son geste resta suspendu. Amina lui souriait. C'était il y a vingt ans. Elle était nue et Diamantis, au-dessus d'elle, laissait planer sa main sur son corps. Il en dessinait les contours sans le toucher. Amina se tendait vers lui et murmurait : « Touche-moi, je t'en prie. Pose ta main, là... » Sa main se rapprochait, frôlait ses seins l'un après l'autre, son ventre, les poils de son pubis. L'odeur de son sexe, humide, luisant, emplissait ses narines. Il approcha ses lèvres, au moment où ses mains se posèrent sur ses cuisses ouvertes.

– Pardon, Amina.

Il se redressa et redescendit pour retrouver Ricardo. Il s'était resservi un whisky. Il était prostré. Il regarda Diamantis venir vers lui, mais sans le voir vraiment. Son regard semblait s'être retourné en lui, pour toujours. Diamantis attrapa le verre qu'il avait posé sur la table basse. Il le vida d'un trait, se resservit une grande dose et vida la moitié du verre.

Le pistolet était toujours là, sur le fauteuil. Diamantis le prit. C'était une sensation bizarre, de tenir une arme. Il ne comprenait pas que des hommes puissent aimer ça. Vivre avec. S'en servir contre d'autres hommes. Non, il n'avait jamais pu comprendre cela.

Il tourna le pistolet vers Ricardo, lentement. Comme si le pistolet pouvait péter dans sa main.

Ricardo leva la tête vers Diamantis, sourit, vida son verre, le posa et alluma une cigarette. Il aspira fortement la fumée, la souffla, d'abord par le nez, puis par la bouche.

– J'ai pas été capable de le faire, il murmura.

– Faire quoi ? fit Diamantis.

– Me mettre une balle dans la tête. Après...

– Mais avec elle, oui, hein ! Ça, t'en as été capable. T'es un lâche.

Ricardo tira une nouvelle fois sur sa clope, plus lentement cette fois.

– La sécurité, il dit, je l'ai ôtée.

Ses yeux imploraient Diamantis.

Diamantis pressa la détente.

Cela ne fit pas plus de bruit qu'une balle de ping-pong sur une raquette.

Le corps de Ricardo se souleva à peine.

Diamantis pressa encore la détente. Jusqu'à la dernière balle.

Ricardo s'écroula en arrière.

Diamantis ouvrit les yeux. Il sortit un Kleenex et essuya machinalement le pistolet, comme il l'avait vu faire dans les feuilletons télé, puis il le jeta sur le fauteuil. Il ramassa le mégot de Ricardo qui se consumait sur le carrelage et l'éteignit dans le cendrier. Il prit le verre et finit son whisky en regardant le cadavre de Ricardo. Il eut la vision d'être en haut d'un gouffre, et de voir, en bas, tout en bas, sa vie s'effilocher. Mais ce n'était pas ça. Il se sentait seulement très vide, et con. Il essuya le verre qu'il tenait à la main et le reposa.

Puis il sortit dans l'été marseillais. La tête vide, le cœur froid. Il n'avait plus qu'une dernière chose à faire. Ce qu'avait décidé Amina. Parler à Lalla.

Sa fille.

26

Et comment faire le point, maintenant ? C'est la question

Abdul s'excusa auprès de Lalla de l'état du navire.

– En temps normal... avait-il commencé.

Mais il ne finit pas sa phrase. Lalla et Nedim le suivaient. A l'entrée du pont principal, on pouvait lire sur un grand panneau en bois : « Prenez soin du navire et le navire prendra soin de vous. »

– Voyez, en temps normal, nous fonctionnons comme ça. Avec ce respect pour le navire.

Muni d'une lampe tempête – la dernière à fonctionner –, Adbul conduisait la visite du pont. L'humeur de Nedim s'était assombrie. Il en avait marre d'Abdul, de ses histoires, de son ton hautain, marquant toujours, au détour d'une phrase, sa supériorité sur lui. A bord de l'*Aldébaran*, il n'était qu'un marin, okay, mais à terre, merde, il n'y avait plus de capitaine ni de marins. On était tous les mêmes pauvres types. Et l'*Aldébaran*, avec la rouille qui le bouffait, c'était plus rien. Abdul, maintenant, il était pas plus capitaine que mon cul !

– Ça va ? demanda Nedim à Lalla.

– Ouais, c'est super, elle répondit en lui souriant.

Elle se serra légèrement contre lui. Il lui caressa l'épaule puis laissa glisser sa main dans son dos.

Son désir de la prendre dans ses bras grandissait. Il se rappela combien elle était légère quand elle dansait. Le bonheur de son corps soudé au sien. Il rêva de ça, de leurs corps nus évoluant sur un rythme de salsa, se cherchant, s'excitant, s'épousant. Il sentit un picotement entre ses jambes. Il avait envie de Lalla, merde, il n'avait envie que de ça. D'elle. Et d'elle encore, et encore. Et d'oublier ce putain de foutu rafiot.

– J'aimerais bien que Diamantis revienne avec Amina et qu'on se casse.

– Ils vont venir, elle dit gentiment. On a le temps, non ?

– Ben...

Elle sourit encore, et elle lui caressa la joue du bout des doigts.

– T'es si pressé ?

Sa queue se dressa, pleine d'espoir. Pressé, c'était pas ça, non, mais, bon, à part les trois putes qu'il avait tirées les premiers mois, depuis... Les plaisirs solitaires, même en les accompagnant d'images d'Aysel, à force, on se lasse.

Abdul se retourna vers eux à ce moment-là. Il n'aima pas ce qu'il vit. Cette fille n'avait vraiment rien dans la tête pour se frotter ainsi à ce minable de Nedim. Les yeux de Lalla et d'Abdul se rencontrèrent. Lalla embrassa Nedim sur la joue.

« Une vraie salope, pensa Abdul. Elle fait ça rien que pour m'exciter. Me provoquer. C'est ça, elle se sert de Nedim pour me provoquer. Toi, ma petite, je t'aurai au tournant », il se dit. Et il continua vers la proue du navire.

– Vous venez ? il dit en agitant la lampe.

Nedim l'aurait bien prise là, Lalla. Vite fait. Juste pour mettre fin à son désir. Sa queue allait exploser. Après, ils auraient pris le temps. Mais ce n'était pas ça qu'il voulait. Il voulait d'un vrai lit, avec des draps propres, frais et doux, pour aimer Lalla.

– Viens, elle murmura.

Et, posant sa main sur ses fesses, elle le poussa.

Il l'entendit lui murmurer à l'oreille :

– Hé, Nedim...

– Quoi ?

– T'as vraiment un joli petit cul.

Elle éclata de rire. Le même rire joyeux, communicatif, que cet après-midi sur la plage. Lalla. Il rit, lui aussi. Heureux. Et de rire ainsi les libéra de ce désir violent qui oppressait leur corps.

– Qu'est-ce qui vous fait marrer ? interrogea Abdul.

Il leva sa lampe vers eux.

– Rien, dit Nedim en riant. Rien. C'est Lalla, c'est tout.

Lalla. Le bonheur.

Nedim avait repoussé le plus loin possible toutes les questions qu'il pouvait se poser. Il était fort pour ça, pour ne pas penser au lendemain. Ni même aux heures qui suivraient après l'amour avec Lalla. Il n'imaginait que le regard doux de Lalla. Penchée sur lui, elle murmurerait avec gourmandise : « S'il te plaît, Nedim, encore une fois... » Son corps se tendrait comme un arc vers lui. « Encore une fois, la dernière... » Il n'imaginait que les bruits de la rue, par la fenêtre ouverte. Et, pour une fois, ce brouhaha prendrait un sens. Le sens de la vie. D'une vie possible. La sienne. Avec Lalla.

Nedim ne se voyait plus partir vers la Turquie, vers son village, vers Aysel, vers cette misère qui l'attendait pour le reste de ses jours. Parce que c'était ça qui l'attendait, là-bas. Les combines à la con. Quatre sous par-ci, quatre sous par-là. Avec Aysel à pleurnicher, le soir, parce qu'on avait pas assez pour élever les gosses. Deux, trois, ou quatre même, qu'il aurait eus, comme ça, pour occuper le temps, pour éviter de parler, pour chasser la fatigue, pour repousser l'angoisse des jours.

Aysel, son village, sa mère, ses copains, tout ça lui paraissait loin à cet instant. Il n'y avait que Lalla. Et pas plus d'avenir d'un côté que de l'autre. Merde, oublie ça, Nedim. Tu verras après. T'as Lalla, près de toi, et cherche pas plus loin !

Il ne put s'empêcher de se voir, vivant à Marseille. Une ville où ça grouillait de Grecs et d'Arméniens, il savait ça. Mais quoi, un Turc pouvait aussi bien s'y faire une place qu'un Chinois, non ? Diamantis lui donnerait des conseils. Il avait l'air de bien la connaître, cette ville, et de l'aimer. Puis peut-être même qu'il pourrait reprendre la mer. Sur des ro-ro, ou des tramps. Juste naviguer sur la Méditerranée. Comme l'avait dit Diamantis.

« Ouais, merde, moi aussi, j'ai trouvé une raison personnelle de naviguer sur cette mer. L'amour. L'amour de Lalla. Ouais, Diamantis, il faudra qu'il m'aide. A convaincre Amina, que ce serait plus vraiment pareil, maintenant. Bon, Lalla, bien sûr, peut-être que dans un premier temps il faudra qu'elle continue à bosser avec Amina. Le Habana, les mecs, tout ça. Mais faut pas qu'ils me l'épuisent, Lalla. » Hé, cette fille, il l'aimait, bon sang ! Alors, hein, fallait la préserver...

Maintenant, ils étaient tous les trois à la poupe du navire. Marseille, au loin, scintillait. Abdul leva son bras et montra les étoiles.

– Mars, Sirius, Vénus...

Il oublia de nommer Céphée.

– J'aime bien les étoiles, dit Lalla.

– Moi aussi. J'ai appris à le lire, le ciel. Plus personne, ou presque, même chez les marins, ne sait le faire. On confie la navigation aux radars, aux compas électroniques, aux ordinateurs...

Abdul avait appris le ciel par pure coquetterie. Ça donnait du lustre à son autorité. Un capitaine capable de faire le point sur les étoiles. C'est vrai, c'était de pure forme, mais comme il aimait à le dire « ça maintenait vivante la tradition de la navigation ». Et il se distinguait ainsi des autres, comme un vrai navigateur.

La main d'Adbul, qui leur désignait les étoiles, glissa dans le dos de Lalla, jusqu'à sa taille. Se posa là. Lalla se raidit et se déplaça légèrement. Ou voulut se déplacer. La main d'Abdul se fit dure et il maintint Lalla presque contre lui.

Lalla eut un regard pour Nedim. Il venait d'allumer une clope et s'accouda au bastingage. Perdu à nouveau dans ses rêves de vie à Marseille. Ouais, il se voyait bien vivre, là, finalement.

Lalla se tourna vers Abdul. Il lui sourit, en exerçant une légère pression sur ses hanches. Sa main glissa encore, sur ses fesses, rondes, bien moulées dans sa jupe. Cette pute ne portait même pas de culotte, il constata.

– Lâchez-moi ! elle dit.

Très fort. Et avec fermeté.

Nedim fit un bond. Qu'est-ce qui se passait, merde ! Il vit la main d'Abdul sur le cul de Lalla.

– Hé !

Abdul n'avait pas ôté sa main.

– Lâchez-moi ! redit Lalla en le regardant droit dans les yeux.

– Lâche-la ! cria Nedim.

– Fais pas chier, Nedim.

Fermement, Abdul entoura de son bras la taille de Lalla et la serra contre lui. Sa main plaquée sur son ventre. Un ventre plat. Il sentit tous les muscles de Lalla se nouer sous ses doigts.

Nedim fit un pas.

– Fais pas chier, Nedim, je t'ai dit. On va pas s'empailler pour une pute.

– C'est pas une pute !

– Je la tire un bon coup et je te la laisse, okay ?

Il rit. Un rire vulgaire.

– C'est rien qu'une pute, Nedim. T'es trop con pour comprendre ça ?

Lalla se débattait, mais Abdul ne faiblissait pas. Un étau.

– Lâchez-moi !

Elle suppliait maintenant.

– Ferme-la ! T'as qu'envie de ça. Dis-lui, à ce con de paysan.

– Je vais te casser la gueule, dit Nedim.

Abdul rit plus fort encore.

– Mais non, Nedim, tu vas rien faire. Je vais même la niquer devant toi, je crois.

Avec une agilité surprenante, sa main droite lâcha la taille de Lalla alors que sa main gauche la prit au cou. Il serra.

– Tu vois... Si je serre encore un peu...

Lalla étouffait.

– Si tu lui fais mal...

– Si je serre encore un peu, elle va dire oui... Hein, Lalla ? Tu veux ?

Il serra. Les veines de son cou battaient à tout rompre.

Nedim regarda autour de lui, chercha un truc – tuyau, morceau de bois, câble... – avec quoi il pourrait frapper Abdul. Physiquement, il le savait, il ne faisait pas le poids contre lui. Abdul s'entretenait. Assouplissements, pompes, abdominaux... Tous les matins. Nedim l'avait vu sur le pont.

De la main droite, Abdul palpa une nouvelle fois le cul de Lalla. Il bandait avec la même violence que lorsque Hélène l'avait dévisagé, sur le pont, devant les autres marins. Puis ses doigts cherchèrent la fermeture Eclair de sa jupe. Elle se débattait encore. Satanée salope !

Lalla rassembla toutes ses forces, souleva son coude gauche et l'abattit sur le ventre d'Abdul. Elle eut l'impression de cogner un roc. Rien que du muscle. Plus que le coup, la surprise fit lâcher prise Abdul.

Lalla bondit en avant et Nedim se rua sur Abdul.

Lalla cria, mais faiblement. La peur, maintenant qu'elle s'était libérée d'Abdul, la paralysait.

– Nedim.

Fuir, elle voulait fuir ce bateau. Rentrer chez elle. Dormir. Avec Nedim contre elle. Ses mains sur elle. Leurs jambes emmêlées. Pourquoi Amina ne revenait pas ? Et Diamantis, où il était ? Sa voiture, merde, il avait pris sa voiture ! Elle pourrait courir jusqu'au poste, demander de l'aide... Mais par où on sortait de là ?

– Nedim !

Ils avaient roulé l'un sur l'autre. Abdul avait vite repris le dessus. Nedim sentait son haleine chaude, vineuse, sur sa figure. Il repoussa Abdul. En vain. Il suait. Il n'y arriverait pas. L'avant-bras d'Abdul lui bloqua la gorge.

– Je vais t'éclater, connard ! haleta Abdul.

– T'es fou... Arrête... balbutia Nedim, à bout de souffle. Arrête...

Il se revit rue Yuksekkaldirim. Ils étaient allés aux putes avec ses copains. Pour leurs seize ans. Puis il les avait perdus dans la foule, dense, aveugle. L'envie de vomir lui tordait le ventre. Pour dix livres, il avait tiré une femme aux jambes grêles, avec des côtes saillantes et des mamelles flasques. Une horreur. La honte et l'écœurement. Un jeune type, une petite frappe de Tophâné, lui était tombé dessus pour tenter de lui dérober le peu qu'il avait sur lui. Ils avaient roulé par terre, au milieu des godasses crasseuses, boueuses, des centaines de mecs qui cherchaient à tirer la moins pire des putes de la rue. Ils se battaient, et personne ne s'interposait. Il n'avait jamais fait le poids dans les bagarres. Il n'aimait pas ça. Il en avait peur.

Mais, putain, où il était Diamantis ? Il baisait

l'autre, peut-être, Amina. Et ces salauds, ils prenaient leur temps. Ils auraient dû aller avec Diamantis, Lalla et lui. Au lieu de rester là à écouter cet enculé...

Il étouffait, vraiment.

– Alors, hein, mariol, tu me la laisses.

Avec ses bras, Nedim chercha encore à repousser Abdul. Putain, il devrait faire des pompes lui aussi, s'entretenir. Merde, il était jeune et cet enfoiré de vieux débile lui en mettait plein la tronche. Il banda ses muscles et repoussa Abdul aussi violemment qu'il le put. Ça marcha. Adbul roula sur le côté. D'un bond, Nedim fut debout. Adbul se releva prestement. Ils se firent face, les poings serrés.

Nedim prêt à se défendre. Abdul prêt à cogner.

Diamantis réveilla une nouvelle fois le vigile. Pour qu'il lui ouvre la barrière.

– Putain, vous avez la bougeotte ce soir.

Diamantis ne lui répondit pas. Il était claqué. Il avait conduit sans penser à rien. Ni à Amina morte. Ni à Ricardo qu'il avait tué. Il n'avait ni chagrin ni remords. Il avait tué un type. Il avait tué un salaud. Il avait tué une merde. Il n'avait fait que se répéter ça. Tout en conduisant. Mécaniquement. Première, seconde. Feu rouge, freiner. Feu vert, réembrayer, démarrer. Rouler. Respecter la limitation de vitesse. Pas se faire coincer par des flics. Clignotant. A droite. Troisième. A gauche, le quai du Lazaret. Le port. Tout droit. Il avait tué un homme. Nom de Dieu. Il avait tué. Porte 2. Porte 2A.

Porte 3A.

Lalla. Il ne pensait plus qu'à elle. A elle et à

Nedim. Et aux regards appuyés, indécents, d'Abdul. Chaque minute du repas lui était revenue en mémoire. Et tous les regards d'Abdul sur le corps de Lalla. Il n'aurait pas dû les laisser là. Seuls avec Abdul. Il n'aurait pas dû la laisser là, sa fille.

Lalla.

Il l'entendit crier. Un cri strident qui lui glaça les os. « Cette nuit n'en finira donc jamais », il pensa, grimpant en courant la passerelle.

– Lalla ! Lalla !

Son cri venait du pont. Proue ou poupe ?

Il l'entendit à nouveau. Ce n'était plus un cri. Un sanglot déchirant. « Poupe », il se dit. Il fonça, évitant tout le bordel qui traînait. Treuil, câbles, cordages. La pointe de son pied shoota dans un pot de peinture.

Lalla était recroquevillée dans un coin, sous le bastingage. Elle sanglotait en poussant de petits cris. Abdul était debout, devant elle, les bras ballants. Entre eux, Nedim. De dos. Nedim embroché dans une saloperie de truc que Diamantis n'identifia pas. Il ne voyait que ce bout de truc en fer émergeant de son dos. Il s'approcha. La ferraille avait traversé la cage thoracique de Nedim, à hauteur du cœur, pour ressortir entre ses omoplates.

Sa bouche était ouverte. Comme pour dire une dernière parole, un dernier mot.

– Il est mort, entendit-il dire Abdul.

Ni une interrogation ni une affirmation. La mort. Point. Diamantis se pencha au-dessus du bastingage et vomit. Un jet puissant, violent. Tripes et boyaux. Et les pensées qui vont avec. Il s'essuya la bouche d'un revers de main.

– Je l'ai tué.

Diamantis s'approcha de Lalla et passa son bras autour de sa taille. Elle lui jeta un regard hagard.

– Nedim... elle sanglota.

– Viens. On s'en va.

Il l'aida à se relever. Elle s'appuya sur lui.

– Toi, va dans ta cabine ! il ordonna du mieux qu'il put à Abdul. Je reviens.

– On devait le nettoyer, ce putain de pont. J'avais raison, tu vois...

Diamantis n'écouta pas.

Abdul leva les yeux vers le ciel. Quelques légers nuages cachaient les étoiles. Comment faire le point, maintenant ? Céphée était devenue invisible.

27

Avoir été, c'est une condition pour être

Le vigile avait été relevé. Un autre, plus jeune, le remplaçait. Diamantis donna deux légers coups de klaxon. La barrière s'ouvrit. Le vigile ne sortit pas et ne vit pas Lalla, allongée sur la banquette arrière.

Diamantis contourna le poste et se gara à l'abri des regards, derrière un hangar.

– Attends-moi là, il dit à Lalla en descendant de voiture.

– Elle est où, Amina ? elle demanda.

– Je vais appeler, répondit-il.

Une voix ensommeillée lui répondit. Une voix douce et chaude. Un autre monde.

– Oui, dit Mariette.

Il parla le plus bas possible. Pour que le vigile n'entende pas.

– C'est Diamantis. Viens. Viens vite. Tu peux ?

– Quoi ?

Le vigile mit la radio. La musique emplit le local. Une chanson française.

T'es tout' nue sous ton pull
Y a la rue qu'est maboule
Jolie môme...

– Mariette... Je t'en prie.
– T'es où ?
– Où tu m'as quitté.
Il n'aurait jamais dû la quitter, Mariette. Rien ne serait arrivé. Toutes ces morts. Tous ces drames... Il était responsable de tout. Son entêtement... Mariette, au secours.
Les larmes coulaient sur ses joues. Il se retourna. Pour que le vigile ne le voie pas.
– Mariette. Viens.
– J'arrive.
Elle mit à peine dix minutes. Lalla et lui, sans parler, avaient fumé deux clopes. Lalla lui avait seulement redemandé où était Amina. Une seule fois.
– Plus tard, il avait dit. Plus tard, tu veux bien ?
Mariette gara sa voiture près d'eux. Elle portait un pantalon blanc, large, et un tee-shirt bleu pâle. Elle ne semblait pas avoir été tirée de son lit. Son sourire était toujours aussi beau. Aussi bon. Encore plus bon, même. Diamantis la serra dans ses bras. Ses larmes redoublèrent.
– Qu'est-ce qu'il y a ?
– J'ai...
Non, il ne pouvait se mettre à raconter tout ça. Pas maintenant.
– C'est trop long, Mariette. Il y a un mort sur le bateau. Nedim. Un marin. Je...
– C'est qui ? demanda Mariette.

Lalla était derrière Diamantis, les bras serrés sur sa poitrine, la tête baissée. Diamantis se dégagea de Mariette et passa son bras autour des épaules de Lalla.

– C'est ma fille, il dit. Emmène-la. Prends soin d'elle.

Et il se remit à chialer.

Lalla le regarda sans comprendre. Elle entendait mais ne comprenait pas. Rien. Des mots. « Ma fille. »

– « Ma fille », elle répéta.

Non, elle ne comprenait pas. Sa fille.

– Viens, lui dit Mariette. On va chez moi.

– Chez toi ?

Elle ne pouvait que répéter chaque mot. Rien d'autre. Sa tête allait exploser. Folle. Elle devenait folle.

– Tu vas te reposer, dormir.

– Dormir. Et Amina ?

Mariette regarda Diamantis. Il ne cherchait pas à retenir ses larmes, ni à les essuyer.

– Plus tard, Lalla.

– Oui, plus tard.

Mariette ferma la portière de Lalla puis s'installa au volant.

– Je vous rejoins plus tard.

– Plus tard, répéta Lalla.

La main de Mariette caressa la joue mouillée de Diamantis, attira vers elle son visage et posa ses lèvres sur les siennes.

– Je veille sur elle, elle dit. Et je pense à toi.

Elle démarra.

Diamantis essuya enfin ses larmes, puis il respira

un grand coup et se dirigea vers le poste de contrôle. Le vigile dressa la tête.

– Ah ! c'est vous. Ça va pas ?

Diamantis secoua la tête, décrocha le téléphone et appela la police.

Abdul était assis sur sa couchette, les mains croisées sur ses genoux, les épaules basses. Sa tenue d'officier était dégoûtante, déchirée par endroits. Il faisait pitié à voir. Il leva la tête à l'entrée de Diamantis.

– On va dire que c'est un accident. Okay, Abdul ? Un accident.

– T'as appelé les flics ? demanda-t-il d'une voix neutre.

– Ouais.

– C'est bien, il dit. C'est bien.

Il était totalement dégrisé. Mais ses yeux brillaient encore d'un éclat bizarre. Il ne semblait pas voir Diamantis. Ses yeux le regardaient mais ne le voyaient pas. Seule subsistait une lumière curieuse, au fond du regard.

Il est fou, il est devenu fou, pensa Diamantis.

– Tu m'écoutes, Abdul ? On va dire que c'est un accident. T'as compris ? Un accident.

– Je l'ai tué, il dit, sans manifester le moindre sentiment.

– Un accident.

– Il voulait pas que je baise cette salope. Rien que pour lui. Il la voulait rien que pour lui. Pourquoi, hein ?

– Je crois qu'elle en pinçait pour lui.

– Tu crois ?

– J'en suis sûr, Abdul.

– Mais c'était rien qu'une pute. Comme Hélène et l'autre ; comment elle s'appelait, l'autre ?

– L'autre ? Quelle autre ?

– Celle que j'ai baisée cet après-midi. Je sais plus... Aucune importance.

– Lalla, c'est...

Il n'osa pas dire « ma fille ». A quoi ça servirait, maintenant, hein ? Il faudrait expliquer, raconter. Il n'avait plus de temps pour ça. Et ça ne changeait plus rien, de toute façon.

– C'est une gentille fille. Sa vie, elle a pas été simple. Tu comprends ça ?

– Tu l'as emmenée ?

– Ouais. Faut pas qu'elle soit mêlée à ça, Abdul. Elle a assez souffert.

Il le regarda.

– Il faut pas qu'elle soit mêlée à ça. Tu comprends ? Dis, tu comprends ?

Abdul fit oui de la tête. Les yeux baissés sur ses mains croisées. Comme s'il priait. Il priait peut-être.

– Ça suffit comme ça. Pas qu'elle souffre plus encore. Les flics, les interrogatoires.

– Ouais, t'as raison. Mais je l'ai tué, Diamantis. Je l'ai tué.

Sa voix redevenait presque normale. Elle se recolorait. L'humanité revenait en lui. Les sentiments. La peine. Les remords.

Diamantis ouvrit la penderie, attrapa un pantalon en toile, une chemise.

– Change-toi !

– J'ai l'air ridicule, hein ?

– Putain, change-toi !

– Je l'ai tué, il dit en se levant. Quelle connerie. Quelle connerie, mon Dieu.

Ils entendirent, au loin, les sirènes de police. D'une ambulance aussi. Elles se rapprochaient.

Abdul posa son bras sur celui de Diamantis. Il avait enfilé le pantalon et la chemise propres, puis s'était lissé les cheveux de ses doigts. Il avait retrouvé son allure. Les épaules bien en arrière, la tête haute.

– C'est pas un accident, Diamantis. Je pourrais jamais dire ça. Ce n'est pas la vérité. J'ai tapé, tu comprends. Plusieurs fois. Au ventre, puis au menton et sur le nez. Et encore. Il pleurait, Diamantis. Il pleurait, Nedim. Il me suppliait d'arrêter. La fille aussi. Lalla. Elle essayait de m'empêcher de le taper. En me tirant par la taille, par les bras. Je lui ai tiré une claque, tu vois, un sacré revers de la main, qui l'a envoyée valdinguer loin de moi...

Il reprit sa respiration.

– Tu vois, très vite, la cause, c'était plus cette fille. J'avais plus envie de la baiser. C'était lui. Lui, Nedim. Je le supportais plus. Je supportais plus son optimisme. Il était tout le temps heureux. Il trouvait toujours une raison d'être heureux. Même dans la pire des merdes. Il se trouvait toujours un coin dans sa tête où il rigolait. De l'espoir. Ce type était bourré d'espoir. De vie.

– Abdul...

– Attends... Ecoute-moi. Putain, j'aurais tant aimé qu'on parle, toi et moi. Tu m'aurais aidé. Ecoute-moi... Quand j'ai commencé à le cogner, j'ai compris ça, que je cognais contre la vie, contre le bonheur, contre tout ça. Pas contre lui. Plus contre lui, non.

Contre ce qu'il représentait, et que j'étais pas, que j'ai jamais été... Que je serai jamais, Diamantis. Putain, ce type, dans quoi ils l'ont trempé, ses parents, en naissant, pour qu'il soit si heureux de vivre ? Hein ? Tu sais ça, toi ?

Diamantis était bien incapable de répondre. Plus rien ne fonctionnait dans sa tête.

– Putain, Diamantis, donne-moi une réponse. Une réponse !

Abdul avait maintenant les mains accrochées à la chemise de Diamantis. Il le secouait.

– Une réponse. Une seule.

Diamantis détacha les doigts d'Abdul de sa chemise. Un à un. Ses yeux plantés dans les siens.

– Y a pas de réponse, Abdul. Le bonheur, ou on y croit ou pas. C'est tout. Pourquoi t'y as jamais cru, j'en sais rien.

– Mais toi, toi, bordel, t'es pas comme lui. T'as des doutes, des angoisses, des peurs.

– On est comme on peut. Plus ou moins. Ça n'empêche pas le bonheur, si on veut.

Il resta silencieux, un instant.

– Tu crois que c'est pour ça, hein, qu'elle m'a laissé tomber, Céphée ? Parce que j'y croyais pas ?

– J'en sais rien.

– T'en sais rien...

Il attrapa un bout de papier sur sa table de travail.

– C'est son téléphone, à Céphée. Son adresse. Le téléphone de son père. Débrouille-toi pour lui dire. Lui raconter. Lui expliquer, si tu trouves... Et... Demande-lui, Diamantis. J'ai besoin de savoir.

– Que je lui demande quoi ?

– Si c'est à cause de ça. Le bonheur. Que j'y croyais pas.

– Okay, il dit.

Mais Diamantis ne savait pas s'il ferait ce qu'il promettait. Il ne savait pas s'il reverrait Abdul un jour. Il ne savait plus rien. Si, qu'il avait, lui aussi, une mort sur la conscience. Et une fille qui avait besoin de lui.

– Tu sais, j'ai jamais fait que du mal autour de moi. Nedim, c'est rien que le résultat de ma haine des autres. J'ai jamais su, avec les autres... Même chez moi, ma famille... Diamantis, même mon père...

Abdul commençait à s'apitoyer sur lui. Diamantis le regarda, partagé entre pitié et mépris, et sans attendre la fin de sa phrase, il partit à la rencontre des flics. Les voitures, sirènes hurlantes, étaient devant l'*Aldébaran*.

Le jour se levait quand ils emmenèrent Abdul, menottes aux poignets. Diamantis ne le croisa pas. Il l'aperçut de dos, qui descendait la passerelle, deux flics devant et deux flics derrière.

En bas, Abdul leva la tête vers le bastingage, comme s'il cherchait à voir Diamantis, mais c'étaient les étoiles qu'il voulait regarder, une dernière fois. Céphée. Il ne vit donc pas Diamantis.

Les flics avaient interrogé Abdul, puis lui. Ceux à qui il eut affaire ne mentionnèrent jamais le nom de Lalla. Diamantis supposa qu'Abdul avait tenu sa parole. Lui, il s'en tint à sa version. Ils avaient organisé une petite fête, bien arrosée. Puis il était parti faire une virée en ville. Il ne mentionna pas la voiture. On ne lui demanda pas comment il s'y était rendu, en ville.

De toute façon, les flics s'en contrefoutaient. Ils avaient le mort et son assassin. Et bien d'autres préoccupations ailleurs. Ils firent signer à Diamantis sa déposition, rédigée à la main. Il devait se présenter le lendemain, à seize heures, à l'hôtel de police. Le navire allait être mis sous scellés. Il devait le quitter immédiatement.

Diamantis emballa ses affaires un peu n'importe comment, sans oublier sa carte marine ni son carnet de notes. Il le feuilleta. Une phrase lui sauta aux yeux. « Avoir été, c'est une condition pour être. » « Ouais », il se dit, en rangeant son carnet.

– Sale affaire, déclara le jeune flic qui l'attendait sur le pont. Hein ? Sale affaire.

Diamantis ne répondit pas.

– Une drôle de nuit, il continua.

Le flic avait envie de parler.

– Y a aussi un truand, un type de la Mafia qui s'est fait descendre. Chez lui, le con.

– Ah ! fit Diamantis tout en cachant son intérêt pour l'information. Un type connu ?

– Ouais, ouais, y paraît. Ricardo... Ricardo, je sais pas quoi. Moi je débute, alors, je sais pas tout.

Les flics, c'est Diamantis qui les avait informés.

Place de la République, il s'était arrêté devant une cabine. Il venait de passer devant l'hôtel de police. Il s'était dit qu'il ne pouvait pas les laisser comme ça, Amina et Ricardo. Toute la nuit. Leur corps, comme ça. Et que ça pouvait être un spectacle horrible pour une femme de ménage, une voisine, ou n'importe qui. Merde ! deux cadavres dans la maison.

– Un coup de fil anonyme. « On a deux cadavres pour vous », il a dit, le mec. Il aurait dit ça comme ça. Ou genre, quoi.

Il rit.

– Ah bon.

– Ouais, deux cadavres. Lui et sa poule. Paraît que ça risque de repartir, les règlements de comptes. On y va ?

– Ouais.

Diamantis laissa son regard errer sur le pont. Le soleil se levait. Il faisait une couronne rose pâle autour des collines de la ville. Une étrange auréole. Le bonheur, s'il existait, avait sa source là. Dans cet instant où le jour se renouvelle.

L'aube dissout les monstres, pensa-t-il.

ÉPILOGUE

Il est midi à Marseille, et la vie continue

Céphée arriva à onze heures moins cinq à l'aéroport de Marseille-Provence, à Marignane, avec un avion de la compagnie Air Afrique.

Elle avait longuement réfléchi pendant tous ces mois. Elle avait lu attentivement les dernières lettres d'Abdul. La dernière, tout particulièrement. Si émouvante. Abdul, sur son bateau immobile, était un homme perdu. Dès qu'il n'était plus marin, il était perdu. Et le monde lui faisait peur, comme un enfant qui se réveille la nuit.

Elle avait enfin compris ça, Céphée. Cela ne réglait rien de leur vie. De ses attentes, de ses angoisses à elle. Comment faire pour concilier leurs désirs, sans rogner sur les plaisirs de l'autre ? Elle n'avait pas trouvé de réponse. Elle n'en avait rien conclu non plus. Sauf qu'Abdul, elle l'aimait toujours. Qu'elle l'avait toujours aimé, et que, sans doute elle l'aimerait toujours.

Il fallait qu'ils parlent, qu'ils s'expliquent. Voilà,

c'était ça qui était nécessaire. Le plus urgent aussi. Bien sûr, c'était toujours elle qui allait au-devant de lui, qui provoquait les discussions, les explications. C'était comme ça. Il lui fallait l'admettre. Quelle honte il y avait à ça ? Aucune. Et qu'importait, après tout, puisque c'était leur vie qui était en jeu. Pas leur amour, leur vie.

Elle avait pris l'avion. Parce qu'elle s'était dit que ça ne la menait plus à rien de réfléchir. De penser sans lui.

La veille, elle était allée rendre visite au sorcier Diouf.

– On ne doit jamais arrêter ses recherches, il lui avait dit. Mais ce qui importe, c'est l'esprit dans lequel on les entreprend.

Elle avait médité ses propos toute la nuit. Elle avait appelé la compagnie d'aviation dès son réveil.

Mamoudi, son père, l'avait accompagnée à l'aéroport. Il lui avait dit qu'elle avait raison. C'était ce qu'il fallait faire. Aller là-bas. Abdul était son ami. « Un bon père, un bon époux... » « Et un bon amant », avait ajouté Céphée en riant. Oui, elle l'aimait, Abdul.

Un taxi emmena Céphée directement au poste central du port autonome. Le taxi avait pris l'autoroute du Littoral. Ils longèrent le port, du haut d'un viaduc. Elle chercha des yeux un navire qui ressemblerait à l'*Aldébaran* mais n'en vit pas. Elle regarda la ville s'avancer vers elle. Elle fut éblouie. Pourquoi n'était-elle jamais venue jusqu'ici ? Et pourquoi aujourd'hui seulement ? Le plaisir la gagnait de séjourner à Marseille. Abdul, lui qui savait si bien raconter, saurait la lui faire découvrir. Aimer, peut-être. S'il n'avait pas trop souffert de ne pas être en mer.

Dans les locaux de l'administration portuaire, elle demanda où était stationné l'*Aldébaran*. On la renvoya d'un bureau à un autre. Puis un jeune fonctionnaire se présenta à elle. Il la conduisit dans un petit salon, la fit asseoir, lui offrit une tasse de café – qu'elle refusa – puis il l'informa de ce qui s'était passé la nuit dernière, et de l'incarcération du capitaine Abdul Aziz, meurtrier, à la suite d'une bagarre, d'un membre de l'équipage, un jeune Turc dont il avait oublié le nom. Le radio.

« Désolé, sincèrement », il renvoya Céphée vers la police.

A l'hôtel de police, on lui apprit que son mari avait été transféré à la prison des Baumettes, tôt ce matin, et qu'elle n'aurait aucune chance de pouvoir lui parler aujourd'hui. Abdul avait reconnu les faits. On lui communiqua le nom, l'adresse et le téléphone de l'avocat qu'on avait commis d'office à son mari, puis on lui expliqua qu'elle pouvait, bien sûr, se chercher un autre avocat. Une liste était disponible au bureau de l'ordre des avocats, au palais de justice.

Céphée demanda à ce policier si le second du navire, un certain Diamantis, était toujours à Marseille. Oui, il y était toujours. Il n'avait pas encore le droit de quitter la ville. Le flic lui donna l'adresse que Diamantis leur avait laissée.

Elle sortit, la tête vide. Elle resta un long moment debout, sous le soleil, ne sachant que faire. Elle alluma une cigarette et marcha quelques mètres, pensive, dans la rue de l'Evêché. Tout cela lui semblait irréel. Un cauchemar qui finirait bientôt. Sa cigarette lui brûla les doigts. Elle comprit qu'elle ne dormait pas. Qu'Abdul avait tué un homme, qu'il était en prison, et qu'elle était seule ici, à Marseille.

Elle se retrouva sur une artère bruyante, le boulevard des Dames. Elle avait chaud et soif, mais elle n'osa pas rentrer dans un bar, ni même s'asseoir à une terrasse. Il lui sembla que tous les regards étaient posés sur elle. Des regards d'hommes, très appuyés. La fatigue commençait à l'engourdir. Il n'y avait plus à penser ni à discuter. La vie avait tranché pour eux. Abdul était parti pour son plus long voyage. Sans lui demander son avis, sans même l'avertir, cette fois.

Ce serait long sans lui. Elle ne savait pas ce qu'elle ferait des jours, des mois, des années qui allaient suivre. Elle ne savait pas ce qu'elle allait faire de son corps, qui réclamait cet homme avec impatience. Elle était maintenant larguée dans l'ignorance du lendemain.

Céphée héla un taxi et demanda au chauffeur de la conduire place des Moulins. Le taxi râla parce que c'était une petite course. Elle aurait pu y aller à pied. Elle s'excusa, elle ne connaissait pas Marseille, elle venait d'arriver.

Le chauffeur l'emmena quand même. Mais il partit dans le sens opposé. Il lui fit faire le tour du vieux quartier. Un grand tour. Par la place de Lenche, la rue Caisserie, la rue Méry, la rue de la République, et la rue François-Moisson. Presque à l'endroit où il avait chargé Céphée, un quart d'heure avant. Elle eut le sentiment d'avoir tourné en rond, mais elle n'en fit pas la remarque au chauffeur.

Elle espérait seulement que Diamantis serait là. Elle avait envie de parler à quelqu'un qui l'écouterait avec amitié. Avec tendresse. Elle avait besoin qu'on la presse dans les bras. Son cœur était gros, de plus en plus gros. Il allait exploser. D'après ce qu'Abdul disait dans ses lettres, Diamantis était son ami. Il se réclamait de cet homme secret, discret.

Un ami. Elle avait un besoin plus qu'urgent d'un ami, pour laisser parler son malheur.

La course lui coûta soixante-dix francs. Céphée paya sans faire de commentaire, ne laissa aucun pourboire et sortit en claquant la portière.

– Hé, retourne chez toi, mal blanchie ! cria le chauffeur.

Elle ne l'entendit pas.

Elle sonna à la porte.

Chez Mariette, la cuisine embaumait le basilic. Les persiennes étaient tirées sur le soleil brûlant de midi. Une lumière, diffuse, coulait. Là, le bien-être semblait intact pour l'éternité. La vie continuait.

Diamantis, Lalla et Mariette buvaient un énième café en fumant clope sur clope. Ils avaient peu, et mal, dormi. Diamantis venait de tout leur raconter. Sans omettre le moindre détail. Il se sentait plus léger, enfin. Il attendait leur réaction, mais elles n'en eurent pas.

Lalla laissa aller sa tête contre l'épaule de Diamantis, en fermant les yeux. Il la serra contre lui. Mariette ébouriffa les cheveux de Diamantis, tendrement, puis partit chercher d'autres cigarettes dans la chambre. Diamantis la suivit des yeux. Mariette, il ne l'avait pas cherchée. C'est elle qui était venue à lui, comme un navire à la rencontre d'un marin perdu. Il voulait bien s'embarquer avec elle, faire ce voyage-là.

On sonna à la porte.

– J'y vais, dit Diamantis.

Il posa un baiser sur le front de Lalla et alla ouvrir.

Il la reconnut immédiatement, Céphée. Elle était telle qu'Abdul la lui avait décrite. A l'exception des larmes. Deux grosses larmes coulaient sur ses joues.

– Je suis Diamantis, il dit. Entrez. On vient de faire du café.

Et il la prit par les épaules, avec le respect et la tendresse que l'on doit aux femmes blessées.

Il est habituel de le dire, un roman est une œuvre de fiction. L'histoire qu'on vient de lire ne déroge pas à cette règle. Elle a été totalement imaginée par l'auteur, et les personnages sont aussi purement imaginaires. Reste la réalité, bien sûr. Ces drames que connaissent de plus en plus fréquemment les marins dans divers ports de France. De Marseille à Rouen, nombre de cargos sont coincés à quai, aujourd'hui encore. Les équipages, souvent étrangers, vivent à bord dans des conditions très difficiles, malgré une solidarité qui ne fait jamais défaut. Je tenais, ici, à saluer leur courage, et leur patience.

Quant à Marseille, ma ville, je tenais à la mettre en scène, encore une fois, pour que puissent résonner dans cette histoire les questions les plus actuelles de l'avenir de la Méditerranée. Mes points de vue sont largement inspirés des écrits de Fernand Braudel, *La Méditerranée* (Flammarion), et surtout du remarquable ouvrage de Pedrag Matvejevich, *Bréviaire méditerranéen* (Fayard) qui, je crois, devraient également inspirer ceux qui ont en charge le devenir de cette région du monde.

Jean-Claude Izzo, 20 février 1997.

4841

Achevé d'imprimer en France (Malesherbes)
par Maury-Imprimeur le 24 septembre 2013.
EAN 9782290327685
1er dépôt légal dans la collection : août 1998
N° d'impression : 184459

Éditions J'ai lu
87, quai Panhard-et-Levassor, 75013 Paris
Diffusion France et étranger : Flammarion